——宁远红色故事百年百篇

《九疑红霞》编纂委员会 编著

湘潭大学出版社

《九嶷红霞》编纂委员会

顾　问：肖质彬　唐　何
主　任：曹辉正　陈李勇
副主任：欧利生　文星平　郑敏娟　于文敬
委　员：成石华　谢茂松　雷程燕　朱　洪
主　编：欧利生
副主编：文星平　郑敏娟　于文敬　成石华　李治军
编　辑：李国燕　唐太培　刘怀剑　朱　洪　李治军
张介立　郑飞兵　徐友利　欧　晶　蒋益军
荆道滨　黎成钢　周文敏　骆友星　黄国庆
胡吉雄　李苏芳　张映华　欧阳睿
插　图：刘双全　廖东望　张映文
审　校：李祥红　高爱国　冯祥定

序

习近平总书记强调：历史是最好的教科书。学习党史、国史，是坚持和发展中国特色社会主义、把党和国家各项事业继续推向前进的必修课。这门功课不仅必修，而且必须修好。2021 年是中国共产党成立 100 周年，也是“两个一百年”的历史交汇点。在这一重大时刻和关键节点，挖掘整理宁远红色故事，编辑出版《九嶷红霞——宁远红色故事百年百篇》，具有重大的历史和现实意义。

宁远是红色热土、革命老区。在中国共产党领导下的各个历史时期，宁远人民英勇奋斗、前赴后继，演绎了一幕幕悲壮激越的历史活剧，谱写了一曲曲可歌可泣的英雄壮歌。1926 年，共产党员乐开梁建立了宁远第一个党支部。从此，在党的领导下，宁远人民为夺取新民主主义革命胜利进行了艰苦卓绝的斗争。唐鉴、柏忍、李松麟、袁定宪等宁远籍共产党员慷慨就义，以热血初心、铮铮铁骨，激励后人不断奋勇前进。1934 年，中国工农红军途经宁远，宁远人民无私无畏支援红军，主动为红军带路、做饭煮菜、烧水担物，冒着生命危险主动收留、悉心救护红军伤病员和失散人员，青年主动报名参加红军，充分诠释了军民一家亲、浓浓鱼水情。抗日战争时期，宁远热血青年奔赴前线、舍生忘死、英勇杀敌，为国捐躯官兵达 400 余人。和平解放后，中共宁远县委领导全县人民迅速建立人民民主政权，大力发动群众开展征粮支前、减租减息运动，稳定了社会秩序。党的十一届三中全会召开后，宁远人民坚定不移沿着党开辟的改革开放道路奋勇前进，取得了重大成就。特别是进入社会主义新时代，全县各级党

组织带领全县人民艰苦奋斗、锐意进取，全县10万多贫困人口全部脱贫，城乡面貌日新月异，百姓生活蒸蒸日上，一个繁荣文明的现代化新宁远已初现端倪。

百年征程波澜壮阔，百年初心历久弥坚。《九嶷红霞——宁远红色故事百年百篇》一书，通过讲述100个红色经典故事，勾勒出一个世纪来宁远人民在党的领导下勇毅前行的历史画卷，是一本用党的伟大成就激励人、用党的优良传统教育人、用党的成功经验启迪人的好书。希望全县人民尤其是广大党员、干部认真学习，从中汲取精神滋养、增添前进动力，继承和发扬党的光荣传统，深入贯彻“三高四新”战略，全面落实“五区两城”工作部署，为建设现代化新宁远而努力奋斗，为实现中华民族伟大复兴中国梦贡献宁远力量。

胸怀千秋伟业，恰是百年风华。值此《九嶷红霞——宁远红色故事百年百篇》出版之际，我们向为宁远解放和建设献身的革命先驱致以崇高敬意，向为宁远改革发展稳定做出贡献的各界人士表示衷心谢意！是为序。

中共宁远县委书记　肖质彬
中共宁远县委副书记、宁远县人民政府县长　唐　何
2021年6月

目　录

星火燎原

长 征 组 歌

抗日烽火

和平解放

英雄辈出

星火燎原

“红旗卷起农奴戟，黑手高悬霸主鞭。”

20 世纪初期，宁远处于半殖民地半封建社会，广大民众深受封建主义和帝国主义侵略势力的双重压迫，生活在水深火热之中。新文化运动和五四运动给宁远人民带来了新思想、新文化，促进了人民的新觉醒。宁远一批志士仁人，在新思想、新文化的熏陶下，立志报国，决心革命，积极参加反帝反封建的革命活动。

1921 年 7 月，中国共产党成立。1924 年，在中国共产党的领导和推动下，实现国共合作，掀起了以反对帝国主义和封建军阀为目标的国民革命运动。1926 年，在中共湘南区委领导下，宁远建立了第一个党支部。从此，宁远开始了新的革命征程。

1926 年 11 月，宁远县总工会成立。1927 年 4 月，宁远县农民协会执行委员会成立，全县农会组织进一步壮大，共建区农会 8 个，乡农会 100 余个，有农会会员 5 万余人。农会动员和组织广大农民群众，从政治、经济、社会、文化各个方面，向封建主义和帝国主义势力发起猛烈冲击，把农村大革命推向高潮，宁远乡村在短期内发生了翻天覆地的变化。

正当工农运动风起云涌的时候，反动派挥舞着屠刀向革命者发动猖狂进攻，组织反动武装，开展大规模的“清乡”运动，宁远革命形势急转直下。党的组织遭到破坏，农会、工会等革命团体被捣毁，共产党员和进步群众惨遭杀害，白色恐怖笼罩着宁远城乡。面对反动派的残酷镇压，宁远县的中共党员和革命志士不怕牺牲，前仆后继，重建党的组织，与国民党反动集团进行不屈不挠的斗争。血染的历史，留下了红色的种子，也留下了惊天地泣鬼神的感人故事。

01 宁远第一个党支部

骆友星　胡吉雄

宁远籍早期党员对宁远建党的积极影响

1921年7月，中国共产党第一次代表大会在上海召开，宣告中国共产党诞生。这是中国开天辟地的大事件，从此，中国革命有了坚强的领导核心。根据中共一大决议和当年11月的《中央局通告》，毛泽东、何叔衡参加中共一大回湖南后，秘密发展郭亮等一批革命青年入党，于1921年10月10日建立中共湖南支部，这是中国共产党第一个省支部，毛泽东任书记。中共湖南支部负责人紧接着奔波于长沙、安源、衡阳发展党员，建立党的组织。毛泽东曾多次到湖南省立第三师范学校考察，作演讲，宣传马克思主义，选定这里为湘南共产党建立的据点，指导党小组，发展共产党员。经过一年的筹备，1922年10月湘南地区最早的中共基层组织——中共湖南省立三师支部建立了。在毛泽东的帮助下，中共湖南省立三师支部工作异常活跃，反帝反封建的革命斗争成效卓著，党组织的力量不断壮大，为湘南地区地方党组织的建立和发展培养了一批先进分子和革命青年骨干力量。

1921年，乐天宇（舜陵镇麻池塘村人）考入北京农业专门学校，结识邓中夏、何孟雄等共产党北京支部成员。是年秋，他与杨开智、蒋文孝等成立北京农业专门学校社会主义小组，积极宣传马克思主义。翌年，农校成立社会主义青年团支部，乐天宇任支部书记。1924年1月，农校团支部全体团员转为共产党员，乐天宇任党支部书记。1921年至1924年间，乐天宇利用寒暑假回到宁远，充分发挥宁远学生同乡会的作用，向宁远教育界、文化界和工农大众宣传反帝反封建的革命思想和马克思主义。

乐开梁幼年丧父，家境贫寒，但学习刻苦，思想进步。1921年考入湖南省立第三师范学校，在湖南省立第三师范学校党支部的培养下，努力学习

马克思主义，积极参加反帝反封建的革命活动。1924 年加入社会主义青年团，1925 年加入中国共产党。

唐鉴、姜敬样、乐天宇、乐开梁等宁远籍早期党员的革命活动，对宁远党组织的建立和革命斗争产生了重大影响。他们积累和传播斗争经验，给宁远人民树立了榜样，为日后宁远党的建设和革命工作开展作了干部上的准备。通过他们的社会联系，民众对共产党人的政治理想和人格品质有了初步了解，这为党组织在宁远开展革命活动打下了一定的群众基础。

上级组织派遣党员赴宁远活动

为加强中国共产党对中国革命的领导、迎接革命高潮的到来，中国共产党第三次全国代表大会决定共产党与孙中山领导的国民党进行合作，共同完成推翻封建军阀统治与驱逐帝国主义势力的国民革命重任。实行国共合作必须有党的基础力量，发展工农运动是增强党的基础力量的根本条件。因此，中共三大决议特别强调："对于工人农民之宣传与组织，是我们的特殊责任，引导工人农民参加国民革命，更是我们的中心工作。"

1925 年 1 月，中共四大在上海召开，会议强调了党的领导权，特别肯定了农民是无产阶级的同盟者。1925 年 10 月，中共中央在北京召开了执行委员会扩大会议，明确日后的斗争方针。这次会议第一次提出了要在政纲中列入解决农民土地问题的条款。为贯彻中共四大和中央扩大会议精神，中共湖南区委随即于 10 月召开了扩大会议，作出了《关于组织工作、宣传工作和工人、农民、青年、妇女运动问题》等决议案。

根据当时形势发展和斗争需要，从 1924 年起，一批早期中共党员受中共湖南区委的派遣，分赴宁远，深入基层，发展党员，建立党的组织。1926 年 7 月，国民党湖南省党部派农运特派员杨靖（共产党员）、杨峻到宁远从事农运活动。8 月，中共湖南区委派湖南省立第三师范学校毕业的共产党员乐开梁回宁远筹建党的组织。1927 年 1 月，杨靖、杨峻调离宁远，国民党湖南省党部又派农运特派员骆昌义（共产党员）来宁远。同时，中共湖南区委又派从北京调回湖南搞农运工作的共产党员乐天宇回家乡宁远，充实党的力量。上级委派来宁远的这些早期共产党员，开展了大量的宣传发动和组织筹建工作，为宁远党组织的建立奠定了坚实的基础。

中共宁远县支部的诞生

党组织派遣的骨干党员到达宁远后，不顾个人安危，在极其艰苦的条件下英勇斗争，努力开拓党的事业，利用国共合作和北伐军进入湖南的大好形势，积极发展党的组织。1926年9月，乐开梁根据中共湖南区委的部署，结合宁远实际，成立县总工会筹备处，筹备处成员有乐开梁、李西亭、胡景、丁志德、欧瑜等。乐开梁等人深入基层调查研究，举办工人夜校，宣传马克思主义和工会章程，号召广大工人踊跃入会。他们在筹建工会的同时，紧密配合农运特派员筹建农会组织，并从斗争中吸收一批工农骨干入党。1926年12月，经中共湖南区委批准，成立中共宁远县支部，乐开梁为书记，李国安为组织委员，宁远县第一个党支部诞生。

后排左二为宁远第一任党支部书记乐开梁，后排左一乐振汉、右二乐天宇、右一为王承恩 （张介立 提供）

党支部建立后，积极发展壮大党员队伍。经过慎重的考察、培养，党支部把在工会和农会中的一批骨干和在斗争中禁得起考验的积极分子吸收入党。李邦藩、李质、李西亭、柏忍、胡景玉、李良才、袁定宪、李松麟、黄本仁、欧瑜、丁志德等革命青年先后入党。至此，中共宁远县支部共有16名党员。同时，在党支部领导下，成立宁远县共产主义青年团，有团员4名。宁远县党支部的建立，揭开了宁远人民革命斗争的新篇章。

02 我以我血荐轩辕

朱　洪

1927 年长沙“马日事变”之后，唐鉴受中共中央派遣秘密来到了笼罩在白色恐怖中的武汉市开展学运工作。7 月，他在武汉主持召开了第九届全国学生代表大会，动员全国学生勇敢地站起来，旗帜鲜明地反对帝国主义和新军阀，把武汉的学生运动开展得轰轰烈烈。

1928 年年初的一天，唐鉴正在寓所起草马上就要召开的共青团湖北省委扩大会议的讲话稿。

这时，联络员急匆匆地推门进来，十分焦急地对唐鉴说道：“唐鉴同志，今天武汉又有几十个同志被敌人逮捕，情况十分危急。为了党的事业和您的人身安全，您还是赶紧离开这里，到乡下去躲一躲吧。”

唐鉴停下笔，抬起头笑了笑说道：“在这种情况下我不能一走了之，武汉的形势越是险恶，这里越是需要我。‘寄意寒星荃不察，我以我血荐轩辕。’这就是我的誓言。”说完，唐鉴又埋头工作。

联络员见说不动唐鉴同志，只得摇了摇头，又叹了口气，转身走了出去。

4 月 10 日，唐鉴如期在汉口刘家庙秘密主持召开了共青团湖北省委扩大会议，并发表了关于号召在鄂全体共产党员、共青团员和进步学生坚持斗争的讲话。

让他做梦都没有想到的是，跟了他一年多的联络员突然被捕，没经受得住敌人的严刑拷打叛变了，并把这次会议的时间、地点以及参会人员的名单等重要情报出卖给了敌人。

得到情报的国民党的军、警、宪、特近百人秘密包围了他们开会的刘家庙，把会议地点围得像铁桶一般，唐鉴等 19 名出席会议的共青团湖北省委领导人全部被捕入狱，其中还有唐鉴的妻子李绶玄。

在监狱中，唐鉴面对凶恶的敌人毫不畏惧，与难友谈笑风生，态度乐观从容，还经常带领难友们一起高唱《国际歌》，鼓舞大家的革命斗志。

国民党反动派知道了唐鉴的身份后，如获至宝，希望能够从他嘴里得到更多更有价值的情报。他们对唐鉴采取了软硬兼施的手段，要他妥协，逼他开口。他说：“你们是军阀的走狗，我肯来做军阀走狗的走狗吗?”

狡猾凶残的敌人什么办法都用尽了，什么高官厚禄、金钱美女，什么老虎凳、辣椒水、竹签子、铁烙头等酷刑，所有的威逼利诱，所有的酷刑峻罚在他身上都是竹篮打水一场空。

一天，毫无办法的敌监狱长假惺惺地请他喝酒，想用软刀子让他供出中共湖北省委领导人的名单，唐鉴愤怒地一手就把酒桌掀翻，气愤地说：“我就是唐鉴，你要枪毙快点枪毙，不要絮絮叨叨地多话！要我唐鉴出卖组织、出卖同志，自己苟且偷生，你们就去做梦吧！哈哈！”

恼羞成怒的敌人，见软的不行就再次来硬的。在坐老虎凳时，唐鉴疼得几次昏死过去，但他始终咬紧牙关没有吐露党的半点秘密。连续折磨了唐鉴三天后，敌人见实在没有办法撬开他的嘴，最后只有决定将他枪毙。

4 月 14 日，敌人将唐鉴押赴汉口余记里广坪刑场执行死刑。在经过女子监房的时候，唐鉴看见已怀有身孕的妻子李绶玄正悲泣不止，他微笑着抓住妻子的手，深情地劝慰，要她坚强，坚信革命总有一天会胜利。

唐鉴画像 （刘双全 作）

敌监狱长似乎也看不下去了，于是恶狠狠地向他吼道：“唐鉴！快点，不要说了，留给你的时间不多了！看在你是一个将死之人的份上，我也发点善心，允许你把想说的话写下来交给你妻子！”

唐鉴于是在纸上毅然写下了“继续奋斗”四个大字，郑重地交到妻子李绶玄的手里，再一次紧紧握了握妻子的手，和难友们挥手告别后，才从容地转身离开。

他沿途不停地高呼：“中国共产党万岁！”“中国共产主义青年团万岁！”“中华苏维埃万岁！”“打倒国民党反动派！”引来数万人在街道两边围

观，无数的群众为他流下了悲愤的泪水。

罪恶的枪声响了，党的好儿子唐鉴英勇地牺牲了，但他不屈不挠、视死如归的大无畏革命精神永垂不朽，永远激励着所有的革命者奋勇前进！

宁远县保安镇上古溪村唐鉴同志故居　（李治军　摄）

03 宁做教书匠　不当敌团长

李治军　张介立

如果把宁远籍的早期中共党员按时间排个序，第一个加入中国共产党的是唐鉴，位居第二的则是姜敬祥，乐天宇列第三。

姜敬祥，又名姜静潜，今宁远县鲤溪镇浪石桥人，1902 年 12 月生。1918 年考入湖南省立第三师范学校。1919 年五四运动爆发，姜敬祥积极投身其中，成为衡阳学生联合会负责人之一。1922 年，姜敬祥加入中国社会主义青年团，不久加入中国共产党，随后请假随同学蒋先云参加水口山罢工。

1923 年，姜敬祥在湖南省立第三师范学校认识了革命领袖毛泽东。1952 年，姜敬祥撰写自传时写道："毛主席于 1923 年到过（指到过湖南省立第三师范学校）一次，并集合全体作了一次演讲。（毛泽东）在衡阳学生联合会集合了社会主义青年团开了个会。（他）颀长的身材，蓬松的长发，文秀的面貌，穿着青布长衫，真像一个学者。在开会时，与我并肩坐着，这印象极深刻。他离开长沙，我曾寄一长信给他，他回信介绍夏曼伯（即夏曦）、王基永等与我通信。我在第三师范真是一个富有革命性的青年。"①

1924 年，姜敬祥考入衡阳军官讲习所。同学蒋先云则赴广州报考黄埔军校，以第一名的成绩被录取。1926 年，姜敬祥、蒋先云参加北伐。北伐军占领武汉后，姜敬祥与蒋先云创办工人纠察队。不久开始第二次北伐，蒋先云任 11 军 26 师 77 团团长，姜敬祥任副团长。在临颍之役中，蒋先云中弹阵亡，姜敬祥代管全团。

北伐回到武汉，蒋介石已经发动了"四一二"反革命政变。姜敬祥被迫放弃代团长之职，脱离国民党军籍。为免受迫害，姜敬祥与爱人郑曼侠回

---

① 摘自宁远县教育局档案室《姜敬祥档案》。

到长沙找工作。接着长沙又发生了反革命的“马日事变”，姜敬祥遭到了由何键主办的国民党党校的学生逮捕，被投入监狱。

一天夜里，何键派两名学生到狱中找到姜敬祥，开门见山，亮出底牌说道：“姜团长，实话跟你说吧。经过我们的调查，你是共产党员。何校长（何键）希望你脱离共产党，加入国民党，为党国工作。供出你的同伙，升官、发财之路随你选。”

姜敬祥早有预感，但没想到他的共产党身份被他们发现。此前，他的战友蒋先云在第二次北伐前就被秘密谈话，要求蒋脱离共产党，但蒋先云拒绝了。不曾想到，这下轮到自己身上了。姜敬祥立即答道：“我只是一个革命青年军人，并未加入共产党。我怎么来脱离共产党呢？”

何键学生接着说：“你没加入共产党，怎么和蒋先云搞到一起，给他当团副？不要再骗我们了吧！你只要脱离共产党，我们就既往不咎，继续当你的团长。三五年后，你就可以升为旅长，如果立功，你就可以和你家乡的李抱冰一样，升为师长。”

姜敬祥答道：“我真没加入共产党。蒋先云既是我的老乡，又是我的同学，玩得好而已。我不是共产党员，又怎么知道哪些人是共产党员呢？”

何键学生道：“如果你不脱离共产党，供出你的同伙，你就老老实实待在牢里反省吧。惹毛了何校长，可能会让你把牢底坐穿！”

姜敬祥回答道：“我真没加入共产党。我现在是你们砧板上的肉，你们要怎么做，我也管不着。不过，我还是劝你们不要误会我。”

在黑牢里待了3个月后，共产党通过各方友人将姜敬祥营救出狱。长沙党组织遭到破坏，姜敬祥无法与共产党的党团组织取得联系，也无法再在长沙立足。为了生计，他改名为姜静潜，意思是静静地潜伏下来，待条件成熟，再与党组织取得联系。他携妻郑曼侠回到新田。1928年，与其妻共同任新田县立高小教员，次年任春陵高小教师……

1944年，姜敬祥在宁远县立中学任国文教师，由于日寇过境宁远，县中学遭遣散，暂时失业。正在这时，时任宁远县县长王者兴找到姜静潜说：“你到县政府做个科长吧！一来可以解决失业问题，二来可以慢慢升迁。估计以后你还可以做个县长的。”

姜静潜答道：“谢谢王县长的好意。做官这事，我实在是搞不来。就好比开汽车的，马上要他去开飞机，会出大问题的。”

不久，王者兴离任，欧冠继任。欧冠又找到姜静潜，劝他就任县政府科长一职，他还是坚决拒绝就任。姜静潜回到家乡，全力举办中心小学，推动地方公益事业，指导侯坪抗日中队抗日。后来乡镇合并，姜静潜被乡民代表们公推为石安乡乡长。但是，他还是坚决不干，前往鲤溪中心小学任校长。

此后，他一直从事教育工作，是一位货真价实的“教书匠”！

04 血染五拱桥

唐太培　吴文胜

决　裂

1898 年 4 月 25 日，宁远县柏家坪镇柏家村的一个绅士家里，传出一声响亮的啼哭，一个女婴呱呱落地。父亲柏焕文给她取名柏芝春，希望自己的女儿像春天一样明媚、美丽。稍稍长大，父亲送她上了私塾，几年后，又替她改名柏忍。柏忍读书非常认真，成绩很优秀。1913 年，她以优异成绩考入周南女校。求学期间，她非常活跃，逐步接受了资产阶级民主革命思想。

1915 年的冬天，学校放寒假，柏忍从长沙回到家里。此时，十七岁的柏忍已经出落得如出水芙蓉。在父母的包办下，柏忍嫁给了本县议会议长郑致和之子郑际旦。婚后不久，丈夫外出求学，把她一个人留在家里。由于常常受到婆婆的虐待，柏忍不堪忍受，带着孩子愤然回到娘家。

1922 年，郑致和被选为省议会议员，举家迁居长沙。丈夫郑际旦多次写信给柏焕文，要求与柏忍和解。柏忍十分孝顺，为了不让父母为难，答应和解并与丈夫一起来到长沙。

这时候的长沙，革命形势风起云涌。柏忍经常阅读进步书刊，革命的种子在她心里悄悄生根发芽。她不顾家人反对，剪掉长发，身着时装，积极投身到反帝反封建的斗争行列中去。她走在游行队伍的前面，奔走呼号。她的行为遭到了公婆的辱骂和丈夫的责怪，被软禁家中。柏忍忍无可忍，同郑家彻底决裂，与郑际旦离婚，带着两个孩子毅然回到了宁远。

回乡闹革命

回到宁远后，柏忍来到宁远县振坤女校教书。在课堂上，她常常把一些进步的新思想、新知识和新观念传授给学生，激发学生追求妇女解放和争做新女性的热情，深受全校师生的尊重和欢迎，后来被提拔为校长。

1926 年 7 月，工农革命运动蓬勃兴起，在中共湖南区委的领导下，宁远县工会筹备处、农协筹备委员会相继成立。柏忍全力投身工农运动，白天带领学生上街宣传，晚上书写宣传材料。工农运动负责人见她思想进步，有胆有识，率先接受她参加农协筹委会工作，并委派她筹建县妇女联合会。柏忍欣然受命，马上从学校挑选出一批学生骨干，成立县妇联筹备处。这年秋天，柏忍奉命回老家组建农民协会和妇女联合会。她一面对贫苦农民做宣传发动工作，一面动员父亲把家里的粮食和财物分给穷人。在她的努力下，柏家村在北屏镇第一个建立起农民协会和妇联会。接着，她又发动和指导北屏各村筹建农会。到秋末，宁远北二区农民协会成立，柏忍被选为委员长。

北二区农协在柏忍的带领下，打土豪、分田地，把农民运动开展得如火如荼。土豪劣绅对她非常仇视，北屏镇“团防局”局长郑子礼自恃手里有二十多人枪，又是郑际旦的三叔公，不仅大骂农民协会和柏忍，还扬言要对农民协会进行武装镇压。柏忍不畏权势，带着农民自卫军冲进北屏镇“团防局”，将郑子礼抓起来，押去游街，没收其枪支，充实农民自卫军，没收其财产和粮食，分给贫苦农民。

1926 年 12 月，经过党组织考核，柏忍光荣地加入了中国共产党，当晚她激动得无法入睡，从床上爬起来，在她的日记中写下了“永不叛党，为共产主义献身”的誓言。

1927 年 4 月，县农协成立，柏忍被选为县农协委员、妇联主任、逆产清理委员会委员。清理土豪劣绅的逆产是农运中最棘手的工作，她主动请缨，带领农民自卫军到下灌发动群众，把大地主李郁英的逆产清理出来分给贫苦农民。

血染五拱桥

1927 年 5 月 21 日，国民党反动军阀许克祥在湖南发动了“马日事变”，举起罪恶的刀枪大肆屠杀共产党员和农民协会骨干，整个湖南陷入白色恐怖之中，宁远也不例外。党组织要求柏忍外出暂避。于是她带着两个孩子隐藏在道县境内一个偏僻山村的亲戚家中，化名荫丹，在那里以教书为掩护，不改初心，宣传革命思想。不久，道县也开始“清乡”，为了安全，她只好转往广西，没想到在路上被捕，被关进了道县监狱，1928 年 1 月被营救出狱。

出狱后，时任江华县县长郑致和因还有两个孙儿在柏忍身边，托人劝她去江华县府居住，并答应保证她的安全。她誓死不从，再次带着孩子前往广西平乐县，正巧在这里遇见自己的父亲柏焕文。父女相见，热泪盈眶，彼此照应。在这里柏忍继续隐姓埋名，从事教育工作，传播革命思想。

1928 年冬，柏忍被反动当局列为“女共首领”悬赏通缉。郑致和更是穷凶极恶，一计不成便生二计，不达目的不罢休，暗中派人调查柏忍的去处，向平乐县县长告密，柏忍再次被捕。

1929 年 1 月，柏忍被押回宁远。敌人先对她进行威逼利诱——只要她供出宁远的共产党组织和人员，就可以被立即释放，还可以享受高官厚禄，荣华富贵。面对诱惑，柏忍义正词严，毅然拒绝。反动派见利诱不成就对她采取各种酷刑，坐老虎凳，用皮鞭抽，用竹签扎，用烙铁烫……酷刑下来，全身被打得体无完肤，鲜血淋淋，惨不忍睹。敌人见她还是不从，于是对她施以更加残忍的手段，用刀割了她的左耳和右乳，柏忍依旧坚守信仰，从容不迫，宁死不屈。

敌人做梦也没想到，看上去如此纤弱的女子，骨子里却如此坚强，他们实在没有其他办法可使了，最后不得不施以极刑。1929 年 4 月 24 日，宁远县城上空乌云密布，狂风乱吹，戴着沉重脚镣手铐的柏忍从容地走出监狱，被一群荷枪实弹的敌人押到宁远城墙外的五拱桥下。她望着黑暗如漆的天空，望着怒涛不尽的泠江水，理了理自己清秀的短发，她坚信笼罩人间的黑暗不会太久，自己的鲜血不会白流，最后的胜利一定属于人民，属于中国共产党。

于是，她笑了，临刑前她高呼“打倒国民党反动派!”“中国共产党万岁!”“农民运动万岁!”鲜血染红了五拱桥下的青石，染红了西去的泠江水。英雄血染长天，年仅 31 岁，被誉为“南国秋瑾”。

新中国成立后，柏忍被追认为革命烈士。她的死重于泰山，她的精神如一座丰碑，她永远活在人民的心中。

参考书目：

1.《三湘英烈传》第二卷，湖南人民出版社 1987 年版。

2. 何明玲，刘翼平，文三毛：《二十世纪永州名人》（党政军卷），湖南人民出版社 2015 年版。

3.《中国共产党宁远历史》（1921—1949），湖南人民出版社 2011 年版。

05 永不叛党

郑志娟

1926 年 8 月，中共湖南区委派遣湖南省立第三师范学校毕业的共产党员乐开梁等回到宁远，从事党的活动，筹建党的组织。乐开梁一回到宁远，就组织成立了宁远县农工筹备处，吸收柏忍加入筹备委员会，并让她负责筹建县妇女联合会。

在轰轰烈烈的农民革命中，柏忍表现机智勇敢，不畏权势。北屏镇（今柏家坪镇、清水桥镇）“团防局”局长郑子礼，是省议员郑致和的三叔，思想顽固，拒不执行政府移交枪支的命令。柏忍率领北二区农民自卫军到北屏镇“团防局”找郑子礼缴枪。郑子礼有恃无恐，责骂柏忍“六亲不认，不成体统”。柏忍戟指怒目：“我就是来造你的反的！往日我认得你三公公，今天我是奉令来收缴‘团防局’的枪支。你若不把枪交出来，我认不得你郑子礼！”说罢，农民自卫军蜂拥上前，收缴了“团防局”20 支枪后，捆押郑子礼戴高帽游乡。接着，柏忍率领人马到板里园村，清理了郑子礼逆产。

南一区妇联主任李年玉的公婆，看不惯李年玉开会、办事与男子同行同坐，骂她不守规矩，不懂妇道，逼她辞去妇联主任工作。县妇联主任柏忍得知后，要揪出她公婆游街，吓得她公婆在外躲了好几天，回家后连忙向农会道歉。在柏忍的带动下，全县妇女表现都很出色，凡有公务，妇女们便放下手中的家务事及时赶到，公婆、丈夫不敢再阻拦。

1926 年 12 月，经中共湖南区委批准，中共宁远县支部成立，乐开梁为书记，李国安为组织委员。鉴于柏忍在农民革命中的表现，党支部建立后没几天，乐开梁和李国安一起来到宁远县振坤女校，找到了时任校长柏忍，他们要把柏忍发展为中共党员。经过半年的工作联系，他们早已成为志同道合的革命同志，相互深入了解。但此次乐、李二人来访，还是让柏忍感到意外。

乐开梁开门见山，直奔主题："柏忍同志，我们一起工作将近半年。经过近半年对你的考察，我们认为你已符合一名共产党员的要求，党组织准备吸纳你为中共党员。你愿意加入中国共产党吗？""愿意！愿意！我非常愿意！"柏忍按捺不住激动而喜悦的心情，接连回答了好几声。

李国安将带来的党旗挂在墙上，乐开梁示范举右手握拳，带着柏忍宣誓："我自愿加入中国共产党，服从党的纪律，为共产主义奋斗终身！"仪式结束后，乐开梁、李国安、柏忍紧紧握手，表示祝贺。

"柏忍同志，你是我们支部唯一的女党员，这在全省也是稀罕的宝贝。你聪明能干，活动能力强，不怕苦不怕累，经过了斗争锻炼，勇敢坚定。但是，你的斗争经验还不足，党章党规学得还很少。希望你入党以后，按照党的要求，终身为共产主义事业奋斗。头可断，血可流，共产主义信念不动摇。共产党员要吃苦在前，享受在后，积极工作，努力学习，处处起模范带头作用。你能做到吗？"乐开梁郑重地询问。

柏忍坚定而响亮地回答："我一定做到！不辜负党对我的期望！请党组织继续考验我！"临走时，李国安叮嘱她："我们参加共产党一不是为做官，二不是为发财，要随时做好为党牺牲一切，甚至是献出生命的准备！"

乐开梁、李国安离开后，柏忍的心情久久不能平静，不停地小声欢呼："我是共产党员啦！"还忍不住咯咯笑出声来，惊醒了睡梦中的大儿子。他揉了揉眼睛，打了个呵欠问道："妈，什么是共产党？"柏忍告诉儿子："共产党就是为人民谋幸福的一个先进团体。"儿子摇了摇头，还是不懂，揉了揉眼，又睡了。柏忍夙愿得偿，兴奋得彻夜未眠，当晚就在日记本上庄严地写下了"永不叛党，为共产主义献身"的铮铮誓言。

加入中国共产党后，柏忍工作更加积极主动。1927 年 4 月，柏忍率领县农协逆产清理委员会成员到下灌村清理大土豪李郁英的逆产。通过清查，把李郁英当旅长时贩卖鸦片和贪污军饷所得的钱财以及其父李贝贝贪污的族产、积谷等逆产清出，分给当地农会会员。同时，还封闭全县银行 10 余家，冻结土豪劣绅在银行的逆产。

1927 年"马日事变"后，革命形势急转直下，白色恐怖笼罩整个湖南。柏忍独自一人带着两个小孩先是躲在道县教书。不久，道县形势吃紧，又往广西方向跋涉。未出道县即被捕，身陷囹圄。在狱中半年，她惨遭严刑拷打，始终严守党的秘密。因未暴露身份，1928 年元月，经道县革命同志黄性一救出，避居广西平乐县教馆，一边教学，一边等待时局变化。

1928年冬，湖南大举“清乡”，柏忍被宁远县反动当局以“女共首领”之罪重金缉拿，不幸在平乐被捕，她和两个儿子被关进死刑牢房。敌人威逼利诱、软硬兼施，用尽各种手段，她都毫不动摇。

柏忍母子三人身着囚服于广西平乐监狱合影(郑志娟 供图)

1929年1月，宁远“清乡督察员”欧冠派人到平乐将柏忍押回宁远监狱。敌人要她供出党组织成员及所在。先以高官厚禄对她进行“开导”，要她“迷途知返”，然后对她施以种种酷刑：烧烙铁、抽皮鞭、压杠子、钉竹签，甚至丧心病狂地割掉她的左耳和右乳。在长达四个月惨无人道的刑讯逼供中，她始终守口如瓶、宁死不屈。她对前来探视的母亲说：“请放心，我绝不会做出对不住母亲的事情。”这实际上也是她对党最忠贞的誓言。

1929年4月24日，宁远县城五拱桥刑场警备森严，监斩台前，柏忍虽遍体鳞伤，惨不忍睹，但她面无惧色、视死如归、从容就义，围观群众怆然泪下，当时的场面非常悲壮惨烈。敌人将她残忍地杀害后，还灭绝人性地将她裸尸示众，且不准收尸。

柏忍的一生虽然短暂，但她作为一名共产党员，以勇于斗争和坚贞不屈的精神谱写了自己壮丽的人生篇章，践行了入党誓词：“永不叛党!”

参考书目：

1.《中国共产党宁远历史》(1921—1949)，湖南人民出版社2011年版。

06 秋瑾式巾帼英烈——柏忍

李玲琼

秋宵月色更融融，把卷凭栏望远空；
坐久浑忘身世在，半规斜月挂疏桐。

孤魂渺渺去谁怜，人到无求便是仙；
只为尘缘割不断，为儿长此恨绵绵。

这是秋瑾式巾帼英烈柏忍在狱中英勇就义前写给她两个儿子的两首诗，要他们牢记于心，算是母亲最后的赠言。要知道，那个时候她的两个孩子，大的不过 11 岁，小的不过 9 岁。临别之时，她还不忘叮嘱孩儿要互相亲爱、用心读书，走母亲所走的路……

柏忍从容不迫赴刑场 （刘双全 作）

成长：冲破封建，敢为人先，柏家有女初长成

柏忍，出身于湖南省宁远县柏家坪镇柏家村一个富裕的开明绅士家庭。她的父亲柏焕文是一位教书先生，为人正直慷慨，捐款办学，其祖上世代也是官宦之家，家庭条件十分优越。柏忍受民主开放、平等博爱的家庭教育影响，经常救济穷人，帮助弱小，在当地家喻户晓，传为佳话。

她从小聪颖，念过的诗词过目不忘。当时的中国许多地方还不允许男女同校，宁远农村也没有女子进学堂的先例。她敢为人先，冲破封建戒律，独自到离家十余里的礼仕湾崇德小学与男生同班求学，开此地男女同校同班之先河。柏忍勤奋好学，1912 年以优异的成绩考入长沙女子师范学校。

柏忍虽是女儿身，但是她勇敢、坚强、思想解放，追求男女平等的自由。在百年前的旧中国，她一个小小女子就有这样的胸怀，不为封建思想所束缚，敢于向封建势力说不，敢于奋起拼搏抵制压迫，敢于打破封建社会的精神枷锁，无愧时代先锋。

革命：义无反顾，投身其中，虽是女儿志更高

当时的中国百姓陷入水深火热之中，民不聊生，国家日渐衰败。柏忍心怀大志，毅然冲破封建礼教的束缚，积极投身反帝反封建的革命斗争之中。因为婆家的反对、阻挠，两种思想的对立，道路选择的迥异，26 岁的柏忍为了坚持自己的理想信仰，决然与婆家决裂。那时的柏忍已是两个孩子的妈妈，又有孕在身，她独自带着两个孩子，一边艰难地生活，一边从事革命工作。因条件所限，第三个孩子出生不到百日便夭折了。丧子之痛，让她伤心欲绝，但更坚定了她打破旧社会、追求新生活的革命决心。

柏忍拥有一颗忧民忧国的心，更有着超越一般男儿的豪情壮志，毅然投身推翻数千年封建统治的革命浪潮之中。她虽是女子，但丝毫不比男儿逊色；她带着孩子干革命，虽是一位平凡的母亲，但却是一位不平凡的革命家，她用自己的实际行动为孩子树立了舍生取义的榜样。

入党：笃定理想，坚毅立誓，千秋万代传侠名

1924 年春，柏忍受邀回到宁远县城担任女校教员，向广大学生宣传“欲求男女平等，女子必当有学问、求自立”等追求自由的主张和妇女解放的意义，并且鼓励学生积极参加反帝反封建斗争。她开通风气，提倡女学，联感情，结团体，号召广大学生成为“醒狮之先驱，文明之先导”，激发她们投身革命的热情。

柏忍牵头成立了县妇联筹备处，殚精竭虑，宵衣旰食，全心全力组织开展工农运动和妇女运动，投入到轰轰烈烈的革命事业中。她不畏权势、大义灭亲的革命行动，有力地打击了土豪劣绅的反动嚣张气焰，鼓舞了广大贫苦农民的革命斗志。1926 年 12 月，因表现突出，柏忍被组织吸收入党，庄严

许下了“永不叛党，为共产主义献身”的誓言。

身不得，男儿列。心却比，男儿烈！算平生肝胆，因人常热。俗子胸襟谁识我？英雄末路当磨折。柏忍入党后，随时准备为建立民主的新中国奉献自己的生命，流尽最后一滴血。

柏忍烈士故居 （李治军 摄）

就义：骨肉分离，宁死不屈，为复华夏香魂销

1928 年冬，宁远县反动当局开展“清乡”运动，捕杀了大量的共产党员和进步人士，并悬赏缉拿柏忍。不幸的是，柏忍在广西平乐县被伪装成担货郎的反动派发现后被捕入狱。在狱中，国民党以高官厚禄诱导她说出党组织成员及其所在根据地，柏忍大义凛然，守口如瓶，丧心病狂的反动派对她施以种种酷刑，甚至割掉了她的左耳和右乳，她依然不屈不挠，在酷刑之下仍然坚守革命精神，最后从容就义。

柏忍放弃了优渥的家庭条件，离别了挚爱的子女，为了共产主义事业而献身！她用自己的生命写下的英雄史诗，已成为中国革命历史上一座高耸入云的丰碑。

07 血染皂角树

李福珍　李加美

皂角树下

1926年11月底，宁远县建立起了区农民协会8个，乡农民协会13个。其中，柏忍任北二区（柏家坪、鲤溪）农民协会委员长。

区、乡农民协会比县农民协会成立的时间要早。明清及民国早期，鲤溪的政治、文化和商业中心是大观堡下的梅木塘，而不是后来的永安圩。永安圩的建立和得名，都与梅木塘轰轰烈烈的大革命息息相关，这段历史我们千万不能忘记。

大观堡俗称大观岭，是明朝的一位僧人智眉（梅木塘李氏族谱记其为“龙门高隐”）所创。智眉还在大观堡上创建了扶贫济困的慈善机构——乐善堂，在宁远、新田等县区从事扶贫慈善事业。这个慈善机构在明初建立后，一直延续到了新中国成立后的1954年。每年的农历五月十六日，大观堡还有一个盛大的扶贫活动，每年来此求取救济的百姓数以万计。所以，在大观堡建农民协会，群众基础相当好，可谓一呼百应。

1926年7月，宁远县农民协会筹备处成立，柏忍被吸纳为筹备处成员。8月，柏忍在李松鳞、袁定宪等人的陪同下，冒着酷暑来到素有“东乡第一村、富甲新田城”美誉的梅木塘。第一次来到梅木塘，让柏忍震撼的是村东头那棵直径近2米，需要五六人才能合抱的皂角树，树下很多穷苦人乘凉。皂角树为老百姓遮风挡雨，提供荫蔽，奉献果实，却从不索取。柏忍想，它的这种奉献精神，不正是自己向往已久的共产党员所具备的精神吗？

李松鳞是李仕湾人，与梅木塘同宗共祖，联系起梅木塘村民来很方便。他们首先找到了远近闻名的风水先生李隆通，李隆通又找来同村的李绍藻、李隆玑等人。柏忍抓住时机，向他们宣讲农民协会章程，号召大家组织起

来，同地主阶级土豪劣绅作斗争，争取自己的权益。

柏忍说："从表面上看，这些地主劣绅财富好像是他们自己会经营积累起来的。而实际上，是他们霸占公产、族产、庙产、积谷会、桥会、义学、还愿、育婴堂等田产，大的收租上千担，小的收租也有几十担，贫苦农民连结算的权利都没有。我们不团结起来，清理他们的逆产，只能挨饿受冻。大观堡乐善堂那么多积谷、租息，我们农民又获得了多少?"

李绍藻答道："我终于明白新田'团防局'队长彭荣华为什么那么有钱有势了，原来是把持了大观堡的公产、租息，行贪腐之实，真正的逆产!"

柏忍抢过话头："等我们建立了农民协会，第一个就清算彭荣华。你们几位先发展一下农民协会员……"

建立农协武装

1927 年 1 月，乐天宇被中共湖南区委派回宁远，充实了宁远县农协筹备处的领导力量。中共湖南区委要求乐天宇在 3 月前把所有农会全部建立起来。2 月 16 日，是农历正月十五，柏忍、李松鳞、袁定宪等区乡农协委员长，再次来到梅木塘。这次，他们要在梅木塘建立农协武装。

经过前期的细致工作，鲤溪区的农民协会终于成立，李绍藻、李隆玑、邹光定、李兴位、李隆照、李隆开、李隆通、李绍转、李绍华、李绍上、李绍莲等 40 多人入会。李绍藻当选为会长，邹光定和李隆玑当选为副会长，李润莲当选为妇女主任。

柏忍走到皂角树下的长条石上发表演讲："乡亲们，我们自己的农民协会终于成立了。我们有 10 多条枪，20 多把梭镖，40 余把大刀，这就是我们的力量。我们要通过建立农民武装来制裁土豪劣绅，维护社会秩序。同时，我们还要兴办学校，平粜大米，把大地主的土地没收平分给贫民。我们一定要团结起来，才能取得胜利。"

"我们的革命，现在有人不理解，讲风凉话，这些我们都不要怕，对那些反革命的劣绅我们要坚决打击。那些毒害社会的烟鬼、赌痞、娼妓、窃贼、流氓、匪盗等，我们一律要打击制裁。"她顿了顿，接着说："大家说一说，目前哪一个恶霸土豪最需要打击，我们马上就去清理他的逆产。"

乡亲们异口同声地说："打倒彭荣华!"原来，彭荣华虽是新田县彭梓城人，但自恃有"民防团"撑腰，有枪有势力，霸占大观堡乐善堂总经理一职不交权，欺压百姓好些年了，百姓对他敢怒不敢言。

农民协会员立即上到大观堡，去清理彭荣华的逆产。彭荣华刚好在大观堡内吸食鸦片，还有几个兵痞。柏忍上去就要缴他的械。

彭荣华道：“你一个女流之辈，竟敢和我动武？不把你项上人头拿下，我不姓彭。”话音未落，就朝天开了两枪。

说时迟那时快，李绍藻、李隆玑、邹光定等农民协会员一把按住了彭荣华，随即命令彭荣华的人缴了枪械。柏忍把高帽给彭荣华戴上，把他拉到梅木塘及周边村庄游村示众。彭荣华不得不交出大观堡慈善机构账簿，不得不把清理出的逆产 100 多担谷子分给贫苦农民。彭荣华霸占的乐善堂总经理职位也被撤掉了，气得他七窍生烟。

大观堡上红旗飘扬，革命形势如火如荼。

血染皂角树

1927 年5 月21 日，长沙发生“马日事变”。5 月26 日，王德光在永州又发动“宥日事变”，革命形势急转直下。6 月，宁远反动政府组织“铲共团”，乐天宇、柏忍、李国安等共产党员迫于形势，分散外出避难。

6 月12 日，原先被鲤溪清理了逆产的新田“团防局”队长彭荣华带领 100 多名成员，从新田彭梓城向大观堡和梅木塘扑来。农民协会员李隆通早早发现，他快速跑回村里鸣锣并高呼示警，待彭荣华等人围住村庄时，全村老少已躲到后龙山、东茅岗的深山密林中。彭荣华扑了个空，恼羞成怒，命人放火烧了数座房屋后悻悻离去。

10 月8 日凌晨，彭荣华再次带领“团防局”的人，还纠集地方土豪劣绅数百人马，在天亮前就悄悄地把梅木塘村围了起来。他们挨家挨户地把村民们赶到皂角树下，威逼他们供出柏忍、李松鳞、袁定宪等共产党员和农会领导的藏身之所。

彭荣华连续厉声怒吼了几遍，换来的都是村民们的默不作声。他便挥起屠刀，一刀将怀里还抱着孩子的彭润凤的头砍下，这一刀把刚满周岁的孩子也杀害了。

为保护村民，农协副会长李隆玑主动站出来大声道：“我就是农民协会长，你们要抓要杀就冲我来。”结果他被五花大绑押至新田县城，受尽严刑拷打。但他宁死不屈，最后在新田县虎头岭惨遭杀害。他的次女李润莲、四女李四秀及农民协会员李兴位、李隆照、李绍转等20多人，在皂角树下被戕害。他们始终没有供出柏忍、李松鳞、袁定宪、李绍藻、邹光定等人的藏身之处。

反动派变得更加穷凶极恶，劫走了村里的财物，烧毁了所有房屋（只剩一座古庙未被烧着），又填埋了村里10多米深的岩泉深井。梅木塘上空乌鸦凄鸣。

1928年冬，李松鳞、袁定宪等在县城被杀害，李绍藻、邹光定在永安浪石桥遇害。1929年4月，柏忍在五拱桥英勇就义。宁远的农村大革命转入低潮。

从1927年至1929年的三年时间里，反动派多次到梅木塘烧杀抢掠，梅木塘的幸存者被迫背井离乡，流离失所。梅木塘人口由500多人骤减至280多人，十里八乡的老百姓再也不敢来这里赶闹子，集市从此消亡。1931年，国民党反动派为了安抚民心，在浪石桥村东新建闹子，以“永远保境安民”定名永安圩。

08 勇斗“团防局”

骆友星　曾松亭

1927年元月，为改变宁远县农民运动进展缓慢的状况，乐天宇受组织派遣与湖南地下省委指派的农运特派员骆昌义一道回宁远开展农民运动。

为打开局面，乐天宇首先回到老家麻池塘村，动员父母把浮财与粮食等分给劳苦大众，并带头申请加入农会，用实际行动号召劳苦大众组织起来，打倒土豪劣绅。

为了使宁远的农民运动尽快掀起高潮，乐天宇同中共宁远支部的同志下村指导，宣传发动，在很短的时间里，把成千上万的农民迅速组织起来，相继建立了区、乡、村农民协会组织。农民运动对沿袭了两千多年的封建统治从政治、经济、文化、习俗等方面发起了猛烈的进攻。与此同时，被剥夺权利的土豪劣绅、团防乡丁，为维护自己原有的利益不断反扑。

路亭村有500多户人家，水田2400多亩，公产占了三分之一。所有公产，都被王育、王槐三两个劣绅霸占。这“二王”为人霸道，一贯横行乡里，无恶不作。他们买通县“团防局”局长李葆心，当上了南靖镇“团防局”局长和副局长，又收买了几十个闲汉作团丁，买了几杆“汉阳造”，便到处作乱。周围的农民，恨不得把他们吃了。年前开始组织农民协会时，由于“二王”的阻挠，路亭乡这一块就始终没搞起来。“二王”还嚣张地放出话来：“谁要把农会闹到我路亭来，老子就要叫他脑壳开花脚下跪。”农民自然恨透了他们，背地里叫他们“王七崽子王八蛋”。

1927年3月15日，路亭乡农民协会在路亭村云龙牌坊王氏虚堂召开成立大会。县农民协会筹备委员会特地送来了贺礼，一块乐天宇手书的会牌“湖南省宁远县路亭乡农民协会”，还有一箱农民协会会员的红布徽章。大会即将开始时，突然传来几声枪响，坐在会场里的群众吓得一哄而散。只见“二王”带着20多个团丁，拿着“汉阳造”，凶神恶煞般冲了进来。团丁们一边乱冲乱叫，一边对天开枪。王育、王槐三带着几个流氓地痞，一下子冲到主席台前，将崭新的会牌砸成碎片。他们撕毁标语，砸烂桌椅板凳，打伤4名与会的农协会员，还要抓捕农会负责人。区农协委员王能九立即跑出王氏虚堂向刚进村的乐天宇汇报。乐天宇果断地说："麦芒对针尖！他们借'团防局'以势压人，我们也要以牙还牙，借农民运动排山倒海之势，摧枯拉朽，彻底打垮'团防局'武装。"随即他命令王能九率领到会的400余名农会会员，奋起还击。之前被赶出会场的参会会员们，通过乐天宇和王能九的动员和组织，大家手拿梭镖、鸟铳、木棒、板凳、石块等蜂拥而上，包围团丁。团丁们还想仗着几杆破枪吓唬人，哪里晓得在一大圈群众的围困下，那几杆"汉阳造"真的连吹火筒都不如。几个试图反抗的团丁、地痞被农协会员一顿砖头石块加上劈柴板凳制得服服帖帖。有三个团丁被打成重伤，只能被人抬走，其余的捂着头，弓着腰，丧家狗似的逃出了会场。"二王"见势不妙，赶忙夹在其中，悄悄逃跑。二十支"汉阳造"，都成了农协会员的战利品。

路亭农会斗争的胜利，大长了农民协会的志气，灭了土豪劣绅的威风。

王育、王槐三在路亭受挫后，哪里咽得下这口气？一转身，跑到县里告状去了。

"告状？好得很哪！他们打架打输了，这官司也输定了，叫他们赔了夫人又折兵。"乐天宇开怀大笑。

原来，对路亭成立农民协会的事，乐天宇先人一招，在行动前就向政府和县议会备了案，取得了县长杨定远的支持。湖南农民协会的兴起，本是国共两党为了配合国民革命军北伐的有力措施。此时此刻，谁敢说个"不"字?!"二王"这么一闹，杨定远只好把双方召集起来开会。王育、王槐三两个劣绅哪知就里，一开始只想抢当原告胡编乱造，瞎说一通。他俩仗着"团防局"局长李葆心的势力，以为这样先下手为强，官司就赢了。

轮到农会方面发言了。只见乐天宇不慌不忙，坐在杨县长和议长左边的太师椅上，侃侃而谈。他从国民革命军北伐的伟大行动开始，说到农民运动对北伐的支持，说到省主席唐生智发展农民协会的指示，一直说到宁远农民协会几个月来阻禁平籴、禁烟禁赌、维持地方治安、惩治土豪劣绅、改造懒汉地痞、提倡男女平等一系列举措。末了，乐天宇提高了嗓门，大声说道："今天，县长在座，议长和议员先生在座，请大家评评这个理。俗话说，理字三寸高，猪羊跳不过嘛！农会的功劳，有目共睹。农民协会好得很嘛。只有那些反对孙中山先生的三民主义、反对中华民国南北统一、反对国民革命军北伐的人，才咒骂农民协会糟得很，才把农民协会当作眼中钉肉中刺，才敢破坏农会，冲击会场，打人行凶。是可忍，孰不可忍!”

话不多，分量足。就像打蛇，一棍子打在“七寸”上。乐天宇一开口，“团防局”那边觉得理亏，无言以对。乐天宇话音刚落，外面进来了一群农民，这是路亭农民协会委员王永季组织来的。王永季那天被团丁打伤，他连夜忍着伤痛，走村串户，找了一些受过“二王”欺凌压榨的乡亲，叫他们到县里来控诉“二王”的恶行。这些乡亲一进门来，就争先恐后地哭诉“二王”大秤小斗，侵吞公产，横行霸道，鱼肉乡里，拿义仓谷放高利贷等劣迹。说到伤心之处，有几个农民泣不成声。这一下子好像棒打落水狗，只搞得王育、王槐三两人脸色铁青，浑身颤抖。“团防局”局长李葆心本来有意庇护“二王”，这一下也是脸上红一阵白一阵。

会议出现了一边倒的形势。县长杨定远和议长略一合计，便做出决定：农会所缴获的枪支，一律归农会自卫队作维持地方治安之用；王育、王槐三带头持枪行凶，扰乱会场，交农会押赴县城，游街三日，其余参与捣乱行凶的地痞流氓，监押一个月，交农会处理。

4 月中旬，农运特派员骆昌义在冷水巡视工作时惨遭杀害。乐天宇不仅未被吓倒，还对反动势力予以坚决回击。他们不仅抓来乐树集、罗甫仁等有名的大地主游街，还派出几百人的队伍，扛着大刀、梭镖，背着鸟铳，把全县闻名的恶霸地主——县“团防局”局长李葆心押到县城里游街示众，并把他推上了审判台。在万人大会上，农会对李葆心作了公开审判并处以死刑。广大人民群众由此扬眉吐气。

4 月下旬，在全县的农会代表会上，乐天宇被选举为宁远县农民协会执行委员长。宁远农民运动很快在全县展开，形成高潮。5 月，全县先后成立了 100 多个农民协会，会员发展到 5 万多人。

09 首建宁远总工会

欧利生

遵照湖南省总工会郭亮委员长的指示，乐开梁与湖南省立第三师范学校一起毕业的黄本仁、李良才、李国安等宁远籍同乡，回到家乡积极开展工人运动。

1926 年 8 月，乐开梁背着扎得方方正正的被子，提着简单的行李，一路跋山涉水，从衡阳走回老家宁远麻池塘村。刚踏进家门，就见 12 岁的表侄向他扑来，猛地跪在他的面前。原来昨晚表侄李小毛的父亲死了，他一来报丧，二来借钱葬父。李小毛母亲死得早，他父亲既当爹又当娘，好不容易将他带大到 12 岁，如今撒手而去。乐开梁扶起小毛，将身上仅有的一块大洋交给小毛，要他先办完丧事再说。李小毛的父亲是个远近闻名的木匠，可惜未等儿子学到手艺就去世了。办理丧事的时候，李小毛的父亲的师兄弟都来了。

送走父亲，李小毛为今后的生计发愁。乐开梁劝说一位老木匠收下李小毛为内徒，老木匠答应了。“内徒”就是在师傅家吃住的徒弟。这个老木匠姓王，长期蓄须，胡须足有五寸长，大家都称他王胡子。王胡子选了黄道吉日，决定在这一天举行李小毛的拜师仪式。拜师仪式非常隆重，不仅县城周围的木匠都来了，一些泥水匠、油漆匠也来了。在拜师仪式上，工友们都要求喝过洋墨水的乐开梁讲几句话。

乐开梁借此机会，开始演讲，鼓动成立工会。他首先烧了三炷香，向鲁班画像拜了三拜，然后面对工友们侃侃而谈。他说：“我的老表死了，他做了一世的木匠，没留下一文钱，劳苦一生，连死都要借钱办丧事。你们说，这是为什么？泥瓦匠，住草房；纺织娘，没衣裳；卖盐的，喝淡汤；种田的，吃米糠；编席的，睡光床。这是为什么？那些土豪劣绅不做工、不种田，日不晒、雨不淋，吃得香、穿得暖，这又是为什么？”随后，乐开梁介绍了长沙浏阳一带成立工会组织，互相帮助、互相支持的一些消息，工友们非常感兴趣，要求向长沙浏阳的工友们学习。乐开梁趁热打铁，请他们晚上到西门街万寿宫夜校学习，商量成立行业工会。

1926年9月，乐开梁根据中共湖南区委的部署，结合宁远实际，成立县总工会筹备处，筹备处成员有乐开梁、李西亭、胡景玉、丁志德、欧瑜等人。乐开梁等人深入基层，调查研究，举办工人夜校，号召广大工人踊跃入会。他们利用夜校团结工友，在木匠、铁匠、砌匠、炮引业、油漆匠等五小匠手工业工人中，宣传马克思主义革命理论和工会章程，讲解土豪劣绅和工头们不劳作为什么吃得好、穿得好，工人没日没夜劳作为什么还这样穷的道理，以此启发劳苦大众的觉悟。他们明确指出，工人们要组织起来，形成一个团体才有力量，而这个团体就是工会，这是工人阶级自愿结合的组织。有了这个组织，就可以同工头们进行斗争，减轻压迫和剥削。他们号召人家团结起来，积极加入各自的工会组织。经过反复宣传发动，五小匠的工人们纷纷报名加入工会。

10月，木漆工会、泥水工会、铁业工会、缝纫工会、鞭炮业工会等相继建立，工会会员发展到500多人。

11月，宁远县工会会员代表大会召开，选举产生宁远县总工会。乐开梁任总工会委员长，李西亭任组织委员，胡景玉任财务委员，丁志德任工人纠察队队长。工会领导权全部掌握在共产党员手里。

纠察队队长丁志德组建了近百人的工人纠察队伍，但是队员们手中无枪，只有梭镖、大刀，怎么办？那时，是第一次国共合作时期，宁远的国民党县党部还是几位中共地下党员帮助建立的，按照省主席唐生智发展农民协会的指示，城关镇的治安主要由工人纠察队负责。“团防局”的枪支应该移交一部分给纠察队。“团防局”的队伍是土豪劣绅建立起来的，他们绝不会心甘情愿地交出枪支，怎么办？

苍天不负有心人，11月10日，李小毛传来一条消息：县“团防局”新购60支枪，请王胡子师傅做枪柜。丁志德知道“团防局”请王胡子师徒俩做枪柜，因为对这一老一少比较放心。他决心趁此机会巧夺新枪。他要李小毛转告师傅，去“团防局”制作枪柜，顺便侦察地形，做好内应。

“团防局”房屋分前后两部分，前面是办公的地方，后面是武器库和住房。中间夹着一条通道，直通侧门。侧门出来就是一条街巷。从侧门可直达

武器库。

11月11日，丁志德要广济镇农会发出消息，说是预定12日上午夺取镇“团防局”枪支。

12日，为防止广济镇农会夺取枪支，县“团防局”局长李葆心带着大部分团丁一大早就出发了，家里只留下9人守卫。

在“团防局”武器库里做枪柜的王胡子，见局长带兵走了，就叫徒弟小毛悄悄地将侧门门闩打开。

8时多，几百人的游行队伍围在“团防局”门口，呼喊口号。留在局里的9名团丁，急忙出来警戒。这时，丁志德带着近百名工人纠察队员从侧门鱼贯进入武器库。丁志德和三位中队长将武器库里的枪支、子弹分配给了每一名队员。队员们戴着纠察队袖套，挎着“汉阳造”，排着整齐的队伍，从前门走出“团防局”。未等警戒的团丁缓过神来，他们身上的枪支也已成了纠察队员的战利品。这次夺取的枪支，除60支新枪外，还有库里原存的20支旧枪和9名团丁的9支枪。有了枪支，纠察队队员们精神多了，他们日夜巡逻，维持治安。

那时，南门桥是县城人气最旺的地方，也是一个工匠市场。木匠、泥水匠、油漆匠、鞋匠，随处可见。他们无事干时，就拿着工具，坐在桥上等人雇工。桥上还有剃头匠、粑粑摊、甜酒摊、算命先生卦摊，桥上有唱、有笑、有喊、有叫，甚是热闹。

可是，这里也有令人气愤的事发生。南门街有个土豪刘继华，仗着财大气粗，有权有势，巧取豪夺。他总是在匠人们兴致最高时，带着几个狗腿子，来到桥上收取地头税。在这里等待雇工的匠人，未得一文钱，却要出地头税，谁要反抗就会被抓到“团防局”，人们苦不堪言。各行业工会都要求治一治刘继华。

县总工会决定发动工人开展反对刘继华霸占南门桥强征地头税的斗争。

那天，各类工匠来得特别多，南门桥上人山人海。刘继华以为赚钱的机会来了。他带着狗腿子，拿着捆人的绳索，跨上南门桥台阶。突然，一声大吼：“抓住他！”只见几十个戴着工人纠察队袖套的工人，一拥而上，把刘继华和几个狗腿子压倒在地。他们用刘继华带来的绳索，将刘继华和狗腿子捆了起来。不知什么时候，桥上拉起了一条横幅，上面写着“打倒土豪刘继华”。刘继华头上也戴上了足有三尺高的纸糊的尖圆帽，上面同样写着“打倒土豪刘继华”。工会会员们排着整齐的队伍开始游行。游行时，队伍还不断扩大，最后形成了六百多人的游行队伍。这次斗争土豪刘继华，取得了意想不到的效果，不仅大大增长了工人们的斗争勇气，还扩大了工会队员队伍的力量。县总工会真正成了具有崇高威望的工人运动指挥部。

参考书目：

《中国共产党宁远历史》（1921—1949），湖南人民出版社 2011 年版。

10 唐鉴小传

胡吉雄　唐太培

唐鉴（1903—1928），又名唐才儒，字士蘅。今湖南宁远县保安镇上古溪村人。中国共产党早期党员，著名的学生运动领袖，曾先后任全国学联总干事（主持工作）、中共湖北省委常委兼共青团湖北省委书记。1928 年被国民党反动派杀害，牺牲时年仅 25 岁。

少立大志　年轻有为

1903 年 10 月 1 日，唐鉴出生在湖南省宁远县保安镇上古溪村一个普通农民家庭。那时的旧中国，前有清廷无能、列强入侵，后有军阀混战、民不聊生。年少的他在上学时要独自步行 20 里路去学校，在学校吃的是家里带来的咸菜。在艰苦恶劣的环境中，他炼就了坚毅刚强、英勇无畏的性格，立下了改变穷苦命运、报效祖国的远大志向。

17 岁的他以优异的成绩考入“湘南最高学府”——湖南省立第三师范学校。在这里，他阅读了《新青年》等大量进步刊物，接受了先进思想的熏陶，聆听了革命先驱的精彩演说，吸取了革命的养分，激发了对革命理想的追求，开启了对革命信仰的探索。他 18 岁加入了共青团，19 岁加入了中国共产党，成为宁远县早期共产党员。他开始由过去为个人寻找出路转变为立志要为国家，为民族，为社会寻找光明的出路。他人生奋斗前进的道路，有了明确的方向，那就是为马克思主义信仰而奋斗，为天底下受苦受难的人民而抗争。

坚定信仰　义无反顾

加入党组织后，唐鉴的革命信念更坚定。演讲、绘画、写文章，成为他宣传马克思主义、揭露军阀、批驳帝国主义的主要方式。由于他热心社会活动、学业成绩优良，很快获得同学们的信任，被大家推选为湘南学生联合会干事，还先后担任《湘南学生联合会周刊》和《湘南学生》的主编，利用宣传阵地鼓与呼，撒播革命的火种。

1923 年春，他领导湖南省立第三师范学校的学生掀起了“反压迫、要民主、驱逐反动校长刘志远”的学潮，也因此被学校开除了学籍。尽管如此，他依然没有退缩，义无反顾带领同学们坚决抗争。他们赴省城长沙请愿，进行绝食抗议等一系列斗争。请愿团的正义行动得到了社会各界的支援，最终，迫于社会压力，政府当局更换了湖南省立第三师范学校校长，被开除学籍的 53 名学生也得以复学或转学。

1926 年夏，因为在实践斗争中有胆有识，才华卓越，他被推选为全国学生联合会总干事，领导全国的学生运动。随后，他领导广大学生积极从事革命工作，历经震惊中外的“五卅惨案”“马日事变”。他到处为革命奔走呼号，到处撒播革命火种。1927 年，组织委派他担任共青团湖北省委书记。在全国各地局势越来越紧张的情况下，他甘冒被抓捕的风险坚持对敌斗争，号召全国学生团结起来，共同抵抗帝国主义列强侵略势力和国民党反动势力。

他领导并参加学生运动，极大地丰富了生活阅历，也进一步激发了为革命舍生忘死的奋斗精神。

舍生取义　浩气长存

1928 年年初，白色恐怖笼罩着整个武汉，国民党反动派每天都要杀害数十名甚至上百名共产党员和革命人士。有人劝他暂时转移去农村，躲避眼前可能面临的危险。但是即便随时可能被捕，随时可能死亡，他还是坚定地选择了留在武汉继续奋斗。1928 年 4 月 10 日，他在汉口刘家庙秘密组织召开团省委扩大会议，由于联络员的叛变，他被捕入狱。国民党当局威逼利诱，劝他投降，要他透露组织的内幕消息，他坚决拒绝，决不背叛自己的信仰，决不背叛党组织。反动派对他施以各种酷刑，烧得火红的铁烙烫在他身上，把他的腿打断了，手打折了，但他始终宁死不屈。

当他被押赴刑场途中看到妻子李绶玄时，他多想抱一抱自己的爱人，多么渴望能看到即将出世的孩子！然而，已经不再可能了！他饱含深情地笑着安慰妻子，带着对人生无比的留恋，将手书“继续奋斗”四个大字的字条赠给妻子，随后傲然走向刑场。

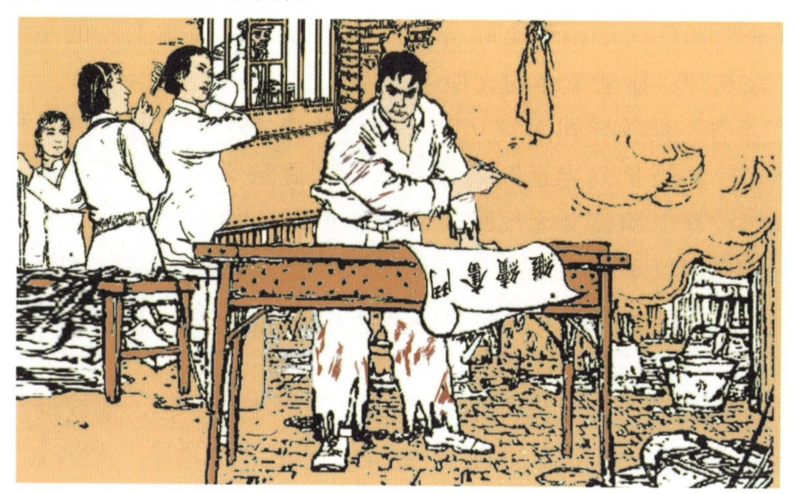

唐鉴手书“继续奋斗”　　（廖东望 作）

1928 年 10 月，他的战友陆定一在《列宁青年》期刊上发表纪念文章写道：“唐鉴同志英勇地死了！他的遗嘱永远萦绕在每个革命青年脑子中：‘继续奋斗！’”

参考书目：

《中共党史人物传（第三十五卷）·唐鉴》，中国人民大学出版 2018 年版。

11 中共宁远特别支部

吕九林　骆友星　周文敏

第一次大革命失败后，湖南到处是一片白色恐怖，成千上万的共产党员惨遭国民党当局缉捕和残杀，党的组织几乎全部被破坏，宁远县第一个党支部也未能幸免。1928 年 9 月，湖南省委再次遭到破坏，在湘不能立足，遂迁往上海。同年 10 月 20 日，中央指示宁迪卿、易足三、林仲丹、成仲青在上海重新组织湖南省委。省委按照中央指示，制定了工作计划，决定组织一批共产党员回湘开展工作。曾参加过南昌起义的共产党员陈汉楚（宁远山下洞村人）与中央军事政治学校武昌分校学员、参加过广州起义的共产党员龚国宝在海陆丰根据地结为伉俪，旋奉令撤离，随团长于锟、党代表袁裕经香港到上海。适逢湖南省委急需派人回湘，中共中央遂将陈、龚夫妇分配到湖南省委。是年 10 月，陈、龚二人参加了湘委组织的回湘工作人员训练，明确了党的政治路线与工作路线，每人领取经费银圆 100 块。通过训练，陈、龚等 12 人首批回湘从事党的地下工作。

是年冬，陈、龚到长沙，与带伤流落的同乡谭镇湘（又名汉镇，原在彭德怀、黄公略部当兵，平江起义时负伤）相遇，长述衷肠。陈见谭手头拮据，便解囊相助。陈、龚、谭三人几经周折，于 1928 年 12 月底回到故乡——宁远山下洞村。其时，宁远大举“清乡”，反动当局遵循“宁可错杀一千，不可放走一个共产党员”的密令，疯狂屠杀革命人士。陈、龚面临险恶的形势，没有气馁消沉，而是积极从事地下工作，经常向省委请示汇报。1929 年 1 月，陈汉楚、龚国宝发展同时回家的谭镇湘为共产党员，旋即成立中共宁远特别支部，共有党员 6 名，直属省委领导。

1929 年 2 月 5 日，湖南省委在上海调整了领导班子，健全了组织机构。由于远离湖南，省委对全省工作的指导鞭长莫及，影响了湖南革命斗争的开展。是年 3、4 月间，省委机关从上海迁至汉口，10 月初从汉口迁回湖南湘阴。这段时间，省内一些党组织连遭破坏，“湘南特委因去年特委书记罗毅生同志被杀即与省委断绝关系”，在湘南，“只有宁远特支尚与湖南省委有联系”。1929年4月上旬，省委派巡视员到宁远巡视，在山下洞村旁的松树林里召开了党员会议，听取了陈汉楚的工作汇报，提出了工作意见，要求加强党的建设。巡视员走后，陈汉楚根据工作需要，通过挚友欧贤佑荐举，打入国民党宁远县“挨户团”担任排长。陈部驻扎在荒塘，把守山口要道，断绝阳明山交通，“围剿”周文。陈汉楚以县“挨户团”排长的公开身份，秘密从事党的工作。为了完成省委交给的联系周文、陈光保，实行武装暴动，建立苏维埃政权，进行土地革命的任务，他派人与周文暗地联系，结果被敌人察觉，有3个同志立不住脚隐遁外县，党员从6人减为3人。党组织受到损失。

为改变湘南的被动局面，1930年3月，省委“决定派人去湘南改造宁远的组织，按新的思想建立党的组织，寻获耒阳等处的关系改造党的组织，尽可能地恢复群众组织或赤色区域，会合湘南方面的这些组织和势力，形成湖南的南部革命势力——赤色区域和红军，以发展和推动衡宝一带的工作”。省委这一决策显然是非常正确的。如省委及时派人把宁远特支改造好，继而派人把周文部改造成红军，在阳明山、四明山一带建立红色根据地，是完全有可能的。但是，由于当时敌我力量悬殊，省委接受了中共中央第七十号通告提出的“坚定地执行集中进攻的中心策略”“配合和联系各中心省区”“组织地方暴动”，争取“一省或几省的暴动形势首先成熟”的“左”倾主张，没有实施这一战略决策，未派人到宁远改造特支。5月，省委再次遭到破坏，宁远特支与省委失去联系，工作难以开展，每况愈下，陈汉楚思想动摇。6月，陈汉楚只身外出求职，赴国民党53师（师长是本县人李抱冰）给族兄陈汉卿连长当司务长，龚国宝则到县立女校执教，谭镇湘病亡。历时一年半的中共宁远特支自行消失。

宁远县山下洞苏维埃旧址 （李治军 摄）

12 血荐党旗

李芳生

1926 年 12 月，宁远县第一个党支部成立，共 16 名党员，其中一名党员叫李质，今禾亭镇老烟竹村人。李质能够加入中国共产党，受他父亲的影响很深。在入党之前，李质就随其父李先远积极投身于农协会的创办工作。1926 年 10 月，广济区（禾亭镇）农民协会成立，李先远担任该区农民协会会长，李质成为其父的重要助手。李先远父子深入农村，访贫问苦，运用演戏、演讲、开群众大会、座谈会等形式，广泛宣传农协会的章程和意义。

宁远县老烟竹农协会旧址 （郑成德 摄）

1927 年 4 月初，宁远县第一次农民协会代表大会在县城议会会议室召开，出席的代表有 300 人，李质被选为农民自卫军部长。自卫军部长的首要任务就是发动和领导广大农民群众打击豪绅地主，树立农民协会的权威。在对不法地主、土豪劣绅进行处置时，根据其不法行为，轻则受罚、认捐，重则戴高帽、游乡，民愤极大者则在特别庭进行审判后，关进监狱，甚至枪毙。全县此时共有农民自卫军 6000 余人，20 余支枪，大刀、梭镖一万余把，由李质统领。

在这些农民运动中，李质带领农民协会自卫军先后抓了乐遂集、王育、王槐三、罗甫仁等戴高帽游街示众，处理了一大批大地主的逆产，分给穷苦农民，处决了破坏农民运动的罪魁祸首——县“团防局”局长李葆心，广大农民拍手称快。至此，宁远农民运动达到了一个高峰。

5 月 21 日，许克祥在长沙发动“马日事变”；5 月 26 日，永州的王德光发动了“宥日事变”，大肆屠杀共产党人，镇压农民运动。宁远的农民运动自此处于白色恐怖之中，宁远的反动政府随即成立了“铲共团”，收缴农运枪支，追捕农会骨干。

禾亭镇李先远、李质父子等 40 余名农会骨干，将清理逆产的银圆作路费，于 6 月 3 日晚离开宁远，远走他乡。7 月上旬，老烟竹的李先远、李海照（小名海崽）等人秘密潜回宁远，召集失散的自卫队队员 30 多人，继续与土豪劣绅做斗争。

一天晚上，李先远、李海照、李达予、李登优、李寿古、李有古、李先喜等人在李启森家开会，商讨斗争策略，被原“团防局”局长李葆心之弟发觉并告密。李葆心之弟带领“铲共团”的 50 多名暴徒包围会场。农协成员奋起抵抗，因屋内空间狭窄，且没有武器装备，绝大部分人受伤后被当场抓住。而身强体壮、武艺超群的区自卫队队长李海照，抓起随坐的长板凳当武器，杀敌二人、伤敌数人后，砸窗逃走。其妻在怀有身孕的情况下，被反动派抓走，被剥光衣服，并被施以竹签插十指、火烧全身等酷刑，逼她说出丈夫下落。她大义凛然，宁死不屈，后被卖给冯石村黄家。

老烟竹李质的父亲李先远（后期会长）被敌人严刑拷打，要他说出领导农协运动的共产党员姓名和藏身之地，交出枪支、武器。李先远道：“我最遗憾的是，连我儿子都加入了中国共产党，而我却没能加入。就用我的血来染红党旗!”敌人恼羞成怒，将他处以五马分尸的极刑。宁远的农民运动转入低潮。

13 赤卫队员林桂清

唐万胜

1916 年 8 月出生的林桂清，是宁远县中和镇河西村牛漯自然村人，1934 年在湖南酃县（今炎陵县）参加赤卫队。

叶落归根

1962 年 4 月中旬，离乡 30 年的林桂清，肩挑一套旧铺盖、几件旧衣裤等物品，只身回到叔母唐冬曲的家里。一见面，他便号啕大哭地说："我终于找到你们了，回家了！"因其叔母土改时曾担任过白公殿村的农协委员，故警惕性较高，面对这位不速之客，一面安慰他，一面警觉地问他："你叫什么名字？是谁的儿子？什么时候离开家的？这么多年到哪里去了？从哪里回来？家里还有什么人？"林桂清对叔母的提问，一把鼻涕一把泪地一一作了回答。随后，唐冬曲又叫儿子林祥胜将枣子园村（从牛漯迁出人员的现居地）村长林诚古请到家里，对林桂清的落户、定居和参加生产等事宜作了安排。

因"躲兵"而当兵

原来林桂清是白公殿村牛漯自然村林智水的独子，唐冬曲的亲侄儿，他 16 岁时为了躲避国民党抓壮丁而外逃。由于没文化，又没见识，也不知道躲到哪里去。他出了中和后就往县城走，还到过新田、嘉禾、郴州、茶陵，最终才到了酃县。钱花光了就沿途乞讨，幕天席地，运气好就到街头巷尾或破庙、厂棚里睡上一觉。后来到离酃县县城 40 来里的一个山区寻找生活门路。也是老天有眼，正当他走投无路时，一个快 60 岁的老人，把他领到自己的家里。老人无儿无女，于是林桂清把老人当父亲一样对待，帮他干活，自己也讨口饭吃，求得生存。不到半年，老人病逝，他含泪把老人安葬后，就住在老人的茅屋里，一面为其守灵，一面砍柴烧炭，开始了新的生活。

在他刚满 18 岁那年冬天的一个傍晚，他家附近突然来了一群人，有五六十个，个个手持梭镖、大刀、鸟铳或步枪。一个高大个子以命令的口气，叫大家就地休息，生火做饭，还请林桂清帮忙做菜做饭。饭后有一位张队长亲切地向他了解当地的情况，林桂清将知道的事和自己的情况如实地做了介绍，这位队长听了后说："我看你是个老实人，又是受苦人出身，我们这个队伍是共产党领导的，是专门为你们这样的穷人打江山的，打土豪、分田地、闹翻身，你愿意参加我们的队伍，跟我们走吗?"林桂清听他这么一说，心想：我本就是一个单身汉，没吃没穿，过得担惊受怕，还不如跟他们走，好歹有支队伍做依靠，何况这支队伍还是专门为我这样的穷人打天下的。于是他满口答应："要得!"他把仅剩的 2 斤米、一床破被子和几件破衣裤用包袱捆好就跟他们上路了。从此，他当上了赤卫队员。

因伤离队

他参加赤卫队不到一年就参加了与湖南军阀何键的部队的 10 多次大大小小的战斗。由于林桂清能吃苦耐劳，勇敢不怕死，虽身受 10 多处伤，但从敌人手里缴获了步枪 4 支、手榴弹 10 多枚、机关枪 1 挺，多次获得表扬和嘉奖。分队还把那挺缴获的机枪交给他使用。1936 年，他所在的三分队被何键部队攻击，双方发生了激战，打了三天三夜，在这次战斗中他亲眼看到 20 多个战友牺牲在自己的身边。他是机枪手，是敌军攻击的重点目标，在那场战役中，他虽然没有死，但耳朵被炸聋了，左胸中弹两处，右脚被打残，倒在血泊之中。分队长见状，带领七八个战友冒着枪林弹雨把他救出阵地，随队撤离，一直把他抬到离县城较近的颜家村进行救治。分队长临走时说："等你养好伤后，我们会派人来接你的。"时隔一年，林桂清不知部队到哪里去了，部队也没派人来接他。林桂清因无法找到部队，只好在当地成了家，直到解放。

14 沙基惨案英烈郑逢良

侯知文 朱 洪

郑逢良，号以贞，生于1906年，宁远县晓睦塘乡（今晓睦塘村）向木荣村人。

沙基惨案英烈郑逢良
（朱 洪 提供）

少年时的郑逢良好学上进，高小毕业后，入职工厂学艺两年。为报效国家，弃学从军。1924年，郑逢良辞别家人，远赴上海，投身革命。1925年1月，胸怀远大志向的他考入黄埔军校第三期，编入第二营四连一排，南下广州。在军中，郑逢良勤奋习文练武，友爱同学，对革命忠贞不二。同年5月，军阀杨希闵、刘震寰在广州发动军事叛变，妄图篡夺中华民国临时军政府大权。为此，黄埔军校师生奉命兴师讨伐，郑逢良踊跃参加，英勇战斗。不久，上海发生五卅惨案，郑逢良闻此噩耗，悲愤不已，慷慨陈词："定要捉住那些穷凶极恶的洋鬼子，剥皮抽筋，饮其血，食其肉！"

五卅惨案后，全国掀起反帝高潮。6月23日，广州的学生、工人、市民为声援上海群众的爱国运动，举行示威游行，声讨帝国主义侵略罪行。国民革命军部分官兵同黄埔军校学生奉命至沙基口，沿沙面巡行，保护游行群众并声援。当游行队伍浩浩荡荡到达西桥时，英国海军突然向游行队伍开枪扫射，郑逢良巡行在前，为保护游行队伍，奋不顾身，还击英军，不幸壮烈牺牲，血染沙面，年仅十九岁。

郑逢良为捍卫国家主权和尊严，抵抗帝国主义侵略而壮烈牺牲，是大义凛然的军人，是中华民族的英雄儿女。8月4日，黄埔军校在校操场举行追悼沙基死难烈士大会，时任校领导宣读誓词，并致祭文。宁远旅粤同乡也及时送达了祭文和挽联。

祭文如下：

宁远旅粤同乡全体祭郑烈士文

国体变更，历有十五。军阀作伥，帝国是虎。农不得耕，工无资斧。无产阶级，颠连尤苦。锦绣河山，沦为盗薮。知君盱衡，愤激如焚。投笔南走，奋斗精神。三民主义，革命工程。拯民水火，其道可能。服膺总理，愿供牺牲。五卅惨案，闻已心裂。沙基巡行，潮涌热血。奋不顾身，死志早决。取义成仁，丰功伟绩。湘水疑山，千秋靡灭。呜呼噫嘻！幽明路隔。雪耻报仇，后死之责。继起牺牲，誓杀虏贼。堂上健康，闺中规划。寄语九泉，千乞喜色。公同诣灵，踊跃三百。斗酒圈花，来尝来格。

部分挽联如下：

管文楷挽联

英风震沙面；浩气塞苍冥。

江泽长挽联

革命奋精神，血溅沙基，留得英名传后世；
牺牲为党国，魂招黄埔，虔浇清酒奠英灵。

李国昊挽联

黄埔远学习，何期未饮黄龙，先遭横祸，黄土竟长埋，名与黄花同不朽；
青年须雪耻，应拟如驱青蛇，共历青春，青天得再见，光荣青史与流芳。

沈秉棠挽联诗

担簦就学五羊城，才等终军事请缨。
愿为同胞谋解放，望坚团体息纷争。
立修武备功将尽，夏弱夷强恨未平。
有志英年已如此，咸知远到在前程。

长征组歌

红军不怕远征难，万水千山只等闲。

“长征是宣言书”，它向世界宣告，红军是英雄好汉：“长征是宣传队”，它向人民宣布，只有红军的道路，才是解放他们的道路：“长征是播种机”，它撒播的革命种子将到处发芽、长叶、开花、结果……

中国工农红军先后有红6军团和中央红军从宁远经过。红6军团西征，经过宁远的鲤溪、荒塘、柏家坪、清水桥、湾井、水市为中央红军长征探路。中央红军主力长征，经过宁远的湾井、水市、冷水、舜陵镇、天堂等地，斩关夺隘，势如破竹，冲破敌人封锁线。红34师奉令转战回师宁远，舍生忘死，血染九嶷山。红军途经宁远10个乡镇，历时17天，宣传了革命道理，播下了革命火种，近100名红军在宁远牺牲，在人民心中留下了敢于牺牲的革命英雄形象。同时，宁远人民无私无畏支援红军，做了大量工作，展现了军民鱼水情深的历史画卷。红军长征过宁远留下许多可歌可泣的动人故事，至今仍在群众中流传。

15 宁远转兵建议

陈贵斌

编者按：该文节选自陈贵斌《惊天动地的长征》第一章《群龙得首》第 4—7 页，2006 年由国防大学出版社出版。书中记述了毛泽东在遵义会议上，提到了他在宁远的转兵建议。转载在于补充宁远长征史料之不足，证明毛泽东长征不仅过了宁远，还在宁远境内提出了转兵建议。

遵义会议第一天，斗争的双方都亮出了自己的牌。博古隐隐感到不安，他抬头看了看挂钟，时间为 5 时 20 分，而外面的天色已开始暗淡下来，他对大伙说："今天的会，是否就开到这。明天再继续。"

第二天，博古宣布开会，由于情绪没有昨天好，不想多说话，因此语言很简洁："同志们，继续昨天的会，请诸位对两个报告继续发表高见。"

会场沉默了一会儿。

彭德怀在昨天的会上讲了一点意见，但他深感一年来的感触颇多，并没讲完。憋在胸中的好多话必须在会上说说，出出胸中的气。他看见大家都不讲话，感到这样空气太沉闷，憋得难受，决定打个头炮。于是，他对博古说："突围西进途中，搬家逃跑，行动迟缓，野战军遭受重大损失，这个责任应由中央来负。"彭德怀又将目光移向坐在过道一侧的李德身上，大声说："华夫同志在第五次反'围剿'中实行的'短促突击'战术，也是十分错误的。"

李德听了伍修权的翻译后，立即反驳说："第五次反'围剿'的失败，完全在于敌人力量过于强大，'短促突击'战术之所以未能取胜，是由于军事干部们在执行这种新战术时发生了偏差。"

彭德怀一听李德为自己辩护，接着说："在国外正规的阵地战战场上，采用'短促突击'，可能行之有效，但用于中国战场上，不一定适用。从这一点来讲，李德同志不了解中国情形，是在那儿瞎指挥！”

李德听了翻译后，立即反唇相讥：“过去陈独秀、李立三也说过国际代表不懂得中国国情，既然你们说我不了解中国情形，为什么不告诉我呢？责任到底是谁呢？”

会议一开始便展开了辩论，大家嗅出一点火药的味道。

李德的诘问之所以将彭德怀的批评顶了回去，大家心里明白，是因为在昨天的会上，彭德怀、聂荣臻等前方将领严厉批评了李德的错误，他不服气，今天借题发挥罢了。以致当李德发言后，大家也没有对他们的诘问争论下去。

彭德怀继续放炮：“湘江兵败，‘三人团’有不可推卸的责任。当红军尚在郴州、宜章间时，我就向军委建议过，以三军团迅速向湘潭、宁乡、益阳挺进，在灵活机动中抓住战机消灭敌人小股，迫使敌人改变部署，阻击、牵制敌人；同时，中革军委率其他兵团，进占溆浦、辰溪、沅陵一带，迅速创造新的根据地，否则，红军将被迫经过湘桂边之西延山脉，其后果于我十分不利。可是，博古同志和华夫同志对这一建议理都不理，径自命令红军往蒋介石那个口袋里钻。”说着彭德怀的目光从博古、李德身上迅速扫过。

周恩来沉重地说：“德怀同志确实提过这个建议，在这件事上，作为‘三人团’成员，我也有责任。”

毛泽东接着说：“从江西出来，我不掌兵，没有发言权，但也提过与德怀同志类似的建议。我记得红军到达宁远地区后，我就对红军的进军方向提出过建议：红军不要过潇水，应沿潇水东岸经保和圩、雷家坪等地，攻占零陵的栗山铺，再向东北攻祁阳，过湘江，在两市镇或宝庆一带与敌决战，然后再返回中央革命根据地去。但是这一建议也被我们的决策者们束之高阁了。”

会场上又是一阵小声议论，人们脸上露出惊异之色。显然，毛泽东的这一建议鲜为人知。博古勉强点了点头：“是的，提过。”

李德听了翻译后，问毛泽东：“难道毛泽东同志认为我们现在可以再回到江西吗？”

毛泽东笑了笑：“你说呢？”

李德瞪着眼睛，不知该怎么回答。

“现在，不行了。”毛泽东摇了摇头，幽默地说，“昨天有人说我只知道

《孙子兵法》，现在我还要搬搬我们的老祖宗。我在宁远的建议，是基于当时的具体情况，现在，时间过去了两三个月，人只剩下3万，远在贵州，天时、地利、人和皆不具备了。”

“如果按照你的意见办，你敢保证就能成功吗？”李德又问。

“华夫同志，你应该清楚，马克思主义者不是算命先生。”毛泽东轻松地说。

李德无言以对，会场上又是一片笑声。

红军总司令朱德可以说还没有好好发言，昨天只是听到同志们发言时，讲得气愤的时候，简单冒了两句。他那双慈祥而和善的眼睛望着大家，神情凝重地说：“李德顾问在国民党军队的第五次‘围剿中，命令红军进入阵地战，其结果是丢掉了苏区，牺牲了多少人命！最后，我们还是只能撤离江西苏区。而在西征开始的军事策略，也是错误的，畏于接敌，仓皇逃跑，以致损失惨重，这也是中央的责任。如果继续中央这样的领导，我们就不能跟着走下去！”

王稼祥在躺椅上欠起身子，接过朱德的话说：“同意总司令的看法，我再重复一句：错误的领导必须改变！‘三人团’得重新考虑。”博古的眼睛睁得圆圆的，白皙的脸庞泛起一阵微红，盯着王稼祥，感到有些吃惊。心想自己和王稼祥从莫斯科回来，一起共事，后来虽然产生过一些矛盾，但基本上还是一个营垒里面的同志，今天，为何这么理直气壮地反对起自己来……

凯丰不以为然地说：“博古同志究竟犯了多大的错误，你们要撤他的职？改换领导，我不同意！”

张闻天有些激动，但他尽力沉住气说：“请问，博古同志能再继续领导下去吗？我们中国的事情，不能完全依靠顾问，我们自己要有点主意。”

晚上会议一开始，周恩来站起来，两道浓浓的黑眉几乎纠结在一起，额前的几道纹沟似乎更深了。他那双如火似炬的眼睛环视了一周，大家的视线不约而同地一起集中在他的身上，全神贯注地盯着他。每个人都在心里想，作为指挥第五次反“围剿”的负责人，中革军委的副主席，对昨天博古的报告持什么态度？对毛泽东的发言有什么看法？对今天会上大家对他的批评有何看法？倒想听听他的高见。

鉴于周恩来的地位和身份，他的发言将会给会场带来不小的影响，他的态度，将会起着一种特殊的任何人也无法取代的巨大作用！

16 攻打宁远城

萧　锋

编者按： 萧锋（1916—1991），原名肖忠谓。江西省泰和县人，1916 年生，1927 年加入中国共产主义青年团，同年参加万安农民暴动。1928 年参加中国工农红军，1930 年加入中国共产党。1955 年被授予大校军衔，获二级八一勋章，二级独立自由勋章，一级解放勋章。1961 年晋升为少将军衔。1988 年获一级红星功勋荣誉章。1991 年 2 月 3 日于北京逝世。享年 75 岁。

他参加革命以后就开始写日记，55 年从不间断。萧锋的日记有 310 多万字，今摘录他在长征中过宁远时的日记，再现当年红军过宁远的真实情形。

十一月二十日　阴雨

晨，周副主席、刘总长离团回中央纵队，我们在蓝山城外送行。

军团首长电令：蓝山城由九军团接防，红三团速进占宁远。遵令，将防务情况详细向罗炳辉军团长、蔡树藩政委等首长作了汇报。

午后二时出发，经河口达落山庙宿营，行程九十里。道路泥泞难走，掉队很多，尤其是新战士，他们缺乏锻炼，体力不行。二连四班长刘冀生因掉队失去联系。迫击炮连二班长张央知年轻力壮，打炮准确，这次解放蓝山出了大力。

政治处汇报，两天来扩红七十五名，有八个雇农，十个中学生。他们有的因父母被反动派杀害，要为父母报仇。有的为了逃婚。大多数青年是为了寻找革命真理，不愿受压迫。他们说，不当红军也得被国民党抓去当炮灰。有兄弟俩扛着锄头来当兵，要为父报仇。

没收十五家地主财物，筹款三万多元，筹衣、被一千二百件，备粮很多，这下红军供给又有了本钱。

明日袭占宁远，倘能成功，可挡住国民党薛岳、吴奇伟纵队追击，使我中央纵队主力能争取更多时间，胜利渡过湘江。

十一月二十一日　　雨

午后二时出发，急行军经坝场村、师胡村达泠水铺宿营。据侦察，敌调来援兵已达一个团，集中守备宁远城，这给我军攻城造成极大困难。

团政治处在林龙发政委主持下，召开政工会议，团、营领导参加。会议分析了形势，总结了打蓝山城后部队的政治思想情况，研究了如何阻挡薛、吴纵队追击。并要求注意同地方党的联系，注意对战士进行前途教育，提高红军的战斗力，发扬革命英雄主义精神。

十一月二十三日　　阴雨

经过一天半准备，晚十时向宁远城发起进攻。我一营进抵南关，突击队多次组织登城，战斗越打越激烈，至午夜撤出战斗。

据一俘虏供：昨晚何键两个团和薛岳一个团已入城，敌人还有八个师正向宁远集结，要堵击我军行进。决心撤出是正确的，要准备完成粉碎薛、吴纵队追堵的任务。

这几天飞机真多，七连陈敬群副连长腿被炸断，还硬不让人包扎，自己拉响手榴弹牺牲。他知道部队离开苏区，伤员不好安排，不愿给队伍增加困难，情愿自我牺牲，同志们都感到很惋惜！

十一月二十六日　　晴

晨，敌机八架，轮番向我阵地扫射轰击。午，师部令我团换一团在水仔洞（山名，在宁远）、横岭（山名，在宁远）一带担任阻击，掩护主力转移。整天与敌厮杀，我伤亡三十余人，转移二十五里。最大问题是伤员无法安置，只好原地放在群众家。到白区来作战，最困难的是无后方，伤员无法收容，伤了等于死亡。二营六连排长何玉香负重伤，宁死也不愿留下。三营通讯班长刘挺楷，腿被打伤，要把他留下，他打天翻地不干，说爬着也要跟红军走。

地方党反映：国民党要在全州、湘江布置第四道封锁线，企图消灭红军。

十一月二十七日　　晴

整天在西山横岭阵地阻击敌人。午，我们组织全力反击了一下，俘敌百余，敌败退。午后三时，敌又发起进攻，我拼命阻击，一直坚持到晚，才安然撤出战斗。

我团掩护任务胜利完成，甩开敌人向西行动。连夜急行军，经沿口村到白芒铺宿营，行程九十里。师部令我团改任前卫，向道州城进发。我三营在白芒铺扩红二十七名，蒯秋棠只有十六岁，学做衣服，红军一来，他丢下剪刀，拿起刀枪，愿为工农打天下，这跟我参军时的情况差不多。我也是自幼学做裁缝，于一九二八年一月八日丢下剪刀参军的。

（本文节选自萧锋：《长征日记》，上海人民出版社 1979 年版）

17 下灌虎形岭战斗

陈伯钧

编者按：陈伯钧（1910—1974），原名陈国懋，字少达，四川达县河市坝人。1923 年，陈伯钧考入省立万县第四师范，积极参加学生运动。1927 年 2 月入黄埔军校武汉分校学习，同年 5 月加入中国共产党。参加了南昌起义、秋收起义后，任工农革命军第一军第一师第二团第三营第六连第一排排长。上井冈山后，参加了争取改造袁文才部的工作。1928 年 4 月朱毛会师后，任工农红军第三十一团第一营第一连连长。1932 年 7 月，任红十五军军长。1933 年 1 月，任红 5 军团参谋长。1934 年 2 月，调任十三师师长，参加长征。1935 年 7 月，调任红四方面军第九军参谋长。1936 年 7 月，任六军团军团长。抗日战争、解放战争中，陈伯钧历任要职。1955 年被授予上将军衔，任第一、二、三届国防委员会委员。节选内容，实时记叙了下灌虎形岭战斗的真实情形，文中称红岭，就是指虎形岭。

11 月 22 日　阴

行军备战。由楠木圩（蓝山县）经落井庙、山口到下灌，约廿五里。

我军为迅速脱离敌人，是日晨即全部离开楠木圩西进。到下灌，遇军委，即决定我们师留下灌，并准备作战。当即以卅七团在红岭（即虎形岭）附近向宁远警戒，余均集结下灌。是晚即在该地宿营。

11 月 23 日　阴，晴

作战。下灌、红岭之线。是晚由下灌到百草坪，约十里。

晨五时许，军团李政委、陈云同志等来我处谈关于新的任务（准备坚决消灭周纵队），及部队中的一切问题。

继而得伯承同志信，要我派兵向张屋（庄屋）警戒，说张屋又可能马上出现故人。当即派刘参谋率卅八团之一连向张屋配置警戒，并侦察当地地形。不久，飞机亦来此盘旋，即令各团队至野绿丛中隐蔽。紧接着枪声啪啪，于是仓猝应战。幸我卅八团隐蔽地点，即敌人来路，遂即进入阵地与之对抗。我友军卅四师在王家突遇敌人，被迫急促地退出该处，靠近下灌。

虎形岭战斗遗址 （宁远县党史研究室 提供）

是日，敌人先以一小部占小河左岸阵地，掩护张屋，继以一大部（约两团）向卅四师压迫；最后以全部力量沿小河左岸向红岭迂回前进。于是，我即下令红岭警戒之卅七团留一营在该地警戒，主力即靠近下灌，卅八团主力靠河左岸，卅九团全部又靠卅八团主力之左。

正当我卅七团主力向下灌集中并在途中与敌迂回部队遭遇时，敌已占领我左翼之制高点，我完全由下仰攻而上。不过，卅七团动作还迅速，在与敌遭遇时，我军不但未被敌人截击，反而迅速集中，立即攻击敌制高点。继而，卅九团亦参加突击，肉搏四五次，因组织不太健全，进攻战斗的战术运用较差，未能解决战斗。但给胆小的李云杰威胁很大，各追敌闻之胆寒，再不敢小觑我们了！

是夜，因战略上关系，以卅七、卅八团之各一部在红岭及下灌附近警戒，余均到百草坪集结待命。

11月21日　晴

行军。由百草坪经大界、水打铺、桂里园、周塘营到喜桥彭家，约廿五里。

为了迅速脱离敌人，今夜各部即陆续西进。我部则于晨二时许开始移动，至水打铺天已大亮了。到周塘营、桂里园时，卅四师全部占领阵地，我同军团首长观察地形后，以一营补助卅四师的警戒。

是日下午，桂里园附近稍微发现枪声，敌人并无大的前进。

11月25日　阴，微雨

行军（渡潇水）。由喜桥彭家经四眼桥、福禄岩（渡河）到黄土坝，约四十五里。

过四眼桥一带尚顺畅，至福禄岩，三军团及五军团后方部队全部未动，结果，延至次晨（廿五）七时尚未过河。最后决定以一部改道下茶园，分头齐渡。至十二时，才安全渡完，幸是日敌不敢进，不然又多麻烦！

（本文节选自陈伯钧：《陈伯钧日记（1933—1937）》，上海人民出版社1987年版）

18 敌军败退五里多

萧　锋

在我军西进的路上，蒋介石调动了二十万大军，在郴州地区（编者注：应为零陵地区，即今永州市）的阳明山以南到宁远、天堂圩一带，设下第三道封锁线，企图堵截我军。

十四日，师部命令我团为先遣队，乘胜攻占蓝山城，掩护红军主力继续西进。蓝山城是郴州地区的一个不大不小的城镇，有一千八百多户人家，八千五百多人。城的四周筑有高墙，驻有保安团一千多人。十五日，我团经宜章、骑田岭、牛蒿村，过香花山，于十七日进到临武县的小头墟。第二天，周副主席和刘总参谋长又一次来到我团，率领我们攻占蓝山县城。

为出敌不意，迅速攻占蓝山城，团里让我率一营，于十九日晚，冒雨强行军，迫近蓝山县城。晚七点多钟，我一营乘敌不备，发起猛攻。一阵炮火之后，一营冲击县城的南门。经过一个多小时的激战，消灭了敌保安团的一个营，敌人另一个营怕作瓮中之鳖，弃城而逃。攻占蓝山县城后我们打开了伪县府的仓库，没收了五千多块银圆和十多斤金子，并缴到一批军装、被服。二十日，我团遵照军团命令：蓝山县城交九军团接防，然后迅速向宁远前进。如果我团按计划攻占了宁远，就可以挡住国民党的薛岳、吴奇伟纵队的追击，使我中央纵队主力争取更多的时间，胜利渡过湘江。

但是，当我团向宁远靠近时，从俘虏口供得知何键的两个团和薛岳的一个团已先于我军进入了宁远城，敌人还以八个师的兵力，迅速向宁远集结，决心堵击我军。廿三日晚十时，我团向宁远城发起进攻，一营进抵南关，突击队多次组织登城，但在敌人的猛烈还击下，我军无法攻进城去。午夜，我团奉命撤出战斗，迅速向宁远西南方向转移，到天堂圩、招山口一带阻击薛岳纵队，让野战军主力从天堂圩以南继续西进，顺利渡过湘江。

我团不顾敌机的轰炸、扫射，经过一天的急行军，迅速赶到了天堂圩一带，配合一团阻击敌人。廿五日早晨，薛岳的主力在三十多架飞机的掩护下，分路向我阵地疯狂地进攻。我团奋起反击。激烈的战斗，从早上一直打到下午。因敌军人多势众，我团且战且退。当我团转到谢家线一带，与师主力会合后，敌人仍尾追不放。我师一齐出动，猛向薛、吴匪军扑去，敌军败退五里多路。我团乘夜向南行动。

廿六日、廿七日，敌人又纠集力量，轮番向我团守卫的水仔洞、横岭西山一带阵地进攻。全团战士、干部怀着拼死阻击，争取时间，保证主力顺利西进的决心，坚决守住了阵地。残酷的战斗一直继续了两天，我付出伤亡三百多人的代价，歼灭了一千多敌人。廿七日晚，当主力全部通过道州后，我团才撤出战斗，迅速向道州进发。

经过两天的急行军，廿九日，我们在道州城北见到了周副主席和军团首长，向他们详细汇报了宁远的敌情。周副主席告诉我们，蒋介石调集广东、湖南、贵州三省军阀的四十万重兵，在湘西布置新的防线，企图消灭我军。宁远之敌很快就会赶到道州，情况十分复杂。你们团在这里休息一下，然后迅速过湘江。这一带是水网地带，你们对情况要多侦察，要机动敏捷，不然，就有被敌人截断的危险。周副主席还鼓励我们说："要拿出勇气来，敢同各种艰难困苦作斗争。在中国苏维埃运动史上，哪会没有困难，我们有钢铁般的意志，不论到哪个地方，碰到什么样的敌人，条件成熟，就要勇气百倍地歼灭他们。条件不成熟就转移，另找机会歼灭他们。"

（注：对比萧锋日记，其在回忆录中的事件，相对比日记中的时间晚了两天，应以日记为准。）

（本文节选自萧锋：《十年百战亲历记》，福建人民出版社 1983 年版）

19 血染潇湘

张平凯

编者按：张平凯（1910—1990），原名张试频，又名张夏远，湖南平江人。1927年由共青团转入中国共产党。1928年参加中国工农红军。曾任第一方面军指导员、团政委、师政委、师长。参加了中央苏区反“围剿”和长征。1955年被授予少将军衔。荣获一级八一勋章、一级独立自由勋章、一级解放勋章。新中国成立后曾任东北军区后勤部政治部主任，解放军后勤学院副政治委员兼政治部主任，山西省军区副政治委员等职。

节选内容系讲述的是红军长征在以宁远为中心地的永州南部地区。它对我们了解当年红军长征过宁远很有帮助。特别是重点提到了陈树湘余部200余人在宁远和道县的战斗情况，史料翔实，细节生动，是宁远人学习党史不可或缺的篇章。

敌妄图消灭我军于潇水东岸的计划彻底失败。我军浩浩荡荡渡过了潇水集结在道县至永明西郊一线。

我军西进，敌极为惊恐。同时也暴露了红军行动目标。

蒋介石调动40万部队，分五路向我“围剿”，并于300里的湘江沿线布防。

第一路何键部刘建绪率四个师与第二路薛岳率一个纵队扼守全县。同时，急调广西李宗仁、白崇禧部队集中在兴安、灌阳以北，对我形成了钳形阵势。

第三路总指挥周浑元率一个纵队兼程从道县方向奔来，尾追红军。

第四路总指挥李云杰和第五路总指挥李韫珩率部分人马从嘉禾、临武、蓝山向宁远、江华、永明尾追。

敌人来势凶猛，大有吞掉红军之势。我军冒着风雨，在弯曲狭窄的山路上前进，拥挤不堪，行走不便。“左”倾冒险主义的领导者，把红军的转移当作一种搬家式的行动，而不把转移的战略方针放在争取必要和有利的时机歼灭敌人的原则上。因此，部队的机关十分庞大，军委纵队达1万多人，每个军团都成立了后勤部。这些机关，人员众多，机构臃肿，多的达1000副担子，携带大批辎重，有的甚至把十几个人才能抬得动的笨重的印刷机器，连野战医院的X光机和中央出版《战报》用的纸张，都统统搬走。敌人前堵后追，我军行动极为不便，走走停停。再加多日来行军作战的疲劳，致使有些人在向湘江前进中，推一推，动一动，甚至睡觉行军，不少战士掉队或病倒，造成严重减员。另外，在连续作战中，损伤很大，以致处于危险境地。就这样，我一、三军团在正面，红八、九军团在两侧，红5军团为后卫，艰难地掩护着中央纵队前进。

红一军团第一师在道县阻击敌人周浑元部，激战三天三夜后，于28日星夜出发，以一天半时间，赶到全县附近脚山铺一带，同二师一起，抗击敌军刘建绪所辖四 个师和薛岳五个师。敌人在七八架飞机的配合下向我正面猛扑。我红军战士打退了敌人的多次冲锋，阻敌于下田坡附近。敌见正面攻击不上来，便利用茂密的树林作掩护，转向我侧翼和后方。我军一、二两团只能轮番掩护，且战且退最后，利用徭子江隘口才堵住了敌人，保障了中央纵队的右翼安全。

彭军团长指挥五师十四、十五两个团，保卫中央纵队的左翼，于灌阳的新圩附近同敌夏威部两个师血战。敌先用排炮向我军阵地猛轰，接着步兵轮番猛攻，并以小部队迂回袭击。战斗激烈地进行了三天三夜，情况一天比一天严重，形势一天比一天险恶。这时的彭军团长和指战员们，多么希望中央纵队早一点过江，以减少指战员的伤亡啊！在中央纵队没有渡过湘江之前，就是战到最后一个人，也要堵住敌人。我勇敢顽强的红军战士，与数倍于己之敌浴血苦战，终于完成了堵击任务。两个团的指战员大部壮烈牺牲！

在后卫担任掩护任务的红5军团三十四师，完成任务后正要过江，却被敌人重重包围，一直打到弹尽粮绝，只突出200来人，其余全部壮烈牺牲！师长陈树湘负了重伤，英勇殉难。而突围出来的200来人，在道县、宁远、江华、蓝山之间，经十来天与敌苦战，也大都壮烈牺牲。至此，我三十四师全师覆没！

陈树湘同志是我的老战友。1933年夏天，我在闽西二十六师的时候，他任师长，我任政委。他给我留下了极为深刻的印象。他好学上进，作战勇敢，指挥有方，是一位从不畏惧困难、富有朝气的青年将领。他和他的部下，用鲜血铺开了长征的道路。人民和他的战友永远怀念他！

彭军团长率三军团在一军团配合下，占领了湘江上游的几个渡口，控制了阵地。发动沿江一带渔民和我工兵快速作业，很短的时间就准备好了木排、竹筏，架设了简便浮桥，为中央纵队过江创造了条件。

11 月 29 日，我军从几个渡口渡江。有的坐着木排、竹筏过渡。有许多战士手拉着手涉水抢渡，大拽小，高领矮，强扶弱，青搀老，表现了红军战士团结友爱的革命精神。

我军以血的代价渡过了湘江。8 万人折损过半。

（本文节选自张平凯：《忆彭大将军》，辽宁人民出版社 1984 年版）

20 两个第4师

王　平

编者按：王平（1907—1998）1926年在家乡湖北省阳新县参加组织农民协会，1930年参加中国工农红军，同年加入中国共产党。红军长征时，任红1军团第4师政治部副主任兼组织科长，红27军政治委员。经历抗日战争时期、解放战争。1955年被授予上将军衔。后为中央军委常务委员、副秘书长，中国人民解放军总后勤部原政治委员。

节选部分中有“这一带是邓国清团长的家乡”一句，而文章主要内容讲述的是屋脊岗战斗。邓国清团长在过屋脊岗时，用土话骂敌人，让敌人误以为该团为宁远人而顺利走过屋脊岗，体现了红军的机智勇敢。

红军突破了敌军三道封锁线，蒋介石十分焦急，急忙成立“追剿军总司令部”，企图在湘江以东围歼红军。

湘江江宽水急，由南向北流经湖南全省，注入洞庭湖。湘江是敌人“追剿”红军必然利用的天然屏障，也是红军西进必越的障碍。蒋介石的“追剿”军总司令官何键，部署十六个师的兵力负责“追剿”红军，以五个师的兵力在前边堵截，在湘江东岸利用地形修筑了一百多个大小碉堡，设置第四道封锁线。但是敌军阵营中派系斗争严重，尔虞我诈，互相掣肘，部队集中并不很快。红军要免遭大的伤亡，必须抓紧时间，在敌人形成封锁线之前抢渡湘江。

红军越往前走，形势越险恶。当红3军团走到宁远附近的天堂圩时，上级命令我们红1团单独向宁远方向牵制敌人。宁远方向粤军余汉谋的部队番号是第4师，我们也是第4师，相隔只有八里地，但是互相都没有发觉。一天夜里，我们的电话兵把电话接到敌人的电话线上，互相一通话，都自称是第4师，才发现敌人已经上来了。敌人是一个师，我们是一个团，只好停止

前进监视敌人。这时师部一个参谋骑着师长的马赶来，通知我们马上转回去，要在四十里外的一座山上围歼敌人。

我们经过一夜急行军，在天亮前赶到指定地点，那天起了浓雾，朦朦胧胧看到两边山上有人活动，那个参谋说这边是红 10 团，那边是红 12 团，他们已经进入预定阵地了。可是，山上响起号音，司号长一听，觉得不对头，告诉我山上是敌人。我立即命令部队停止行动，压低一切声响，暂时隐蔽起来。

原来是军团突然改变了计划，决定这一仗不打了，主力已经撤离。这样我团正处在两个山头之间，陷入非常危险的境地。山上的敌人也发现山沟里的人，但在雾里看不清楚，他们先打了几枪。我们灵机一动，向他们喊话，骂他们瞎眼了。因为都是南方口音，敌人以为是自己人也就不打枪了。这一带是邓国清团长的家乡。部队到这里以后，他思想有点动摇，突然病倒了，我找担架把他抬上，让特派员陪着他，叫他们先走。然后下令部队迅速撤走。刚走出山外，正巧遇着师部的通信员，他传达了张师长的命令，让我们赶快向南撤。红 12 团团长谢嵩带着一个营，在前边迎接我们团，掩护我团全部通过以后，他们跟着撤走。我们和师部会合以后，我把邓团长的思想情况向师里作了汇报。

红 3 军团占领道县、江华，渡过潇水，准备在广西全州、兴安之间抢渡湘江。红 4 师奉命归红 1 军团指挥，进击全州。敌薛岳纵队和湘军共三个师先于红军赶到全州，并已构筑了工事，当红 1 军团第 1 师、第 2 师赶到全州后，敌人在飞机和炮火掩护下全线出击，被红 1 军团一一击退。红 1 军团感到全州坚持下去对我不利，便撤出战斗。

（本文节选自《王平回忆录》，解放军出版社 1992 年版）

21 象形标语成网红

——水市包家红军墙的故事

郑敏娟

1934 年 11 月，中央红军长征过宁远。11 月 19 日至 22 日，中革军委二纵队和一纵队先后在水市镇水打铺、包家、旗形、新坝等村宿营，并留下了大量的红军标语，其中部分标语至今保存完好。

水打铺、包家、旗形、新坝等村位于一片狭小的马蹄形盆地中，东南西三面群山环抱，向北敞开。九嶷河在此由山地流入盆地，水流湍急奔腾、汹涌澎湃。这里地势险要，易守难攻，上可避敌机侦察、轰炸，下可免敌偷袭。中革军委在此宿营，是红军野战总司令部在 11 月 14 日的电令安排，因此包家村附近方圆十余公里都有红军驻防。

包家村在 1934 年时只有百余人口，十多座房子。村中有一处宽敞的祠堂，祠堂里还有戏台。中革军委入住包家村后，立即着手书写红军标语，接着把躲在距村一里许的放箩寨的村民请回家，杀猪宰羊宴请包家村和新坝村全体村民，又连续两晚请来戏班子演戏给百姓观看。就是过年，包家村也没这般地热闹、欢乐。

当时，包家村包衍奎屋墙上有 5 条标语，包仁香、包家清屋墙上有 7 条标语，这些标语都是"红医三"或"红医三队"的落款。"红医三"是"红星医院第三所（队）"的简称。

红星医院第三所医疗室设在包家村包氏兄弟的房子里。19 岁的包衍习第一次见这么多红军住在村子里，十分好奇，便跑到医疗室去看热闹。他发现，敞口堂屋的三面石灰粉墙上都写了墨字标语，感到很奇怪，脱口问道："红军同志，你们把标语写在屋里头，人家也看不到啊？再说，我们这里能识字的没几个，人家也看不懂啊？"

一位瘦高的红军首长看上去大病初愈，他走过来拍拍包衍习的肩膀，说道："后生仔，我来写幅标语，包你看得懂，怎么样？"

“嗯！要得！”包衍习用宁远话答道。只见那位红军首长拿起毛笔，不到两分钟，就写好一幅标语。

“这标语，你该认得了吧？”红军首长问道。

“这回我认得了。”包衍习认真看了看，答道：“大刀、小老鼠。”

“这分明是枪打小老鼠呀！”包衍奎不同意，两人争论起来。

包忠利、包常利兄弟的房子内墙上的“打倒国民党”标语
（宁远县党研室 提供）

“你们俩说得都没有错。”红军首长见状，连忙给大家解释起这条标语的意思来：“这是‘打’，像把刀，又像把枪，表示‘枪杆子里面出政权’。这是‘倒’，把‘人’的脚打掉，他不倒才怪。把‘打倒’两个字合起来看呢，它既像一把枪，又像一个锤头。后面这三个字是‘国民党’，就像是一只硕大的老鼠，表示国民党是‘过街老鼠人人喊打’啊！”

堂屋里响起了经久不息的掌声。红军首长示意大家停下来，接着说道：“几千年来，老百姓都深受这些老鼠们的侵害，它们偷吃我们的粮食，掠夺我们的收成，毁坏我们的家园，国民党反动派不就是这样的大老鼠吗？而共产党领导的红军，是咱们老百姓自己的队伍。我们要拿起刀枪，抡起锤头，打土豪、分田地，夺回属于我们的劳动果实！大家说，好不好呀？”

“好！”红军首长话音刚落，屋里立即沸腾了起来，口号声此起彼伏：“打倒国民党反动派！”“跟着共产党走！”后生们纷纷要求加入红军队伍。

红军首长大手一挥，高兴地说：“好，我们吃晚饭去，今天宴请全体乡亲！”

这条标语，就像一把真枪，激励着人们勇往直前，将革命进行到底！

从此，红军留下的这条象形标语声名远扬，大家都说包家红军墙上长出了一只老鼠。只要到过包家村，看过这条标语的人，无论过多少年，都不会忘记。

也正因如此，这条标语，如今成了网红红军标语，前来打卡的人络绎不绝！

22 正义的枪声

成石华

在湖南省宁远县城西南方向约 30 公里处，有一个李姓大村叫下灌村。解放前，村里有一个土豪恶霸名叫李郁英。他出生于 1889 年，1906 年考入广西桂林陆军干部学堂，毕业后在广西邑中团队服役两年。1912 年，李郁英调回湖南，先后任过连长、营长、团长、旅长等职。“马日事变”后，李郁英任国民革命军陆军第 1 师副师长，授少将军衔。

李郁英性情残暴，常常毒打士兵、用人、佃户，欺压百姓。他在家里组织团练，勾结官府，横行乡里，无恶不作。因县农会委员柏忍带领农会会员清理了他家的逆产，打开了他家的粮仓，把谷子分给了贫苦人家，他对此咬牙切齿，对共产党和农会恨之入骨。他恶狠狠地说：“谁家分了我家的财产，我一定要他一件件地给我交出来，谁家分了我家的稻谷，就算是吃到肚子里去了，也得一粒一粒地给我吐出来！”在湖南大举“清乡”时，李郁英趁机回到下灌村，带着他的数十名团练，走村串寨，大肆搜捕共产党人和农会骨干。李郁英配合欧冠进行了疯狂的报复，在全县残暴地杀害了 1000 多名共产党人和无辜群众，手段毒辣，令人发指！

1934 年 8 月，萧克、王震率红 6 军团 9000 余人，从蓝山县蓝坪进入宁远九嶷山境内。在红军大部队到达之前的几天，萧克派出了侦察员化装成农民，悄悄地潜入下灌。几名侦察员一面向老百姓做好宣传，调查了解情况，发动群众；一面监督大土豪李郁英的一举一动。老百姓觉得红军是自己的队伍，就将李郁英残暴杀害共产党人和无辜群众的事反映给了红军战士，强烈要求红军为老百姓做主，惩处李郁英。战士们将这事报告给了自己的领导，领导又将这事报告给了军团长萧克和政委王震。萧克对王震说：“群众是真正地发动起来了，把我们红军当成了自己的队伍，这真是一件了不起的事情！老百姓掏心窝子地跟我们讲实话，反映实际情况，我们红军一定要替老百姓做主，坚决惩处李郁英！”王震说：“老百姓的事情就是我们红军的事情，老百姓有了冤屈，我们红军就得替他们做主。李郁英是穷凶极恶的反动派，他手上沾满了我们共产党人和无辜老百姓的鲜血，那就先惩处李郁英吧！”8月30日上午，红军进入宁远县下灌村，几名身穿便服的红军侦察员包围了李郁英家。当时，只有李郁英一人在家，他发觉有便衣红军进入家中，便立即从后门往外逃。由于房子是新建的，门闩很紧，一时拉不开，李郁英看见红军已进入房内，预料自己已经难以逃脱，便靠着牛栏取出手枪向红军战士射击，但连开两枪也没击中。红军战士想抓活的，一时没有对李郁英开枪。一名红军战士大声向李郁英喊话：“李郁英，你家已经被红军包围了，你逃是逃不掉的，快放下武器，缴枪不杀。”但李郁英不听红军劝告，继续顽抗，并再次举起枪向红军战士射击。这时，一名头扎毛巾化装成长工模样的红军侦察兵眼明手快，举起手中的枪，“砰砰”两声，李郁英当即倒在他家后门的牛栏边，到阎王爷那儿报到去了。

红军击毙李郁英旧址　(李治军 摄)

红军击毙了大恶霸李郁英，为老百姓除了一大祸害。红军打开李郁英家的粮仓，将粮食分给贫苦农民，还将鱼塘里的草鱼打捞出来分给穷人吃。顷刻人心大振，老百姓扬眉吐气，拍手称快。第二天，萧克就率领大部队进入了下灌村，全村老百姓敲锣打鼓，放起鞭炮，欢迎红军的到来。

参考书目：

1.《中国共产党宁远历史》(1921—1949)，湖南人民出版社2011年版。

2.《宁远党史资料选辑》。

3. 永州市党史办编：《不朽的传奇——红军长征在永州的故事》，湖南人民出版社2017年版。

23 红军让路

李治军

李月古，1910 年出生在宁远县下灌村。家庭贫困，上不起学，从小给地主打柴放牛，长大后靠一身蛮力维持生计。犁田耙田、插秧打谷、车水挑脚，他样样在行，在农活方面是一个不可多得的好手。

1934 年 8 月 30 日，天刚蒙蒙亮，李月古等十多名体格强壮的贫苦农民，去下灌白水源村给地主收割中稻。上午 9 点左右，已经用方桶打好了三担满满的稻谷。李月古等三人一上肩，觉得有一百四五十斤重。他们三人挑着稻谷走了十分钟左右，转到稍微平坦宽敞的正路上，忽然看到数百红军正在同一条道上精神抖擞地急行军赶路。怎么办？他们三人放下担子，心里直犯嘀咕。

突然，一名红军战士走上前来对他们三人说："老乡，你们是要挑着谷子回村里吧？前面的路很窄，你们挑着担子很重。回迟了，会受雇主责骂。现在直接插队到我们红军的队伍中，又会耽误你们的速度。这样吧，我通知一下前面行军的人，把路给你们让出来，等你们过去后，我们再行军。"李月古三人正要打躬作揖致谢，被红军战士扶住了。红军战士说道："我们是穷人的队伍，是为穷人打天下的。给你们让路，是应该的。"李月古直直地愣在那里发呆，看到红军身着灰布军装，裹着紧实的绑腿，头戴八角帽，上面缀着五角红星，眼里顿时噙满了感激的泪水。

在红军让出的道路上挑担前行，他们觉得一百四五十斤重的担子就像只有四五十斤重，脚上像长了翅膀，三步并作两步走，一下子就走到了红军队伍的前面。

当李月古挑着谷子进村时，又与这支红军队伍来了个亲密接触。李月古后来回忆说："我挑谷进村时，正好碰上一个叫李继宗的儿童，刚满 4 岁，活泼可爱但很调皮。他在家玩土雷管，不幸右手炸伤，鲜血直流。村里没有治疗火药创伤的医生，他父亲背着儿子李继宗就赶往兰屏圩去求医（与红军来的方向相反）。在村口正好遇上了红军。刚想转弯回避，一个红军首长迎了上来，问清情况，立即叫军医过来，帮李继宗清洗伤口，敷药包扎。李继宗父亲赶忙拿出钱来给红军付医药费，但红军军医怎么也不肯收。红军军医说：‘我们是工农群众的队伍，本就是为劳苦大众服务的。’李继宗父亲对红军连声说：‘谢谢你们！谢谢你们！’”

给李月古让路并在村口救治受伤儿童的部队，是由任弼时、萧克和王震领导的红6军团。此前的8月22日，红6军团从新田县宿营地出发，经鲤溪的枫木山至清水桥的白虎营，再到上龙盘的罗盘井、石梯岭、侯坪洞的袁家、胡家、谢家、太平铺，大部越过响鼓岭进入今双牌境内的鳖澜江，围着阳明山转了一圈，考察到阳明山地瘠人稀，物资匮乏，活动区域狭小，不利于发展游击战争和建立根据地。8月28日，红6军团再次进入新田，然后进入嘉禾县、蓝山县。8月30日，从蓝山境入宁远，便在路上遇到了李月古挑谷子回村。

红军给李月古让路，让李月古铭记了一辈子，自豪了一辈子。从那以后，有谁讲红军的坏话，讲共产党的不是，他会拼上老命跟他怼下去。从那以后，每次在下灌凉亭纳凉时，他都会把这个故事讲给大家听，下灌村村民都把他当成了红军迷。他讲的神态，就像自己是挑着担子在检阅红军，自豪得无法形容。李月古认为，红军给他让路，让出来的不仅仅是石板路，还是对老百姓的仁义，是军民一家亲的鱼水深情，体现了中国共产党人民至上的崇高理念。数百红军给三个挑谷汉子让路，对红军来说是一件家常便饭的小事，但在老百姓心中，红军的形象就像头上的太阳，发出万丈光芒！

24 屋脊岗战斗

成石华

屋脊岗横亘在宁远县与道县的交界处，南北延绵二十余里。古称梧溪干，因山顶平如屋脊，后称屋脊岗。屋脊岗的陕口、关隘，自古是宁远通往道县的要冲，有“过了屋脊岗，个个是好汉”的俗语，喻此山有“一夫当关，万夫莫开”之险。

1934 年 11 月 17 日，中央红军长征进入宁远。当日傍晚，中革军委才获悉何键已于 13 日发布的“追剿”计划。经过缜密研究和部署，11 月 21 日 20 时，野战军总司令朱德发出《关于决定在宁远、道县之间突击消灭周浑元部及我各军团应进行的动作部署》的电报，军委决定于宁远、道县之间坚决突击和消灭周纵队之左翼队，对敌 23 师则以后卫部队钳制之，并对 1、3、5、8、9 军团和中革军委一、二纵队的行动作了周密安排，以屋脊岗、横岭为中心的周边十余里埋伏了红军，准备歼灭周浑元部。

11 月 22 日，在宁远城南的万石山，薛家桥、天堂圩、两河口红军与国民党军展开激战，周浑元电请国民党空军派飞机增援，对红军进行轰炸。11 月 23 日敌又以 8 个师的兵力，迅速向宁远集结。上午 9 时，薛岳主力在 30 多架飞机掩护下，分三路猛攻天堂圩前沿阵地，并狂轰滥炸。红军退出谢家，扼守屋脊岗一带，在屋脊岗打到下午，打退了敌人的进攻，红军则通过屋脊岗进入道县柑子园。此次红军伤亡 20 余人。

敌李云杰部从宁远县城向天堂圩扑来，企图配合周浑元、李韫珩部包围红军于天堂圩一带。朱德总司令和红 3 军团首长彭德怀靠近阵前指挥，并从柑子园调“铜步营”返回天堂圩增援，把敌人反包围在天堂圩一带。

11 月 23 日晚 10 时，红 1 军团第 1 师第 3 团向宁远城发起进攻，派一营进抵南关，突击队多次组织登城，但在敌人的猛烈还击下，红军无法攻进城去。午夜，红军奉命撤出战斗，迅速向宁远西南方向转移，到天堂圩、招山口一带阻击薛岳纵队，让野战军主力从天堂圩以南继续西进，顺利渡过湘江。红军不顾敌机的轰炸扫射，经过一天的急行军，迅速赶到了天堂圩一带，配合红1军团阻击敌人。

24日、25日，敌人又纠集力量，轮番向红军守卫的水仔洞、横岭西山一带阵地进攻。红1军团第3师第3团战士和干部抱着拼死阻击、争取时间、保证主力顺利西进的决心，坚决守住了阵地。残酷的战斗一直继续了两天。25日晚，当主力全部通过道县后，第3团才撤出战斗，迅速向道县进发，屋脊岗战斗以红军胜利而结束。

红3师第3团到达道县后，见到了周恩来副主席和军团首长。周副主席还鼓励第3团说："要拿出勇气来，敢同各种艰难困苦作斗争。在中国苏维埃运动史上，哪会没有困难？我们有钢铁般的意志，不论到哪个地方，碰到什么样的敌人，条件成熟，就要勇气百倍地歼灭他们；条件不成熟就转移，另找机会歼灭他们。"

屋脊岗战斗遗址　（李治军　摄）

屋脊岗战斗打乱了敌人抢渡潇水阻止红军西进的计划，为红军顺利渡过潇水创造了条件，也为突破敌人第四道封锁线赢得了主动权。

参考书目：

1. 萧锋：《十年百战亲历记》，福建人民出版社1983年版。
2. 萧锋：《长征日记》，上海人民出版社1979年版。
3. 宁远县档案馆全宗号54目录号1案卷号3。

25 兴旺山村王廷杰

欧利生

兴旺山村王廷杰，年过二十，向来安守本分，从未做过出格的事。从小到大，胆小怕事，就连受人欺侮，也是忍气吞声。有一次去圩场卖米，在家过秤八十斤，买主熊玉宾过斗成了七十五斤。谁都知道，天堂圩的财主熊玉宾是大斗进小斗出，远近闻名的“利毛猪”。王廷杰明知克扣了斤两，但望着熊玉宾两旁的打手，不敢说半个不字。可是，在红军长征路过村旁时，他却干了一件“胆大包天”的事。

1934 年 10 月 14 日，天刚黑，保长走村串户敲大锣：“上山躲土匪，家家要锁门，不留一粒米，不丢半分钱！”那时，国民党将红军说成“共匪”，视若洪水猛兽。红军长征过境，被围追堵截。当夜，在保长的锣声催促下，不明真相的村民纷纷到山上藏了起来。晚上，村民们在山上看见火把照亮的队伍，整整齐齐经过村前的石板大道，不像土匪打家劫舍，更不像国民党部队偷鸡摸狗。这是什么部队？村民都很疑惑。部队刚过，村民都下山回了家。

一大早，王廷杰就到地里挖红薯。王廷杰的红薯地就在村口大路边。走到地边，发现有三蔸红薯被人挖过，他没在意，因为路边的红薯被别人偷吃是常事。他再仔细一瞧，奇怪，旁边还插有用草做的标记，在草标旁，用泥坨压着一张纸，纸上写着两行字，纸下面压着三个铜板。此时，村里的教书先生正好路过，他急忙请先生读一读纸上的两行字。先生一脸惊讶之色，高声朗诵：“我们是工农红军，今日路过，挖红薯三蔸以充饥，留下三个铜板为红薯费用，留字为歉。”先生读完，连声赞叹：“真乃仁义之师也！仁义之师也！”王廷杰虽然不理解“仁义之师”是什么意思，但他知道了这些人不是土匪，是好人。

王廷杰吃过中饭又和妻子来到地里挖红薯。下午三点多钟，一支红军从东城方向沿着兴旺村通往广东的石板路过来了。王廷杰一点也不畏惧，因为他知道红军是好人，是有纪律的部队，就连吃几个红薯都要付钱。路过的红军战士看见忙碌挥锄的王廷杰，都热情地同他打招呼。一名红军指挥员走到红薯地旁问他："老乡，我们是红军，是工农的队伍，是专门为老百姓做事的，你熟不熟悉去天堂圩的路?"王廷杰看见红军有说有笑，平易近人，爽快地回答："我是本地人，每逢赶集，都要去天堂圩，路当然很熟。"于是，他让妻子挑回挖好的红薯，他自己高高兴兴地为红军带路，还主动为红军战士扛了一支长枪。从兴旺山出发，经吴家、柏家、邱家到天堂圩。一路上红军问了他许多天堂圩的情况，还问了最令老百姓痛恨的财主是谁。王廷杰将土豪熊玉宾欺压百姓、欺行霸市的种种恶行说给他们听。到天堂圩后，王廷杰带红军找到了土豪熊玉宾的家。红军开了土豪的粮仓，将粮食分给穷苦百姓，还杀了他家的一头猪。

王廷杰饭后回家时，红军给他一吊（50 个铜板）辛苦钱。一吊钱可以买 30 斤谷子。当天红军一部分在天堂圩宿营，一部分继续行军进入道县柑子园。

不久，王廷杰为红军带路的事在村里传开了。大家都说廷杰干了一件"胆大包天"的事，再也没有人说他胆小怕事了。

26 桐梓乡“怪事”

朱　洪　龚载锦

1934年8月21日，中央代表任弼时、军团长萧克、政治委员王震、参谋长李达等人率领中国工农红军第6军团9700百余人，由新田县进入宁远鲤溪、雷玄、汤家一带宿营。第二天早晨，经枫木山、罗盘井、石梯岭、侯坪、太平铺，进入现双牌境内的蠡澜江，准备渡江前进。不料遭到国民党王东原、李韫珩两军数万兵力的阻击，渡江以失败告终。8月24日，红6军团急转阳明山一带，26日再从白果市向外阻山口挺进，在土地塘击退尾追而来的国民党军，宿营在上洞铺、石家洞一带。27日又与王东原部激战，将敌军击败后转入新田境内。

其间，红军所经过的地方，从不扰乱平民百姓，可谓纪律严明，至今在民间还流传着许多动人的故事。

桐梓乡狗爪岭有一个农民，辛辛苦苦种植了大片的玉米。时值金秋，田野上清新的风徐徐吹着，累累硕果铺展在眼前，景色真是太美了。那一株株的玉米，看起来就像一个个美丽的少女，头上插着漂亮的尾羽，身上穿着墨绿色的连衣裙，风儿吹过来，尾羽摇曳，裙衣摆动，仿佛用优美的舞姿向人们讲述着秋天的故事。

这天，他高兴地来到自己的玉米地，却发现玉米棒竟然全被人“偷”走了，只剩下苞叶在那里，顿时傻了眼。等他反应过来，禁不住破口大骂，愤怒的程度可想而知。

骂了一阵，他感觉人也累了，心也累了，就顺势在玉米地边坐了下来。可仔细盯着眼前的玉米，这才发现，虽然玉米棒不见了，但外面的苞叶依然包得好好的。细一想便觉得奇怪，为什么这些“小偷”掰了玉米棒，还要花那么多时间把苞叶理好呢？太不合常理了。

他迅速立起身来，大步跨进玉米地里，就近剥开一株玉米的苞叶，发现

里头竟包着一个铜钱，太令人惊讶了！其他的也会这样吗？抱着这种疑问，他一株又一株地检查着，才知道被“偷”走玉米棒的苞叶里，都“长”出了铜钱，这可是一辈子从没听说过更没有看到过的大怪事，着实让人惊奇。他不禁仰首问天：“老天爷，这是什么人做的怪事情啊?!”

回到村里，他逢人就说起这件“怪事”。其中一位老人告诉他说：“昨天有好多的兵路过，衣领两边缝上红布，帽上有颗红五星，不打人，不骂人，也不进老百姓的家门，甚至连喝一口水，都要说声‘谢谢’。”过了几天，大家才听说是共产党的红军路过。

从此，这件“怪事”一传十，十传百，不久就传遍了春陵大大小小的乡村。之后一代又一代的人们，都在传说着当年这个“红军路过狗爪岭，玉米苞里长铜钱”的故事。

27 玉米苞里结铜钱

李治军

石梯岭，以山势高耸，层层石梯通往山巅而得名。是明清及民国时期宁远通往零陵的陆上要道，古称挑盐大道。1934 年 8 月 22 日、23 日，红 6 军团从宿营地出发，经枫木山、罗盘井、石梯岭、侯坪、太平铺，大部越过响鼓岭，进入双牌境内的鳖澜江，小部在侯坪、胡家、谢家、太平铺等地宿营。

玉米树上“结”铜钱的故事，就发生在红 6 军团长征“打卡”石梯岭的路上。

那年，袁培安家种了 2 分地玉米。在红军过境之后，他准备去地里收摘玉米。当他跑到玉米地里时，玉米虽然整整齐齐，但是玉米棒竟然不翼而飞。他马上想到，可能是刚刚过境的红军饥饿难忍，把玉米棒掰走了。可转念一想，不对啊！红军部队不是纪律很严明吗？怎么可能随便掰摘老百姓的玉米呢？难道是自己前几天挑茶水给他们喝，他们给的那两吊钱，就当作了这玉米的费用了？他百思不得其解。三天前的一幕幕，立即浮现在了眼前。

1934 年 8 月 22 日上午 10 点左右，袁培安发现有 8 名身着便衣的红军从村中铺子经过，但没有跟任何人讲话。不久，他就发现红军大部队过来了。他赶紧给红军烧茶，并把茶挑到石梯岭茶亭倒在茶缸里。红军陆陆续续过了半天时间，估计有千余人。其中一位首长，见他挑水烧茶辛苦，还给了他两吊钱。回到村里，他看见村里墙壁上满是标语，“打倒贪官污吏”“打倒土豪分田地，拥护苏维埃政权”“红军是穷人的队伍”等。还听从侯坪来的人说，红军在侯坪武古山处决了一个从新田抓来的女土豪。

第二天，来的红军部队人数更多，估计有七八千人。其中一位身材高大的红军首长，比其他红军战士要高出大半个头来，即使给部属训话都不需要站在台阶上。他骑着马来到袁培安家门口，让十来个警卫员在袁培安家门口等候着。这位红军首长想让袁培安带路，袁培安爽快答应。他们一边走，一边聊天。红军首长问老百姓的疾苦，问阳明山的地形等。到了侯坪将要分手时，红军首长才对袁培安说“我叫萧克”，接着又叫警卫拿出一块银圆给袁培安作路费。红军对老百姓这么好，怎么可能去摘老百姓的玉米呢？

但现在玉米棒确实没有了，袁培安只好返回家中。又过了两天，袁培安刚满6岁的侄儿硬是要跟着他去砍玉米秆，他只好带着。袁培安叫侄儿在凉亭边坐下，自己往玉米地走。可侄儿不听，硬是要紧跟不离。当他砍下第一株玉米秆时，两块小铁块样的东西，打在了他侄儿的后脑勺后掉地上了。侄儿拾起一看，是两枚铜钱。侄儿说道：“叔叔，我家的玉米怎么会结铜钱啊？”

袁培安不信，把侄儿手中的东西拿过来一看，果真是铜钱。但他绝不相信玉米会结铜钱，就把铜钱还给侄儿，说道：“佳佳，玉米只能结玉米棒，不会结铜钱。如果这玉米会结铜钱，它就叫‘摇钱树’了！”袁培安继续砍第二株，结果自己的头被什么东西砸中了，拾起来一看，果真又是铜钱。他迫不及待地砍第三株，又掉下两枚铜钱。侄儿佳佳马上说道：“叔叔，你还说我家的玉米不会结铜钱，你连砍了三株，就掉了六个铜钱下来。”

袁培安停下来仔细观察，他发现每一株玉米的苞叶里，都包着铜钱。2分地，共种200多株玉米，收获400多个铜板，足足可以买100多斤玉米面！

袁培安终于明白，原来红军路过没吃的，又不方便去打扰老百姓，便把铜板放在玉米苞衣里作为买玉米棒的钱。而这些钱，足足比原来贵了两倍多。他终于明白了“红军是穷人的队伍”不是一句口号，而是真正付诸行动，是完全彻底的不拿群众一针一线！

他揣着这些钱，带着侄儿往家里跑。见人就讲，快去你家玉米地里看看，玉米苞里都结满了铜钱，都成摇钱树了。村民们听后，以为他想钱想疯了，就算他侄儿作证也都不管用，大家都不信。然而，当百福营、上龙盘、荒塘、洋塘等地也传来玉米苞里结铜钱的故事后，就由不得村民们不信了。百福营石祥治家玉米秆砍得迟，部分铜钱被风吹落地里，他没发现，直到第二年翻地时才发现。

此后，袁培安还一如既往地往石梯岭茶亭送茶水，他想把红军盼回来。袁培安的家正好在石梯岭数千级石台阶的起点处，每当在大枫树下乘凉，或围着火炉烤火，或有客人来时，他都会把玉米苞里结铜钱的故事讲了又讲。他在等待着红军的归来！

红六军团走过的石梯岭古道 （李治军 摄）

袁培安很幸运，在这条道路上终于等来了另一批军人——中国人民解放军。1949 年 11 月 14 日上午，一支队伍路经石梯岭，又到袁培安家喝水。他见带头的一人，背上背着煮饭用的大锅。他把他们一行让进家里，想要好好地招待一下。这批军人喝了水后就要走，并告诉袁培安，他们是代表共产党来接管宁远的。

背大锅的那位，其实就是 1949 年 11 月 17 日宁远和平解放后的县委书记柳博祯。

（故事来源于宁远县档案馆 1976 年长征调查办公室调查笔录《上龙盘乡俟坪袁家袁培安回忆红军爱民守纪》）

28 八两猪肉

李治军

1934 年 11 月 17 日至 23 日，中央红军过境宁远，对水市镇包家、新坝和旗形村情有独钟，中革军委一、二纵队和中央直属机关先后选择在三个村宿营。当年红军留下的宣传标语，时隔 87 年之后，依然清晰如初；红军杀猪宰羊宴请全体村民，还给每户分八两猪肉，至今传为美谈。

先是 1934 年 8 月 31 日，红 6 军团萧克从下灌村击毙国民党反动旅长李郁英后，直奔包家、新坝、天鹅抱蛋、桂里园方向而去。红 6 军团一部，在天鹅抱蛋与国民党追兵激战半小时，将敌击溃。在这次战斗中，来自江西省上犹县河溪口村的红军战士肖凯因腿部受伤，流血过多，不能再随部队前进，而留在宁远水市钟家村，七年后住西边洞村，在宁远结婚生子，成了一个真正的宁远人。同时，他见证了中央红军从宁远过境的实际情况。

新坝、包家和旗形三村基本呈“一”字形分布，包家村居中，村西 500 米许山上有放罗寨，是村民们遇匪时的避难之处。11 月 19 日，中革军委二纵队宿营包家、新坝、旗形村时，受国民党的反动宣传影响，许多村民都躲到放罗寨，不敢回家。时年 20 岁的包楚英就是躲到放罗寨的一员。50 年后的 1984 年他接受“长调办”的工作人员采访时说：“当时，我有些害怕，躲在离村一里远的放罗寨，红军在我村写了很多标语。”

老百姓受国民党的反动宣传影响，对红军不信任，不友好。红军很有办法，立即决定，请戏班子在包家村祠堂戏台演戏给村民看，并书写大量宣传标语。这个办法果然奏效，村民们纷纷返回家里，同时也引来了十里八乡的村民前来观看戏曲节目。这不仅让村民们享受了文化大餐，还宣传了革命道理，也为中革军委一纵队和中央直属机关的入驻打下了坚实的群众基础。

11 月 21 日拂晓，中革军委二纵队前脚离开包家、新坝和旗形，中革军委一纵队和中央直属机关后脚就迈进了水打铺、包家、新坝、旗形村并在此宿营。中央直属机关决定买谷、舂米、杀猪请全体村民吃晚饭。把老百姓当贵宾款待，让他们享受只有过年才能享受到的待遇。

于是，红军买了两头大肥猪宰了，又让红军和村民们去筛米，把大铁锅架起煮米饭。村民们按辈分、年纪排了座次，围坐在八仙桌前，每桌八人，享受党和红军给他们安排好的美食佳宴。红军接着开始分配剩余猪肉，每户八两。第二天，红军又把土豪积谷和浮财没收，分给该村贫苦农民。最高兴的要数村民胡玉祥，因为他不仅卖了一头猪，卖猪的钱立即到旗形村红军银行兑换处换成了银圆，还参加了夜宴，分了八两猪肉。所有村民脸上露出了久违的笑容，心里乐开了花，对党和红军竖起了大拇指。

红军宴请村民发生地——包氏祠堂 （李治军 摄）

宴请人民群众，给每户分八两猪肉，给群众演大戏，充分体现了中国共产党一切为了群众、一切相信群众、一切依靠群众，从群众中来、到群众中去，密切联系群众的群众路线；表达了共产党人全心全意为人民服务的理念和宗旨。村民们一辈子铭记着党恩，把红军标语保护至今，让红色基因代代相传！

29 一只木碗盆

李治军

一

1934 年 12 月 13 日中午，杨知保与姐夫包家古及邻村另外两位打桶、打潲盆的桶匠师傅，到离村 30 余里路的小南海附近去找杉木尾料，用来打桶、打潲盆、打碗盆、打脚盆。来到小南海之后，他们已经很辛苦了，早早地入睡了。万万没有想到，他们竟成了湘江战役最后一战——小南海战斗的见证者。

半夜时分，红 34 师参谋长王光道，带着余部 200 余人到达小南海，分散在小南海和李家村宿营休息。红军杀了猪，还没开餐，国民党地方团防就追了上来。经过激战，红军牺牲 11 人。其余由老乡王玉桂从村旁小路，经香花铺、横冲、庙冲带往九嶷的海源岭。

14 日一早，杨知保等四个桶匠师傅便到山上开始寻找杉木尾料。走出村口不到一里路，他们便发现羊肠小道上有一名左脚受伤的红军，看样子也不过十七八岁。他们立即把受伤的红军小心翼翼地背回小南海。这些桶匠师傅一般都会备一些止痛、止血、疗伤的半成品草药，以备不时之需，这下终于派上了用场，赶紧给红军战士敷上。

杨知保问小红军："你叫什么名字？多大了？红军都转移走了吧？"

小红军道："我叫林子英，今年 18 岁，是红军第 34 师师长的警卫员。凌晨与国民党地方团防作战，左脚中弹受伤，跟不上部队了。多谢你们的救助。"

杨知保的姐夫包家古用宁远土话讲道："知保，他 18 岁，你前面四个都是女儿。你背回去把他的脚治好，给你做儿子，要不要得？"另两个桶匠师傅也表示，这是个好办法。红军林子英听得云里雾里。

四人决定，先把林子英藏起来，然后趁天黑路上无人时，把林子英背回杨知保家治疗、养伤。当他们把林子英背到他受伤的地方时，林子英突然喊道："叔伯们，你们先把我放在这里，帮我去找一本日记本，这是我师长受伤后托我帮他保管的。我把它放在你们救我的地方的前面约十来丈的一个小石洞里了，用石头压着的。我怕被国民党军队抓住，所以提前藏好了。现在我获救了，我要把它带在身边。"桶匠师傅们对这一带熟得很，不到几分钟，便找到了这本日记。

红军林子英当年养伤的土砖房依然保存完好 （李治军 摄）

半夜时分，他们把林子英背回到了杨知保家里。杨婶娘立即把女儿睡的地方腾出来给林子英休息。他们小酌了几杯后，就各自回家了。

二

杨知保把林子英背回家后，为他四处寻医问药。半年后，林子英的脚伤基本痊愈。脚好之后的林子英，跟着杨知保学习桶匠技艺，不到半年就出师了。脚虽治好，但林子英的左脚小腿肌里因有两颗子弹遗留，走路还是不方便。于是，杨知保就专门上山找杉木尾料背回家，林子英就专门在家里加工各种桶类器物，但这样还是不能满足家庭之需。

1936 年，大年初二，杨知保的姐夫包家古从包家村来给他拜年，看到这种情景，便建议把林子英接到他家里，给地主包英晋帮工，有空的时候，可以做些桶类用品送到水打铺圩场销售，换些柴米油盐给杨知保一家补贴家用。

林子英到包家村后，与本村青年包衍习住在地主包英晋家里的矮房内，

同睡一张床。长时间的同劳动，同睡觉，林子英与包衍习成了无话不谈的好兄弟。然而，他俩也发生了十年同睡一床的唯一一次矛盾。

那是他俩同睡一床半年以后的一天，包衍习烟瘾犯了，只有烟丝，没有卷喇叭筒的烟纸。包衍习便从林子英藏在枕头下的那本日记本上撕下一页，裁剪卷烟。刚要点燃烟，林子英回来了。他看见桌子上放着他珍藏的陈树湘日记，心头立即来了火。他一把夺过包衍习嘴上的喇叭筒卷烟，怒吼道："包衍习，你太不像话了！你知道这本日记的重要性吗？你能用它卷你的喇叭筒吗？它可是我的师长留给我唯一的念想啊。你不能这样糟蹋它啊。"

包衍习不以为然地说："不就一本死人留下的日记本吗？值得你发这么大脾气伤了我们的兄弟感情吗？你林子英真像一个神经病！"说着，摔门而去。

"站住！"林子英一把抓住包衍习，"你说什么？你知道吗？为了这本日记，我可以不要我的项上人头。你现在又来诅咒陈师长是死人！我要和你绝交！"

听到这里，包衍习终于明白，他犯了林子英的大忌讳。他觉得，也该把陈树湘牺牲的消息告诉林子英了，于是说道："林兄弟，别急，我来告诉你真相。其实，陈树湘师长早已牺牲了，他的头还挂在道县示众过呢。大家都知道，只是怕你伤心，都不敢告诉你。"

包衍习顿了顿，接着说："我今天扯下陈师长日记卷烟，也是一时糊涂，冒犯了你。我给你赔礼道歉不行吗？"

这边，林子英早已哭成了泪人，任凭包衍习怎么劝，也劝不住。等到晚上，包衍习回来睡觉时，还被林子英一脚踹下床去。这一晚，包衍习跟同村其他兄弟挤了一夜。

三

1945年年初，林子英已在宁远生活十年之久，他与包衍习的兄弟感情也越发深厚。林子英说，他是福建省上杭县人，参加红军前，父母就已亡故，只有一个老奶奶还健在，现在又过了十来年了，不知奶奶是否还健在。

包衍习告诉他，在水打铺闹子上，有一个在福建上杭做生意的，近个把月准备回去一趟，鼓励林子英跟他见个面，写封信让他带回去，问问情况。

三个月后，林子英得到了奶奶托人代写的回信。奶奶告诉他，身体已经一天不如一天，希望孙子回来给她养老送终，也希望孙子回家来娶个亲，延续老林家的香火。收到奶奶的信后，林子英魂不守舍，常常跟包衍习提起他小时候在家乡的一些事。

不久，包衍习又打听到水市也有一个来自福建的红军，当时也是受伤了就留在了水市，现在也想回到家乡。经过包衍习的介绍，两个住在宁远十余年的同乡红军终于相识了，并约定过完中秋节，就结伴回乡。

时间已定好，林子英觉得该给包衍习留点什么做纪念品。他前后寻思，决定做一个精美漂亮的碗盆送给包衍习。因为每天要吃饭，吃完饭后，就会把碗放入碗盆中，看到碗盆，包衍习就会想到他。

中秋节后，林子英就要离开包家，出发回福建。包家的乡亲们知道后，有的送来鸡蛋，有的送来饼干，有的送来羊角粽。还没出村，包衍习的眼泪就流了出来。

林子英到家后，立即给包衍习来信，感谢包家乡亲的关心与照顾。从1945年到1949年，林子英一直与包衍习有书信往来。包衍习记得，林子英来的最后一封信是在解放那年，他告诉包衍习，福建解放了，他当了县委书记。

那个碗盆，包衍习一直用到2000年。包衍习在临终时告诉他的子孙，等他死后，把那个碗盆埋进坟穴，伴他在那个世界与林子英快乐相聚。

30 永远的怀念

郑敏娟

故事发生在1934年的冬天。

那一天，迷雾漫野，冷霜肃肃。刚刚经历了一场战斗，空气中夹杂着硝烟和血腥的味道，让人窒息。小岗岭（今天堂镇林场）附近的关隘路口，一名年轻的军人躺在地上，艰难地挪动一下身体，挣扎着想要坐起来，又无力倒下。鲜血从双腿断裂的伤口处汩汩渗流，痛彻心扉。听着敌人越来越近的嘈杂的脚步声，他握紧了手里的手榴弹，目光如炬，坚毅的脸上带着从容的微笑。

这位红军叫陈敬群。1934年11月17日，红军长征进于宁远境内。11月21日，红一军团兵分两路，一部驻扎冷水铺，为突击宁远县城而精密部署；另一部宿营天堂圩，为屋脊岗阻击战而筹备兵力。当时国民党调遣3个团集中守备县城，另有8个师向宁远方向集结，要堵击红军行进。红军决定向西南方向转移，掩护中央纵队顺利过湘江。

11月23日，天刚蒙蒙亮，屋脊岗战役打响。在天堂圩和横岭蒋家一带宿营的红一军团奉命往谢家和屋脊岗转移，不料遭到了国民党军队的伏击。国民党的两个师长亲率重兵对红军战士们发动了疯狂的围剿。这两个师长，一个是嘉禾人李云杰，一个是宁远人李抱冰，他们对这一带地形极为熟悉。然而，他们猛烈的炮火遭到了红1军团战士们的英勇还击。陈敬群当时担任7连副连长，奋力迎战嗷嗷叫嚣着紧扑上来的国民党追兵。国民党追兵受挫，仓皇逃遁。

清晨，严霜披拂大地，刺骨的寒冷从地底冒出来，直往战士们的身上钻。9点时分，屋脊岗突然升起大雾，天地一片苍茫。漫天的迷雾也没能阻挡住国民党军队的猖獗，不甘心失败的敌人发动了第二次猛烈进攻。他们派出10多架飞机，对屋脊岗山头红军阵地狂轰滥炸。同时，山下的敌军重重封锁，把红军驻守的山头围困得如同烈火炙烤的铁桶一般，阵地上硝烟弥漫。

突然，一颗炸弹落在了7连副连长陈敬群身边，陈敬群的双腿被齐齐炸断，人也昏厥了过去。

盘旋的敌机，呼啸的炮弹，飞扬的尘土，火红的光，迎着敌人的炮火顽强战斗的战友们……陈敬群想要一跃而起冲出战壕，可是嗓子嘶哑，喊不出一句话来。一阵钻心的剧痛惊醒了他的梦，他艰难地睁开眼睛，苏醒了过来，却发现自己躺在担架上。他用手极力往疼痛的地方伸去，却再也不见了那双走过了千山万水的腿。

根据命令，红1军团要撤往道县。战士们抬着陈敬群向道县方向行进。行至小岗岭附近时，随行的医护人员要给他包扎，他硬是不肯，说道："现在部队离开了苏区，药品十分缺乏，还是留给更加需要的战友用吧！"

战友们红着眼眶望着他，哽咽着说不出话来。连长走到担架旁，俯下身来，紧握着陈敬群的手："敬群，我们现在有两个打算，一是抬着你边行军边医治；另一个是想把你安顿到附近村庄的老百姓家里养伤，等伤好了我们再接你回部队，你觉得怎么样好些呢?"

陈敬群仰起头，脸上闪过难以抑制的痛楚。那未尽的梦想啊，从参加红军开始，就誓为苏维埃流尽最后一滴血，多想能看到人民翻身做主人的那一天啊！可是抬着我行军，既拖累部队行军速度，又浪费医药资源。如果住在老百姓家里，又连累乡亲们，给他们增加负担。弄得不好，还会成为国民党反动派的阶下囚。

望着悲痛的战友们，陈敬群突然下定了决心。他看着连长，目光清澈，坚定地说："我的腿没有了，可我还有一双手，还可以继续战斗！"

"不，陈副连长，你安心养伤，我们一起走。等我们胜利了，再送你回家……"战友们抬着陈敬群继续赶路。

行至小岗岭附近的关隘路口时，陈敬群猛地伸出手来，从身边战士背后取下两枚手榴弹，使尽全身的力气，带着手榴弹从担架上翻滚下来。他要在这个关隘口用两枚手榴弹阻击敌人追兵，流尽最后一滴血，保卫部队平安前行。

"同志们，你们前进吧！我在这里阻击敌人追兵，与敌人同归于尽。"任凭战友们怎么劝，陈敬群却像一颗钉子一样，钉在那里纹丝不动。敌兵越来越近，战友们只好含着热泪在他衣袋里放了几块银元，作为乡亲们埋葬陈副连长的费用，然后继续前行。

几分钟后，关隘路口传来了炮弹的巨响和敌人的惨叫声。红军们知道，这是陈副连长拉响手榴弹，牺牲生命来阻击敌人，为部队前进赢得宝贵的时间。

穿越时空，回望那些年轻的脸庞，那些动人的故事，那些惊心动魄的战斗，那些永恒的梦想，我们分明看到无数如陈敬群般的英雄，他们用铮铮的赤胆忠魂挣脱了旧社会的镣铐，他们用碧血丹心铸就了新中国的脊梁。

红 1 军团第一师 3 团共青团总支书记萧锋听到这个消息，在他的日记中写道："这几天飞机真多。七连陈敬群副连长腿被炸断，还硬不让人包扎，自己拉响手榴弹牺牲。他知道部队离开苏区，伤员不好安排，不愿给队伍增加困难，情愿自我牺牲，同志们都感到很惋惜!"（《萧锋日记·十一月二十三日》）日记虽短，不足百字，但精神永存，饱含战友们着对陈敬群副连长永远的怀念。

（故事来源于《红军长征在宁远专题资料》及《萧锋日记》）

31 为红军带路

骆友星

1934年11月21日上午9时左右，红一军团一部从冷水铺来到桐山乡的姜吉昌自然村，这支红军大多数在九狮岭一带宿营，约有一个连的兵力在姜吉昌宿营。由于国民党的欺骗宣传，诬说红军比土匪还狠，吓得邻近几个村里的男女老少都躲在山里。只有姜学玉73岁的爷爷和72岁的奶奶因脚扭伤不方便走动躲在家里。他俩听到村里有队伍经过的脚步声和说话声，姜大爷从门缝里看见红军有的扛着长枪，有的拿着大刀、梭镖，穿着朴素，互相说笑，态度温和，不像是坏人。这时姜大爷大着胆子走了出来。一位肩挎手枪的红军指挥员笑眯眯地走过来对他说："老大爷打扰您了，请您不要害怕，我们是中国工农红军，是老百姓的队伍。请您老通知附近的群众快去把躲在外面的人请回来，红军不会伤害他们。"红军见躺在床上的姜奶奶，忙上前观察她的脚伤，一名红军军医给她擦药，往伤口处敷药，脚伤随即有了好转。中午，全村绝大多数群众都回家了，他们看见房屋被打扫得干干净净，水缸里盛满了水，家里所有的东西都原封不动地放在那里，喂养的鸡、鸭、兔子一只不少。姜学玉回到家里看见这一切心里有说不出的高兴，感谢红军给奶奶治伤。该村的全体村民都说："红军是一支从来未见过的好军队。"

姜学玉家住了4个红军指挥员，全部睡在用稻草铺垫的地铺上。他们叫姜学玉睡在一起，红军指导员给姜学玉讲自己的家史，控诉了国民党反动派残酷杀害他大哥、姐姐和父母亲的罪行，发誓要为他们报仇，要让全天下的贫苦百姓翻身得解放。姜学玉听后很受启发和教育。红军的爱民守纪感动了姜学玉，他决定以实际行动来报答红军。

11月22日黎明，在姜学玉家住宿的红军指挥员打好背包，将地铺收拾干净离开姜吉昌村，准备前往天堂圩集合。姜学玉主动请缨，要为红军带路，红军连长感激不尽。

姜学玉为红军带路，从东溪寺过河，经葫芦淌、五里桥、十里铺到天堂圩，当晚在天堂圩宿营。11月23日，他带红军从天堂圩过屋脊岗进入道县柑子园的马家村。在屋脊岗时，红军与尾随的国民党李云杰部打了一仗。11月24日14时左右，红军在柑子园与尾随的国民党军又打了两个小时，将敌人击退。姜学玉带着红军于18时赶到白芒铺宿营。11月25日晨，姜学玉带红军从白芒铺出发直奔道县，在城郊永明街宿营。11月26日，姜学玉看见这支红军与其他很多红军在道县城西和上关阻击敌人，战斗非常激烈，主要任务是为掩护红军主力西渡潇水。当晚在道县寿佛圩宿营。寿佛圩附近到处都住满了红军。11月27日，姜学玉与红军从寿佛圩出发到达道县仙子脚的蒋家岭宿营。11月28日，姜学玉跟着这支红军在蒋家岭一带与国民党桂军交战，经过90分钟激战，将桂敌击溃。当晚在广西灌阳县的文市街宿营。11月29日，从灌阳县的文市出发往全州的大坪方向前进，当晚在大坪附近扎营。这时国民党的中央军、湘军、桂军都相继到达广西的灌阳、全州、兴安等县。11月30日上午9时左右，国民党的飞机在红军阵地上扔炸弹，几百发炮弹落在红军阵地上。红军指挥员临危不惧，不怕牺牲，与十倍于己的敌人战斗。红1军团主力为守住大坪渡口，掩护红8、红9军团过湘江，付出了惨重代价。

姜学玉看见红军的几百人队伍被冲散，不知所措。在没有其他办法的情况下，姜学玉只好沿路返回。一路上奔波乞讨，终于在12月22日到家。

姜学玉觉得能为红军带路，值！

（故事来源于原红军长征调查办公室采访记录《桐山乡姜吉昌村姜学玉回忆给红军带路》）

32 挑夫的不同待遇

廖中密

1934 年 11 月 21 日，湾井镇白水源村村民李土仔和阙田仔在村头田地里做农活。到了中午，两人正要起身回家，李土仔眼尖，看见一大队人马浩浩荡荡地从毛里坪村朝白水源村这边走过来，离村子大约半里路远。李土仔猜想，这一定又是哪支部队。7 月里曾经就有两支部队从这里经过，一支是红军，一支是国民党军队。但他不敢确定，今天来的究竟是红军，还是国民党军队。他用手指着村东方向对阙田仔说："不好！那边又来部队了。"

阙田仔朝李土仔手指的方向一看，果真有一大队人马朝村子里过来。于是，两人捡起锄头，拼命往村子里跑，一边跑一边喊："大部队来了，大部队来了！"

村子里的人听说是来大部队了，一个个都躲进屋里，关了房门上了闩。过了十几分钟也不见村里有什么动静。李土仔大着胆子从门缝里向外看，正好看见村前那个大草坪上坐着黑压压的人，有两个人正朝他家这边走来。他心里很怕，又把门用桌凳堵上。

过了一会儿，李土仔就听见了"咚咚咚"的敲门声。来人一边敲门一边叫："老乡，别怕，我们是红军，是老百姓的队伍。我们想请您帮个忙！"

李土仔见外面的人温和有礼，不像国民党军队。于是，他把桌凳搬开，再打开门。门口站着两个红军。其中一个高个子对李土仔说："老乡，不要怕！红军与老百姓是一家，是专为老百姓打天下的。我们的部队去道县，但不熟悉路。请你给我们带路行吗？顺便挑一些物品，每天一块银圆作工钱。"

李土仔知道红军是好人，不会欺骗老百姓，爽快地答应："行！行！帮红军做事，我乐意，还讲什么工钱不工钱的。"

李土仔又把阙田仔也叫了来，一同去当向导、作挑夫。他俩来到红军队伍里，看见红军战士一个个都“老乡，老乡”地叫着，十分和蔼可亲，心里更加放心了。说是挑夫，其实挑的物品并不重，也就是四十来斤，对一个农民来说就是小菜一碟。他们跟着红军从白水源出发，经姚家、坳背、枫木山、湾井、路亭、大界、过水岩、水打铺、天鹅抱蛋、桂里源、周塘营等地，最后到道县四马桥。

“老乡，辛苦了！我来挑挑担子吧。”途中几个红军战士都争着替李土仔和阙田仔换换担子，但他俩就是不肯答应，因为红军是给了他们工钱的，再说他们挑那么一点物品也不是很辛苦，倒是红军战士日夜行军辛苦得很。

路上一个红军战士接替了李土仔的担子，他对李土仔说：“红军是人民的子弟兵。红军与百姓是鱼儿离不开水的关系。红军就是打倒国民党反动派，打倒地主、土豪劣绅，让百姓过上好日子。”

红军部队抵达道县四马桥时，遭到了敌机的轰炸，那个高个子红军干部给了李土仔和阙田仔每人三块银圆，说：“老乡，辛苦你们了！现在敌机在轰炸，很不安全。再说前面的路你们也不太熟悉了，你们就回去吧！”

李土仔和阙田仔见红军处处为老百姓着想，像这样的部队，他俩真不好意思收下钱。那位红军干部说：“老乡，钱你们一定要收下，这是红军的纪律。你不收下，我们就违反纪律了。”

李土仔和阙田仔只好收下钱，告别了红军部队。

李土仔刚回家不久，就遇到国民党的追兵来到了白水源村，他又被抓去当挑夫。这一次，李土仔就没有上次那么幸运了。走的还是那条线路，而挑的担子的重量却不相同了，一担物品有百把斤，中途更是没有一个人来替换。走了十几里路，李土仔实在累了想停下来休息一下，没想到他后面的士兵砸了他一枪托，还狠狠地吼道：“你还想偷懒？给我快点走！”

一抢托打来，李土仔痛得眼泪都流出来，没办法只好咬着牙艰难地往前走。挑了三天东西了，李土仔问那国民党士兵一天给多少工钱。他们不但一分钱不给，而且还打了李土仔两个耳光，说：“你个死棒棒，给国军干活也敢要钱，你是找死啊。没有抓你的兵役，就便宜你了。”

李土仔气不过说：“你们怎么打人呢？我给前面的部队挑担时，他们不但不打人还给我发工钱，那真是好人啊！”

“什么？你还敢给红军挑东西啊！”那士兵听说他还给前面的红军挑了

担，举起枪托又把他毒打了一顿，痛得李土仔趴在地上站不起来。

到了桂里源村，李土仔实在是受不了了，趁国民党士兵不注意便偷偷地溜出来逃回了家。

后来，李土仔逢人就说：“国民党的部队真是可恶，红军部队处处为老百姓着想，那才是好人啊!”

（故事来源于档案馆长征调查办公室《下灌乡白水源村阙四仔、李友法回忆给红军挑物资》）

33 一双老布鞋

李冬梅

1934年11月22日，水打铺的集市没有了以往那么热闹。这天赶完集，钟桂源就扛起锄头去地里做农活，他想顺便给老母亲找点草药。这天气冷得出奇，老母亲又在咳嗽了。

地头也格外冷清，钟桂源的堂哥也在挖地。一阵北风吹来，他们拉紧身上的外衣，看看天，无奈地说了句："这天也太冷了，衣服都没得穿。"眼看天黑了下来，钟桂源扯了一些草药，急急忙忙招呼堂哥一起往回走。

走到祠堂附近，忽然一阵整齐划一的脚步声传来。脚步声疲惫而缓慢。钟桂源跟堂哥哪里见过这场面，凑近点想看个究竟。原来是一行头戴柳条帽的队伍，他们身上背着枪，准备在此宿营。他们的表情，给人温和、亲切之感。看他们的面容，显得有些疲惫，却又很有生气。

他们刚歇好脚，一名十六七岁的小战士微笑着朝钟桂源招手，并用稚嫩的语气跟他有一搭没一搭地聊起来。小战士姓赵，两人叽哩呱啦谈了几句，钟桂源这才弄清这是萧克跟王震带领的红军队伍，他们是从下灌、大界、洪洞铺方向赶过来的。钟桂源打消了心头的疑虑。小赵身材瘦弱，嘴唇冻得发紫，穿着草鞋的脚趾不自觉缩成一团，脚趾还是浮肿的。

钟桂源把这一幕看在眼里，悄悄对堂哥讲："我帮我老母亲把草药拿回去，然后我们烧点热水给小赵他们暖一暖脚吧。"到了钟桂源家，钟桂源的老母亲找出来一双老布鞋，那是她老人家用剩下的衣料东拼西凑缝制的，钟桂源的父亲穿过几回，不到天气冷的时候，都不舍得拿出来穿。

钟桂源拉过小赵："你年纪这么小就行军打仗，很不容易。我家里只剩这双鞋，赶快换上吧，我也帮不了其他什么的了。"

小赵含着眼泪换上布鞋，用方言连声讲着"谢谢"。

第三天，堂哥喊钟桂源一起去地里挖水，远远地听人讲红军在拆水市河上的新兴桥跟永兴桥。堂哥不解："红军拆桥搞什么呢？"

"我也不晓得呢！他们怪辛苦的，才来这几天，总是帮我们村里修墙、修猪窝，白天还带村里的奶崽们读书认字，教他们唱歌，一点都没有耍。小赵还会握空心拳吹调子呢。红军真的是处处替老百姓着想啊！"

他俩一挖水就挖到了晚上八九点钟，回到家时，发现村子特别安静，一打听，老母亲告诉他们，红军已经离开田家了。

钟桂源一觉醒来，耳朵里又一阵脚步声。莫非是红军又回来了？他兴冲冲地把堂哥也喊起来。

"快点起来嘛，你猜是不是红军又回来了？"

这次的队伍明显换了装扮。领头的披着厚厚的军大衣，看上去官威十足。他们看到拆掉的桥，急得直跳脚，那个军官举起手枪朝天上开了一枪，吓唬老百姓道："赶紧把桥给我修好，不然我把你们全部抓起来！"钟桂源见状，心里想：这个部队怎么跟红军两个样？

国民党李云杰部队到来的消息，很快就在全村传开了。他们放话：哪家有鸡鸭大米的，要捐出来，不能让部队饿肚子。

钟桂源吓了一大跳，赶紧打小跑溜回家，提示老母亲把门关起来，没事不要出门，更不能同国民党部队打交道。老母亲的咳嗽好得差不多了。她从床底下拿出一双布鞋给钟桂源，钟桂源一看，正是那天给小赵换的那双，老母亲催促道："这是小赵临走时脱下的。我讲什么他都不愿意穿走，他讲走路的时候脚就不冷了。这个娃子太懂事了！"

钟桂源看着老布鞋，心里想：真正的人民的部队什么都没带走，还留下了与老百姓打成一片、不拿群众一针一线的优良传统。

吃饱喝足的国民党部队继续开拔追赶红军。但很快就有消息称红军全部过了天鹅抱蛋，已安全抵达道县。

（故事来源于县档案馆全宗号 54 目录号 1 案卷号 3 第 28 至 29 页）

34 最后的警卫员

蓝 静 成雨薇

在长征途中，有这样这一支英雄的队伍，他们是后卫中的后卫，更是先驱中的先驱。他们用年轻宝贵的生命诠释了革命理想高于天的伟大情怀，他们坚决执行党的决定，随时准备为党和人民牺牲一切，谱写了一曲感天动地的英雄壮歌。他们就是绝命后卫红 34 师。

最后一个警卫员

1934 年 12 月，为了确保中央红军主力顺利转移，红 34 师临危受命，担任了全军总后卫。这支英雄的部队，在最后突围的时候，浴血奋战几乎全师牺牲。他们的师长陈树湘为了不让敌人俘虏，在被“保安团”抬回去领奖的途中，乘敌不备，强忍着剧痛，猛地撕开绷带，从伤口处掏出自己的肠子，用尽力气绞断肠子，壮烈牺牲，年仅 29 岁，实践了他“为苏维埃流尽最后一滴血”的铮铮誓言。

此前的 12 月 11 日，陈树湘坚持只留两名警卫员抬着他走另外一条路，以牵制敌人，而让林子英等 200 名红军战士往九嶷山打游击。陈树湘预估自己可能被敌人俘获，便将作战日记交给了林子英，令其保管好，以免泄露作战机密。

“师长，我要跟您走！”林子英开始猛烈摇头，坚决拒绝，可是后来师长把日记本交到了他手中，他只好随参谋长来到水市小南海。

“子英，让你离开，是因为你有更重要的任务，作战日记不能落在敌人的手里。你要好好活着，为红 34 师留下血脉。你在，我们红 34 师的人就在，红 34 师的精神就在！你，明白了吗？”

“红军战士林子英！”

“在！”林子英站直身体，敬了一个标准的军礼。

“林子英，你作为红 34 警卫队的血脉，我命令你代表红 34 师向党中央归建！这本作战日记是我军作战机密，你必须好好保管！大声回答我，能不能做到？”

“能，我能做到！”林子英握紧了手中的作战日记，坚定地点了点头。

林子英随参谋长王光道率领的余部来到了小南海。在小南海战斗中，他自己左脚也受伤了。

年仅 18 岁的他，接受了人生中最大的使命，彼时他只是流着泪步履蹒跚，默念着：“保管好作战日记，活下去……”他仍然想着，有一天能再找到部队，把作战日记再交到师长手中，却不知道，这是他最敬爱的师长向他下达的最后一道命令。

水市镇里鱼水情

据宁远县水市镇黎壁源村的木匠杨知保回忆：“看到那个小红军时，他在一片茂密的草丛里，陷入了昏迷，额头上都是汗，一张脸白得吓人。他身后是一条长长的爬行痕迹，左脚上缠绕的布条浸染风干的黑色血迹，还有不断渗出的鲜血。他的裤子早已破烂，腿上、膝盖上也都是划痕、血迹。若不是探了一下，感受到他还在出气，我当时还在想要不要挖个坑埋了他。”杨知保是在上山伐木的时候发现林子英的。看着浑身是血、昏迷在草丛中的小红军，杨知保没有丝毫犹豫，小心翼翼地将他背回了家。

没人知道左脚中弹受伤的林子英，是怎样到达山脚的，但他仍然顽强地活着。“保管好作战日记，活下去……”这是陈师长交给他的任务，他必须完成。整个师的兄弟都还在战斗，他也必须战斗下去，不能停下脚步！

杨知保把林子英当成儿子来照看，四处寻医问药，悉心照料。功夫不负苦心人，不几月，林子英脚伤好多了。林子英感恩杨知保夫妇的照料，给他们当继子，平时也总是跛着脚帮着干活。一家人过着和和美美的生活。

后来出于对林子英安全的考虑，杨知保联系上在包家村的姐夫，委托他夜里将林子英背往曾经有较多红军聚集的包家村。

林子英来到包家村后，化名林来有，给地主包英晋帮工。砍竹织箩，犁田耙田，插秧打谷，他跛着脚事事都干。林子英在包家村帮工，是有意之举。中革委一纵队、二纵队在包家村宿营过两晚，最重要的是毛泽东主席也曾在此宿营两晚，红 34 师也在此宿营过，还请人在此唱了两晚的戏，留下了许许多多的宣传标语。他来到这里，就是要保护好这些标语，等待红军打回来，解放宁远，解放全中国。

在包家村，林子英与小他两岁的包衍习同住一个房间，结下了深厚的情谊，两人无所不谈。林子英把陈树湘的故事讲给包衍习等青年听，还拿出陈树湘日记给他们看。当讲到被“保安团”围剿时，林子英义愤填膺，慷慨激昂。当讲到陈师长牺牲时，林子英血目眦裂，痛哭不已。当说到作战日记时，林子英目光坚定，神情刚毅，“脑袋可以不要，但这本日记决不能丢!”

后来，林子英抑制不住对老家奶奶的思念，给奶奶写了封信。奶奶请人代笔回信，从奶奶的回信中林子英了解到，福建老家已经解放了，林子英意识到自己不能再等了，胜利的那一天，红34师不能缺席！1945年8月，林子英踏上了回家的路。

离开前夕，林子英向包家村的每一户人家道了别，反复叮嘱大家要守护好红军标语。他打了木碗盆送给包衍习，站在村口深深地鞠了三个躬，才离开了这片守他护他、给他无限温暖的土地。

而林子英的红军身份，包家村百来口人，上到步履蹒跚的老人，下到刚刚会说话的小孩，都守口如瓶，这个秘密一守，便是十几年。

为什么无论是杨知保一家，还是所有包家村的村民都能与素昧平生的林子英亲如一家?

添一把黎壁源柴，炉火更旺；舀一瓢包家村水，情深意长。红34师的红军战士们不畏牺牲、视死如归，他们投身革命，是为了民族解放，是为了让中国人民能过上更好的生活，他们中大多数人埋骨异乡，再也回不去自己的故乡。黎壁源村和包家村的村民，坚守故土、辛勤劳作，在战火纷飞的环境中艰难求生，可是当红军战士需要时，他们仍旧会不惜一切站出来，只为了无愧天地、无愧良知、无愧己心。

林子英一直在

林子英回老家后，一边照顾奶奶，一边组织老家共产党员继续反抗国民党的残酷统治。1947年到1949年，他还一直与包衍习通信来往。从1949年12月开始，林子英因革命工作太忙，与包衍习就没有再联系了。但包衍习还记着林子英临走时的嘱托，守护着包家村的红军墙……

年复一年，黎壁源村的山上，草木越发茂盛，早已找不到一丝林子英受伤时的痕迹；包家村的红军墙完整清晰，却也开始显得斑驳；林子英和包衍习同住的房屋也早已在多年前倒塌，消失殆尽。林子英悄悄地到来，又悄悄地离开，似乎宁远不曾留下他的任何足迹。

但是他又一直存在着。黎壁源村的老人还记得杨知保曾经捡到过一个儿子，包家村的老人们偶尔聊天的时候，也会互相问起："当年在村里住了很久的那个小红军，现在在哪里?"包衍习的弟弟包衍志也经常会和村里的小孩说起他的故事，在诉说中，仿佛又看见了那个无论大家何时叫他，都站得笔直，大声回答"在"的小红军。

一如包家村的村民始终相信子英会回来，所以他们一直在等待，我们虽然不知道子英在哪，却能感受到他从未离开。香花铺小南海的故事还在，子英就在；包家村的红军墙还在，子英就在；子英打的木碗盆还在，子英就在……林子英的故事将在宁远这片红色热土上越传越远，红 34 师的精神也将在这片热土上生生不息。

35 红军夜宿菜秧丘

李奕竹　姜力强

那是1934年8月26日，暮色降临，大瑶山仿佛成了黑铁的兽脊，不时传来的几声夜枭怪叫，更增添了几分阴森诡异。五龙山菜秧丘村一片漆黑寂静，村民们如果没有别的急事，往往草草吃过晚饭便早早睡下，以省下些灯油。

劳苦了一天，家人都歇息了，昏暗的油灯下，明英妈妈半眯着眼睛，凝神补纳着。突然，一阵尖利、急促的犬吠，把明英妈妈吓了一大跳，还没有回过神来，自家的柴门就响起轻轻的叩门声。

“谁啊？”明英妈妈提心吊胆地问道。

“老乡，别害怕，我们是穷人自己的队伍，为解救天下穷人而战的红军战士。天将黑，我们想在你家借宿一晚，可以吗？”门外亲切而礼貌地答道。

“红军?！听他大舅说，红军不拿老百姓一针一线，是好人啊！”明英妈妈壮着胆，缓缓地把门打开，把他们请进屋里。明英妈妈打量着眼前这四名身着补丁军装，头戴绣着一颗红色五角星的八角帽，形销骨立仍不乏英气的不速之客，“没错，是红军！是我们穷人的队伍！”明英妈妈赶紧让座倒茶，明英爸爸也披衣起来了。

一阵寒暄后，得知红军还没吃晚饭，明英爸爸赶忙说：“孩子他妈，快做饭去，把咱家的白米都给下了！”

“哎！”明英妈妈急忙起身道。

“老乡，不忙。你家有杂粮吗？做米饭太糟蹋了，剩饭杂粮地瓜什么的就能对付，我们付钱给您。”红军战士立即劝阻道。

“这哪行呀？”明英爸爸急了。

“老乡，怕苦不当红军。我们红军可不是国民党反动派，不是地主老财，党中央毛主席跟我们吃的、住的都是一样。”

明英爸妈拗不过，便只好弄了些荞麦冻，捧出一碗腌芥菜叶，招待四名红军战士。战士们可饿坏了，三扒两咽便吃完了，然后，每人摸出两个铜板，塞在明英爸妈手里。

“我们不能要！”

“老乡，这是我们的纪律，你们一定得收下。如果不收，我们就违反了纪律。”

于是，两个饱经风霜大半辈子，从来没有走出过这片瑶山的老夫妇，只好含着浑浊的老泪，收下了这八个铜板。

“今晚，你们就在我家歇下吧。”明英爸妈要留四名红军战士。

“大叔、大妈，我们几个就不给你们添麻烦了，天当盖，地当铺，你们给我们点铺草就行。”

就这样，四名红军战士在明英家屋檐下歇了一宿。

当时，菜秧丘及附近村庄都有红 6 军团战士宿营。这支萧克率领的部队，刚与国民党周浑元第 15 师一个连、宁远“民团”的一个排遭遇，激战了 40 分钟。后经大坝头，穿罐子洞，登大步岭，出野鸡岭，来到上洞铺、菜秧丘、石家洞等地宿营。

第二天，天刚蒙蒙亮，这四名战士就扎好铺草，交给明英妈妈，和大部队出发了。

“红军个个都是好样的！红军就是我们的大救星！”明英爸妈竖着大拇指，逢人便讲起这段故事。邓明英长大后，也成了这个故事的传承人。2018 年，笔者一行路过菜秧丘村，刚好去明英家喝水时，听她讲起了这个故事。

红军夜宿菜秧丘的故事，充分反映了红军是穷人自己的队伍，见证了红军铁的纪律。正是守纪如铁，执纪如刀，锻造了这支坚不可摧的钢铁队伍。

（故事来源于 2018 年采访实录《红军长征在永州》）

36 江西老表

廖中密　蒋淑慧

1934年11月22日傍晚时分，天气已经清冷了许多。水市大界镇蜡树脚村村民邓光生和邓雨生兄弟俩，在田地里干完活回家，走到村口的一座用来堆放稻草的小棚子旁，听见棚子里有响声。天色将晚，棚子里已经看不清楚，他俩以为里面藏着什么野物，便一人提起一把锄头悄悄地靠近那棚子，原以为能打一只野物回去美美地吃一顿。可是，走近了才看清是两个人躺在棚子里的稻草堆里。兄弟俩觉得奇怪，天色将黑，那两个人躺在里面干什么，莫非是想趁着天黑以后去别人庄稼地里偷菜？为了弄个明白，他俩壮着胆子走进草棚子里。而那两个人见有人来也不逃跑，甚至，连站都不站起来。邓光生认为他俩不是贼，如果是贼应该早跑了，于是，他问："你们是谁？藏在里面干什么？"

"我们是红军，昨天在前面那座山上跟国民党军队打了一仗。我们两个的脚被打伤了，就掉了队。我们慢慢地爬着走，爬了一天多的时间，才爬下山来。最后实在爬不动了，天又快黑了，所以想在这个草棚子里过一夜。"其中一个人说。邓光生和邓雨生听说是受了伤的红军战士，知道红军是好人，赶忙丢掉锄头来搀扶两个受伤的红军战士。红军战士都是二十出头的年纪，邓光生和邓雨生也是二十多岁的人，光生是哥，雨生是弟。他俩把红军战士背回家里，一家人招呼着两个红军战士吃了饭后，又烧了热水给两个红军战士清洗伤口。在清洗伤口时发现两人的伤非常严重，必须及时治疗。正好邓光生家里有一些治疗跌伤的干草药，一家人又忙着给两个伤员熬药治伤。

在谈话中得知，两个红军战士都是江西人，一个叫廖德平，二十二岁。另一个叫郭知，二十三岁。他俩是昨天在天鹅抱蛋战斗中腿部受伤而掉队留下的红军战士。为了全中国的解放，为了穷苦人民翻身，他俩都是十多岁就参加了红军，远离家乡跟着红军队伍长征来到了宁远。看着面前两个年轻的红军战士，一家人在心怀敬意的同时也感到十分为难，因为，家里突然间增加两张嘴吃饭，对于这样一个穷苦家庭来说，那是多么不容易啊！况且还要为两个红军战士治伤，更重要的是把两个红军战士留在家里，万一被外人知道了怎么办？假如被国民党或者是村里的地主知道家里收留了红军战士，那弄不好就有杀头的危险。但想到这些红军战士为了全中国的解放，远离家乡，他们不怕苦不怕死，是多么值得敬重的人。现在他们落难了，难道能见死不救？一家人都感到非常头痛。

在一家人都十分为难的时候，邓光生说："让两位红军战士藏在家里用草药治疗，在伤未治好前不要出门，万一被外人知道了就说是远房亲戚——江西老表。因为他们家乡江西遭了水灾，父母双双去世，房屋被冲毁，无家可归，只好来湖南宁远投奔亲戚。"就这样找了一个留住红军的借口。

在后来的日子里，邓光生一家人一边在外面干活一边偷偷地挖草药回家给两个受伤的红军战士治疗腿伤。三个月后，廖德平的腿伤治好了，为了减轻邓光生一家的负担，他请求去村里地主邓成普家里干活，对外人宣称是邓光生的老表。在地主家做了三年长工，凑足了回家的路费，于 1937 年回到了家乡江西通城县。而郭知的伤势要比廖德平的伤严重得多，他在邓光生家住了将近一年，腿伤才治好。伤好后，他给村里邓右仔家干了三年活，凑足了回家的路费。郭知回家心切，邓光生一家再三挽留都留不住，那时正好赶上中秋节，邓光生家里做了两根粽粑和六个小粽子，他送给郭知一根粽粑和六个小粽子让他在路上吃，而邓光生家里只留下一根粽粑。临行时，郭知跟邓光生依依不舍地告别，两人左一声老表右一声老表地叫唤着，那股亲热劲真是比亲老表还要亲。邓光生把郭知送到了宁远县城后，依然驻足凝视着郭知回去的方向，迟迟不肯返家。

（故事来源于档案馆全宗号 54 目录号 1 案卷号 4 第 139 页《大界公社蜡树脚村邓光生回忆收留负伤红军情况》）

37 都把红军当亲人

廖中密　唐海淑

1934年11月21日，这天是水市圩赶闹子的日子。天堂镇大阳洞村村民张继雄从水市圩赶闹子回家，在经过淌塘村时，发现厕所旁躺着一个人，他走近一看，是一个二十多岁的小伙子。他叫道："兄弟！兄弟！"

他接连叫了好几声，那人一动也不动。张继雄以为他死了，便蹲下身去用手探了探他的鼻息，发现还有气，只是昏迷了。他一身的血迹，特别是身上的衣服一片血红。张继雄知道这一定是受伤的红军战士。于是，他用力将伤员托起来，让他伏在自己的背上将他背回了家。

一进门，张继雄的老婆张嫂就问："这是谁？他怎么了？"

"他是一个受了伤的红军战士。"张继雄把那人放在床上，并把发现红军伤员的经过告诉了张嫂。

张嫂一听，急了，说："什么？红军伤员？红军伤员你也敢往家里背？"

张继雄说："红军是好人，是为我们穷苦老百姓打天下的，难道我能见死不救？"

张嫂说："我知道红军是好人，可是，万一我们家里有红军伤员的消息传到地主土豪或者是国民党耳朵里，那还了得？那可是要杀头的呀！"

张继雄说："管不了那么多，先把他藏在家里养好伤再说，万一被人发现了，就说是我们的远房老表，现在是救人要紧。"

张继雄让张嫂去准备一点好吃的，等红军战士醒来后吃点东西，好增加一点体力。他用热水给红军战士清洗伤口。伤口还没清洗完，小伙子便醒过来了。他连声地给张继雄道谢，并把自己的情况告诉了张继雄。原来小伙子名叫张梭旺，江西人。在虎形岭战斗中被国民党兵打伤，腿部和肩膀都受了伤，还好没伤着骨头。因为行走不方便就掉了队，加上两天没吃东西了，又疼又饿，所以就昏迷过去了。

张继雄每天趁着外出干活时给张梭旺挖草药，为了不被人发现，张继雄把挖的草药装进竹篓里，回家时在草药上面用青菜遮盖着以掩人耳目。有一次，张继雄在山坡上挖草药时不小心从高坡上摔下来，把腿摔伤了，走路一拐一拐的，让张梭旺很是过意不去。在张继雄一家的精心照顾下，一个月后，张梭旺的伤就好了。

受伤红军张梭旺住过的大阳洞老宅 （李治军 摄）

张继雄见张梭旺既年轻又能干，人又忠厚老实，便教给他编织竹器的手艺。后来，村里的老百姓也知道了张梭旺是受伤的红军战士，都很敬佩他，都把他当作自己的亲人。张梭旺既无田又无地，平时就靠帮人编织一些竹篮、竹篓、竹垫等竹器来维持生活。有时也给富人打打零工。村里的老百姓时不时地送他一些油盐青菜什么的，待他都很好，他也乐于帮助别人。张梭旺在江西老家也没了亲人，便在大阳洞村落了户。后来，他与田云娥结了婚，组成了一个幸福的家庭。

（故事来源于档案馆全宗号 54 目录号 1 案卷号 4 第 125 页《大阳洞公社大阳洞大队张继雄、田云娥谈收留负伤红军》）

38 篾匠肖凯

廖中密　王　珍

肖凯，江西省上犹县河溪口村人。他十六岁就参加了红军。1934 年 8 月，他随萧克领导的红 6 军团长征到达宁远县，是三营九排的战士。8 月 30 日这天，红 6 军团经过水市镇时与国民党追兵展开了一场激烈的战斗，肖凯就是在天鹅抱蛋战斗中受伤后留守下来的红军战士。

天鹅抱蛋的战斗持续了半个多小时，最后，国民党军队被打退了，但红军也有几人受伤。肖凯因腿部受伤，无法随部队翻山越岭过道县而掉了队。为了不被国民党追兵发现，等到天黑时，他才悄悄地从山上爬下来，躲进钟家湾村肖石中家的柴草房里。

肖石中一家正在吃晚饭，看见自家那条狗总是向着旁边那间柴草房“汪汪汪”地叫过不停。肖石中以为是进了贼便拿着油灯到柴草房里看个究竟。他进了柴草房还真看见有一个人睡在草堆里，他问：“你是谁，睡在我柴房里干什么？”

“老乡，我是红军，打仗的时候我的腿受了伤跟不上队伍掉了队，我刚从山上爬到这里。”那人看见来了人，便慢慢地爬起来坐在草堆上说道。肖石中听说是红军战士，并且还受伤了，心里既激动又紧张。他知道红军部队是老百姓的队伍，红军是好人。于是，肖石中把家里的人叫过来，让大家帮忙把受伤的红军战士抬到房屋里的床上。看到他饿得不行，忙盛了饭菜端给他吃，这饭菜是从家人的嘴里省下来的。肖石中家是穷苦家庭，每顿饭连自家人都吃不饱，现在把锅里的饭菜全都给了红军战士吃。

肖石中又从家里找出一些留存的草药熬了，一边给红军战士喝药，一边为他清洗伤口。在谈话中肖石中得知红军战士也是姓肖，跟自己同姓，对他更加热情，更加关心，也许这就是一种缘分。红军战士叫肖凯，江西人，他十六岁就参加了红军，今年刚好二十岁。

第二天，肖石中把家里仅有的一只下蛋的老母鸡杀了给肖凯熬鸡汤喝，给他补补身体，肖凯感动得热泪盈眶。为了不让外人知道有红军伤员留在家里，特别是不能让那些国民党追兵、地方“保安团”和地主恶霸知道，肖石中把肖凯藏在一间小房间里，叫他千万不要出来，白天外出干活时还把房间上了锁。肖石中每天出去干活时总是留心山山岭岭、沟沟坡坡边那些消炎解毒的草药，发现了就挖出来藏好，回家时再偷偷地拿回去，不能让人知道自己每天都在挖草药。在肖石中的精心照料下，半个月后肖凯的伤治好了，而钟家湾村周围的治伤草药也被肖石中挖得差不多了。

肖凯的腿伤治好后本来想回老家江西的，但路途太远，没有回家的路费。那时又是兵荒马乱的年代，路上很不安全，弄不好还会把命断送。再说江西也没有了亲人，也就没有了牵挂，于是，肖凯就在钟家湾住了下来。为了方便肖凯留在宁远，肖石中对外宣称肖凯是他收养的儿子，一个出来逃难无家可归的孩子。过了不久钟家湾的人还是知道了肖凯是在天鹅抱蛋战斗中负伤后留守下来的红军战士。但是，村里的人从来不跟外人说，倒是十分地关心和帮助肖凯，时不时地送些吃的用的给他。

钟家湾村的村民都是以编织箩筐卖为生的，肖凯也跟着学编织箩筐之类的东西。由于人勤心细，他的编织技术进步很快，成了远近闻名的篾匠。1941 年，离钟家湾村不远的西边洞村有个姑娘叫朱贵夯，因为没有兄弟姐妹，父母让她在家招上门女婿。肖石中听说了这事，觉得肖凯跟朱贵夯很般配，就安排了两人见了面，一见面两人都很满意。就这样，肖凯从钟家湾村搬到了西边洞村，跟朱贵夯生活在一起，组成了一个幸福美满的家庭。

（故事来源于档案馆全宗号 54 目录号 1 案卷号 3 第 19—20 页《水市乡西边洞村肖凯回忆负伤后留守》）

39 小红军感化敌营长

李奕竹

狭路相逢

1934年11月22日，红5军团13师39团与敌李云杰、李抱冰部在下灌虎形岭遭遇。红军与敌肉搏多次，战斗极为惨烈。红军廖新民、郑成才、丁红军和胡红军四人在虎形岭战斗中负伤，一起往山下的百姓家中寻求收留和医治。

突然，他们与国民党的几名伤兵在山口狭路相逢，来不及多想，各自纷纷躲避。其中，敌一营长拔出手枪，对其他几名伤兵用平话说道："准备战斗！要瞄准点打，我们子弹也不多。"

红军虽然听不懂平话，但听他们说平话，也就暴露了他们属李抱冰（宁远人）部。聪明伶俐的红军廖新民（时年16岁）计上心来："你们应该是李抱冰部吧？我们肉搏了一下午，现在你们拿出枪来对付我们，这算哪门子英雄好汉。有本事，放下武器到开阔地，我们继续肉搏！"

红军郑成才接着补充："我们听说，你们的李抱冰军长用平话给你们讲，不要给蒋介石太卖命，遇到红军向天开几枪，做做样子就行。你们从江西尾随我们到宁远，一直都是这样。现在到家了，你们却要动真格的，你们用什么脸面来向你家乡父老交代啊。现在你我都是受伤人，何必来个你死我活呢？"

听到这里，敌营长李正甫（又名李伯勋）说道："好！大路朝天，各走一边。"接着，朝天放了两枪，带着几名伤兵向西边方向去了。四名红军伤兵趁着夜色，向东边的村庄走去。

救人被冤

红军廖新民下山后，被湾井镇凤鸡窝（旧名粪箕窝）曹法古收留救治，两个月后伤就基本好了。郑成才、丁红军和胡红军则被周家坝村民收留救治，也在几个月后基本痊愈。

宁远这块地方，在语言上有一个明显的特色，就是讲平话。转眼间，四名红军在宁远生活也已快半年，也能用平话进行正常交流了。

从凤鸡窝到周家坝，要过泠江河，只有 3 里路。周家坝是远近闻名的古村，发财人家多。为了生计，四名红军便在周围打零工。偶尔，他们四人也被周围地主同时雇请去做事，因为只供饭吃，没有工资。

一个夏日中午，他们四人闲着没事，坐在河坝西侧路边树下闲聊。聊着聊着，廖新民突然喊道："不好！有人从河坝上滑下去了，快去救人！"

他们正好在河坝下游 30 余米的地方，事情紧急，他们相继跳入河中寻找落水人。他们四人分区域，各人找一块地方，两三分钟后，在河坝下游 50 米的水流平缓处，终于将落水者找到。他们合力将落水者推到岸边，继而抬上岸进行紧急抢救。又过了两三分钟，落水者这才有了呼吸。不过，落水者的头磕在了乱石上，还在流着血。四人合力将落水者抬往下灌闸子的诊所进行进一步的治疗。

直到傍晚，落水者才基本清醒。但对如何落水的事，由于落水者过河时处于醉酒状态，已经完全失忆。他只记得，他去邻村收租收到十块银圆，用小布袋装在一起，钱口袋封得紧紧的。落水者一摸，那钱袋子不见了，立即把目光投向了四名红军。

四名红军明明是救人，却被冤成抢劫犯。他们立即被落水者的家丁抓起来，关进了柴房，扬言要四人双倍赔偿，否则送到县里捕房押审。落水者不是别人，正是久安背很有名的国民党营长李正甫的父亲——李财主。

关在柴房的四名红军心里纳闷：我们真没有抢，难道银圆自己长翅膀飞了？突然，廖新民向柴房外的看守人员喊道："我们没有抢银圆，银圆可能掉在了坝下的河里了。"

看守立即把这事告诉李财主，李财主觉得很有道理。冤枉好人可就不好了，于是，李财主要看守传话："明天，你们四人去坝下的河里潜水找一找，找到的话不仅放了你们，李财主还会多拿出两块银圆来，你们每人分三块银圆，算是对你们的奖励。"

廖新民想，十块银圆重量足有一斤，河水冲也冲不了多远。于是，他们四人沿着河坝裸露石块的血迹寻找李财主的落水地，再分片排查。四五分钟后，那个装有十块银圆的袋子找到了。

李财主觉得冤枉了好人，便真的给四名红军每人三块银圆赔礼道歉。然而，四名红军没有一个接受银圆的。他们道："我们的本意是救人，不是看中钱。我们虽穷到吃了上顿没下顿，但这种钱不能收。"

李财主深感愧疚，便把廖新民雇请到家做长工，包吃包住，还给工钱。

感化敌营长

1938 年 5 月，李财主听说儿子李正甫要回来看望他，然后再去参加马当战役，早早地准备好了晚餐。他还叮嘱红军廖新民，把其他三位红军请过来吃餐饭，让他的营长儿子认识认识。如果他们以后在宁远生活遇到困难，提提他儿子的名字，也能帮点忙。

晚宴准时开始，久安背村有脸面的人和李财主家的亲戚也都来了。李财主把四名救他的红军请到第一席就座。当李财主儿子落座第一席后，他一直朝四名红军打量，感觉似曾相识。四名红军也觉得，好像在哪里见过李财主的营长儿子。

突然，红军廖新民想起来了，应该就是虎形岭狭路相逢的那个讲平话的国民党营长。为了试探，廖新民便用宁远平话重复了那段平话："准备战斗！要瞄准点打，我们子弹也不多。"

这话一出，李财主的儿子立即拔出枪来对准廖新民："什么意思？"

李财主急忙把儿子的枪压下，请他坐下，说道："他们是我最尊贵的客人，也是救命恩人。他们虽是红军，但也不许你对他们动枪。没有他们四个，你爹早就见阎王去了。"随即，把四名红军如何救他，又如何蒙冤受屈的事情讲给了全体在席人员听。

俗语说，不打不相识。经过李财主的解释，四名红军与李营长的"仇"得到化解。李营长把四名红军请到神龛前，请他们坐好，给他们行礼，说："请受我一拜！红军一心为人民着想，令我佩服。"

两天后，李财主的儿子要去江西彭泽县，参加马当战役。他把红军廖新民带上，做他的挑夫，顺便把他送回江西包山，也算是对红军的感恩。

1949 年 11 月 1 日，受小红军感化的李正甫就任宁远县县长，随即就劝欧冠投诚共产党，和平解放宁远。11 月 17 日，李正甫和平移交政权，随后组织群众和学生欢迎解放军进驻宁远城。

40 一枚铜钱换两个南瓜

——流传在青山尾村的红军故事

彭小胜

怀着对红军长征这段人类历史上伟大奇迹的敬仰之情，我在一个阳光灿烂的下午，拜访了我们青山尾村的古稀老人曾顺发，听他讲述1934年红军经过我们村里的一段故事——

1934年，红军长征经过蓝山古城，在与国民党军队经过一次战斗后，转折蓝山老婆源来到我们宁远青山尾村。

一天晚上十二点左右，人们都还在睡梦中。忽然，村里的狗叫得非常厉害，把人们都惊醒了，人们便起身查看。只见几十个军人挎着枪向村里走来，不知是吉是凶。很多村民爬起来就朝后背山里跑，躲在后山不敢出来。

队伍进村后驻扎在学校里，我家与学校只有一墙之隔。有几十个红军战士来到我家，当时我们很怕，父亲和哥哥他们都躲进了后背山里。就在这时，一名女战士对我母亲说：“大嫂，你不用怕，我们是红军，是穷人的队伍，是帮助穷人打天下的队伍，快把你的家人叫回来。”听了这名女战士的话，母亲才叫三姐去后背山上把父亲和哥哥叫回来。

父亲和哥哥回来后，那名女战士对母亲说：“大嫂呀，我们红军战士经过长途跋涉都累了饿了，想借你的锅子煮粥充饥。”母亲说：“可以啊，你们受苦了！”便急忙拿着柴火往厨房里面去。但是水快烧开了，还不见米下锅。又过了一会儿，那名女战士才从另外几名战士的衣袋里找了几把米下到锅里。母亲见那么多红军战士又冷又饿，煮那么一点米，怎么够吃？便把家里仅有的两个南瓜拿了出来，对女战士说：“我家没有什么粮食给你们，这两个南瓜放在锅里一起煮着吃吧！”

女战士说：“大嫂呀，真是难为你了，我们红军战士不能拿老百姓的东西。我们红军是有纪律的队伍，不能违反纪律，大嫂你还是把南瓜放回去留着自己吃吧。”几番推让后，一名红军战士从衣袋里掏出一枚铜钱交到母亲手中说道："你把铜钱收下，我们才能吃你的南瓜。"母亲只好接了铜钱。粥煮熟了，那女战士叫道："开饭了！"只见红军战士一个个捧着碗去盛粥，很有秩序。

在喝粥的时候，那名女战士找到我父亲问道："大哥，去道县怎么走？要经过哪些地方？"父亲把去道县的途径一一告知女战士。

一名红军战士说："指导员，天这么黑，又下着雨，我们不识路，怎么走呀？"这名女战士对我父亲说："大哥，你能给我们带一段路吗？"当时，父亲犹豫了一下，母亲就对父亲说："他们是好人，你就去吧。"父亲便答应了。

等红军战士们喝完粥后，父亲便带着红军战士们一路经过八亩田、庙山脚、枇杷山、周家坝、马脚洞、猴子坳、百草坪、大界洪洞铺、水晶窝。快天亮了，那名女战士对父亲说："大哥，感谢你！辛苦你把我们带过了这些地方，下段路我们自己可以走了。"父亲直到下午才回到家中，回来后已经饿得不行。

第三天中午，有村民发现在村里一个叫乌鸦扑地的地方躺着一个人，过去一看是一名红军战士，因受伤已经牺牲。大家觉得这名战士真是可怜。后来父亲与几个好心的村民，用白布将红军战士裹起，把他安葬在百婆岩的岩洞里。

听完曾顺发老人的讲述，笔者感触良多。一是感叹红军部队的严明军纪。纪律严明是我们党和军队的传统，也是红军能够获得最广大群众拥护支持的关键所在。二是感叹本地村民的朴实与善良。以曾顺发老人父母为代表的青山尾村村民，勤劳勇敢、朴素善良，当红军战士路过时，他们体恤革命军队的不易，主动赠送食物。"一枚铜钱换两个南瓜"的故事，彰显的是军民鱼水深情。三是感叹中国革命胜利的来之不易。被安葬在百婆岩岩洞里的红军战士，到现在都没有人知道他叫什么名字，来自哪里，牺牲时有多大了。但是，当人们知道他为了革命，一个人孤零零地倒在一个陌生的地方，都会为之动容。他是个小战士、小人物，在异乡默默长眠，但在人民群众的心中，他却是个大大的英雄。

41 从宁远神下回援蓝山刘八五

李治军

1934 年 11 月 20 日，红军总司令朱德命令：在蓝山洪观圩一带，痛击李云杰部，以打击敌人的嚣张气焰，迟滞追敌。此战由朱德、彭德怀亲自指挥。当天，彭德怀的红 3 军团接受作战任务后，迅速进驻洪观圩、刘八五村、贺家村、泉塘村，并勘察地形，走访群众，寻找最佳作战战场。经观察论证，彭德怀认为刘八五村旁的大热岭一带山头地形复杂，梯次分明，竹木茂盛，下面又是土桥圩通往楠木桥的必经之路，非常适宜打伏击战。刘八五村村民向红军首长详细介绍附近几座山头的情况，特别是各山头的出入路径，红军首长在绘制的地图上一一作了标记。于是彭军团长命令：红 3 军团第 4、第 5 两师为作战主力，埋伏在大热岭、打靶岭、竹山顶等九座山头上；第 6 师则迅速赶到宁远神下一带布防、警戒，阻击宁远方向可能来援之敌；驻守土桥圩石板岗一带的警戒部队则于第二日（21 日）清晨弃守阵地，佯败退却，把敌引至伏击地。

11 月 21 日早上 9 点左右，随着稀稀拉拉的枪声由远而近，埋伏在山头的红军看到我诱敌部队出现，潮水般涌来，行色仓皇，队伍散乱，在伏击圈内还丢弃很多枪械和物品。几分钟后，不可一世、骄横跋扈的李云杰率军冲了过来，看到散落在地上的财物，士兵们争相抢夺，队伍顿时大乱。“哒哒哒……”埋伏在山头的我 4、5 两师的机枪都怒吼了，手雷、子弹如雨点般向敌倾泻……

上午 10 点左右，彭德怀命令驻守在宁远神下的警戒部队第 6 师主力火速回援刘八五。可是第 6 师回援途中遭到敌军阻击，激战一天都未能完成回援任务，且损失惨重。在没有援军、又遭到敌军炮火猛轰的情况下，刘八五红军伏击部队虽然坚守住了阵地，但减员较严重。为了摆脱被动挨炮的局面，中午彭德怀果断拉出隐藏在贺家村一带的预备队，与伏击队两面夹击，冲向敌人，展开白刃战。中午时分，杀声震天，双方拼起了刺刀……

肉博战使敌人强大的炮兵没有用武之地，红军的英勇冲杀也震慑了敌人。下午4点半左右，敌军溃退，红军又退回山林。为避遭敌军炮火，减少不必要的牺牲，且痛击、阻滞李云杰追兵的目的已达到，彭德怀决定就此撤出战斗。为了迷惑敌人，还把部分手雷、子弹散放在各山头尚未燃及的竹木下。敌军看到红军占据的山头，火势不断扩大，不时传出零星的炮声，以为红军还固守在山林中，遂命炮兵部队猛轰山头。

刘八五一战，国民党军损失惨重，其先头部队136团几乎全部被歼，红军牺牲几十人，确保了红一方面军八万余人顺利通过蓝山和宁远。

42 百草映日红

文星平　朱　洪

收留小红军

“锡仔，快点起床，等下我俩个把家里那头肥猪抬到大界圩去卖了。”1934年8月30日一早，时年18岁的百草坪小伙彭恩锡，被父亲叫醒。

彭恩锡动作敏捷地一跃起床，简单洗漱之后，就满心欢喜地和父亲一起抬着肥猪去了大界闹子上。从百草坪到大界不到三里路，是由西向东而行。刚走一里多，他们就看见一支数百人的红军队伍从东向西向他们走来。红军说：“乡亲们，你们过来吧。我们是红军，是穷人的队伍。今天大界赶闹子，卖了猪好换你们要买的东西。”说完，数百红军就把主道给让了出来。

这天，大界赶闹子的人不多，猪价比往常低好多。快到晌午，父子俩嫌猪价低就又抬着猪往家里走。回家后，彭恩锡到长他9岁的异姓兄长匡珍玉家玩，匡珍玉告诉彭恩锡，他家收留了一名受伤的红军。

小红军叫封忠仔，伤得并不很严重，两个多月后伤就基本好了。封忠仔聪明伶俐，善良勤快，被匡珍玉伯父看中，每次下地里劳动，或是摸鱼捞虾，匡珍玉的伯父都喜欢叫上他。

封忠仔来到百草坪之后，许多年龄相仿的小青年都喜欢跟他一起玩，听他讲述一个又一个关于红军的感人的故事。

再留柳连长

11月21日，大界百草坪村村民彭玉喜与同村另一人去冷水铺赶集，结果路遇红军。红军请他俩抬一受伤红军，从冷水铺彭家一直抬到目的地水打铺（水市）。到达水打铺时，天将黑下来，红军留他俩随军住一夜，第二天再回。他俩担心家人牵挂，摸黑从水打铺回到百草坪。红军给他俩每人一块银圆。第二天一早，彭玉喜就把红军又来宁远的消息告诉了小红军封忠仔。

11 月 22 日下午，百草坪又迎来了一支红军部队，它归属于红 5 军团 13 师。该部受师长陈伯钧命令，来百草坪警戒，并在百草坪宿营，以待红军在此集结后，向道县进发。

这支红军来到百草坪后，把该村土豪何茂林、彭学进两家积谷、浮财分给本村贫民。匡珍玉家因收留了受伤小红军，特别给他家多分了一份。就在百草坪贫民分积谷的时候，东边虎形岭的红军 13 师与国民党李抱冰部进行了激烈的遭遇战。

11 月 23 日一早，百草坪妇女徐德红到土地庙里去烧香祈福。她刚靠近土地庙，就发现一名受伤的红军痛苦地躺在里面。她来不及多问，急忙回去叫丈夫顾德红把受伤的红军背回家。她赶紧把给小红军封忠仔疗伤的草药医师请到家来，一看，红军的膝盖骨被炸碎了。红军姓柳，某连指导员，江西人，30 余岁，是昨天被敌人飞机炸伤的。

为了给柳指导员治伤，她遵从医嘱，每天上山挖药回家熬煮。小红军封忠仔每天跑来给柳指导员煮汤药擦洗伤口。徐德红本就贫困的家，因多出了一张要吃饭的嘴，更显贫困。然而，百草坪村民东家送红薯，西家送小米，这家送南瓜，那家送姜糖，硬是熬过了两年艰难困苦的日子，才把柳指导员的脚伤给治好。

百草映日红

转眼间，封忠仔和柳指导员就在百草坪生活了两年，村民们早已把他俩看成了自家的亲人。

柳指导员觉得，自己一个身残之躯，老是在百草坪打搅村民，特别是要为他的身份保密，连累了大家。在脚好后，他觉得应该回老家江西去。他把封忠仔找来，讲了自己的想法。

柳指导员的想法，也勾起了封忠仔的思乡情。两人回去之后，都与各自的救命恩人说出了想法，大家也很支持。难的是，如何为他们凑齐路费呢？匡伯伯心直口快，不久就把两名红军要回乡的消息在村里传开了。

徐德秀丈夫顾德红翻箱倒柜，把积攒多年的一块银圆拿了出来。匡伯伯把平时烘晒的小鱼仔包成礼物，彭恩锡把过年剩余的那块腊肉用大板纸包好了。张家送来红薯片，李家送来红片糖，王家送来油豆腐……很快，他们的路费就凑齐了。

柳指导员和封忠仔选择在9月回乡。那天，彭恩锡和顾德红各买来一挂鞭炮。鞭炮一放，村民齐来送别，依依不舍之情令人特别难受。彭恩锡和顾德红一直把他们送到了泠江河的五拱桥渡口……

送别之后，彭恩锡和顾德红往百草坪回家的路上赶。午后的太阳特别火辣，但他俩似乎没有什么感觉。泪珠在眼里打转，百草成了映山红的海洋！

[故事来源于县档案馆全宗号54目录号1案卷号3第33页，口述人：彭玉喜（70岁），1975年10月7日；县档案馆全宗号54目录号1案卷号4第132页，口述人：徐德红（女，73岁），1975年11月7日]

43 不给部队当累赘

廖中密

1934 年 11 月中旬的一天早晨，天刚蒙蒙亮，宁远县湾井镇湾井村村民邝老汉到村子后面的山脚下拾狗粪。突然，他听到前面一棵松树下的草丛中有“沙沙沙”的声音。他想可能是野味，如果捉住它，可以拿回家让一家人美餐一顿。邝老汉悄悄地靠近那棵松树，当他走近时才看清楚并不是什么野味，而是一个人躺在树下的草丛里。邝老汉蹲下身去问：“你是谁？怎么躺在这里？”

那人见有人来了，艰难地睁开眼睛，当他看到面前的是一位老百姓时，断断续续地说道：“我……是……红军。”

邝老汉想起昨天红军部队跟国民党部队在虎形山的那场激烈战斗，他猜想这一定是在那次战斗中负了伤的红军战士。邝老汉二话不说，丢下拾粪的工具，双手用力托着受伤的红军战士，把他扶在自己背上，背起受伤的红军战士就往村子里跑。

回到家后，邝老汉让红军战士躺在房间里的床铺上。邝老汉的妻子邝大娘问：“他是谁？你怎么把他弄到家里来了？”

“一个受伤的红军战士。”邝老汉说。并把刚才遇到红军战士的情况跟她说了。

邝大娘顿时紧张起来，说：“你这个砍脑壳的是发疯了还是不想要命了？敢把红军带到家里来，被外人知道了，传到国民党耳朵里去那是要杀头的啊！”

邝老汉说：“先管不了那么多，红军都是好人，是帮我们穷人的，我不能见死不救。”

邝大娘虽然很担心，但人都背回家了，多说无用。还好农村人家都收藏了一些草药，她和邝老汉一起找来一些消炎解毒的草药熬成汤药，一边喂他喝药一边给他清洗伤口。邝老汉又让老婆把家里仅有的一只下蛋母鸡杀了煲汤给红军战士喝。在邝老汉的精心照料下，红军战士总算是脱离了生命危险。红军战士看到邝老汉对他如此照顾，连声说："谢谢！谢谢！"

受伤的红军战士把当时的情况告诉了邝老汉。原来这个受伤的红军战士姓瞿，是浙江人。他是红军的一个连队指导员，在与国民党部队的激战中，瞿指导员身上多处受伤，特别是左脚的腿骨都被打断了，他当时就昏迷了过去。等他醒过来时，看见三个战友守候在身旁。瞿指导员问部队去哪了，三个战友告诉他，打完仗清理战场后，部队就开拔了，刚走不久。因为瞿指导员负了伤，所以连长让他们三个战士留下来照顾瞿指导员。瞿指导员听说部队才走了十多分钟，估计还没走多远，为了不拖累部队和三个战士，他就把自己的手枪和冲锋枪交给那三个战士，对他们说："你们三个快去追赶部队吧，应该还追得上。"

一个战士说："指导员，我们不能丢下你不管，连长临走时吩咐我们留下来照顾你。"

"对，对，这是连长的命令。"另外两个战士也说道。三个战士说什么也不愿意丢下指导员不管。

瞿指导员说："现在连长不在这里，我是指导员，我命令你们三个马上去追赶部队，要多杀敌人！"

"指导员，你多保重。"三个战士没办法，只好流着眼泪与指导员依依不舍地告别。

邝老汉听后鼻涕眼泪都流了出来，邝大娘也消除了刚才的怨气。为了不让外人知道瞿指导员在家里养伤，邝老汉让他睡在最里面那间房间里。邝老汉对邝大娘说："万一被人发现，就说是一个远房亲戚，因为家乡遭了水灾，父母都遇难了，房屋也被冲毁了，只好来宁远投奔亲戚。"

在接下来的日子里，邝老汉外出干活时总要随身背个竹篓，在野外挖了草药就装进竹篓里，回家时就在草药上面遮盖一些青菜以掩人耳目。有一次，邝老汉在山坡上采药时发现山坡上长着一棵少见的消炎药，那是治枪伤和跌伤的特效药。那棵药却生长在坡顶上，四周都是悬崖峭壁，很难爬上去。邝老汉抬头望着高高的悬崖，心里实在是有点害怕，想放弃又实在是舍不得。他心里七上八下地做不了决定。后来，他想到躺在床上的瞿指导员那种痛苦的神情，他咬着牙做出了决定：一定要把它采下来！

邝老汉放下背上的竹篓，选了一个容易攀爬的地点往上爬去。他的双手牢牢地抓紧上面的藤条，两脚踏在突起的石壁上使劲地向上攀爬。费了好大的工夫才爬上去，眼看就要抓着那棵草药了，邝老汉心里一阵狂喜。而就在这时，他的手碰到了上面一块松动的石头，石头滚下来正好砸在邝老汉的头上，痛得邝老汉眼冒金星，差点就从悬崖上摔下来。还好，他反应快，一只手顺势抓住了一把藤条才没摔下来。邝老汉歇了歇气后继续往上爬，最后，邝老汉把那棵药材采了下来，可他的头上却长出了一个大疙瘩。

在邝老汉的精心照料下，半年后，瞿指导员能拄着拐杖下地行走了。后来，村里的人都知道了他是因受伤而留守下来的红军战士，但都为他保守秘密，没有一个人对外宣称他是红军战士。

瞿指导员每天拄着拐杖走出门来，坐在大门口的青石板上望着村前那条大路，希望能看到红军队伍从那里经过。他还经常向邝老汉和村里的老百姓打听红军的情况，他想再回到红军队伍里去。然而，遗憾的是不管他如何守望，如何打听，却始终不见红军的踪影，也听不到红军的音信。

一年后，仍然没有红军的消息，瞿指导员实现不了再回到红军队伍的愿望，真是心不甘啊。他打算出去寻找红军队伍，可身上既无钱又无粮怎么出去呢？再说了，中国这么大，出去瞎找也不一定找得到，他心里七上八下地安心不下来。还好，邝老汉一家待他如亲人一般，让他心里很是踏实。为了感谢邝老汉的救命之恩，瞿指导员认邝老汉为父，给他做了儿子。于是，瞿指导员就在湾井村住了下来。他能写会算，懂得很多的革命道理，人又忠厚老实，待人热情，村民们都非常喜欢他。直到 1946 年邝老汉去世后，瞿指导员才回了老家浙江。

（故事来源于档案馆全宗号 54 目录号 1 案卷号 4 第 11 至 12 页《湾井公社湾井村邝双富回忆收留负伤红军》）

44 忠贞不渝的小红军

廖中密

刘敏仔，江西人，因遭国民党飞机的轰炸，父母亲被敌机炸死，是红军救了他，他就成了一名小红军。十四岁时，他就跟着红军长征来到湖南省宁远县，在战斗中由于身负重伤，不能跟随部队行军，只好留在宁远县水市镇的花盘营村，后改名为荆检清。说起来他还真是个苦命的人……

1934 年秋季的一天，花盘营村村民杨保财到张高塘村去办事，在经过新屋地村时，发现两个受伤的小红军背靠在路边凉亭的柱子上坐着。杨保财估计这是昨天跟国民党部队打仗受伤的红军战士。看着两个无依无靠的小红军很可怜，杨保财决定把他俩带回去收养。杨保财带两个小红军回到家里却犯难了，因为他家里本来就穷，一下子添两张嘴吃饭，并且还是受了重伤的，既要增加伙食费开支，又要增加医疗费开支，怎么能应付过来？他想来想去，想到了跟他关系要好的荆加廷，他想分一个给他收养。他找到荆加廷，把自己的想法跟他说了。荆加廷听说是收养受伤的小红军，心里也明白红军是好样的，是为老百姓打天下的。如今他们有了难，哪有不帮的道理？于是，他非常爽快地答应了。他看着刘敏仔很乖巧，就选了那个年纪小的刘敏仔收养，认他做了自己的儿子，并给他改了姓名，叫荆检清。

荆检清既聪明又懂事，伤好后就跟着养父荆加廷学编织竹篮，他心灵手巧一学就会。他从不乱花一分钱，很会持家。荆加廷十分喜爱他，待他和亲生儿子一样。荆检清在荆家过了六年，已经长到二十岁，是个健壮的小伙子了。荆家张罗着要给他娶媳妇，可好事多磨，又遇到国民党抓壮丁。伪保长包英费带着一伙人来到荆家抓荆检清，荆加廷说什么也不答应，要跟包英费拼命。包英费说：“他又不是你儿子，要你管什么事？”

荆加廷说：“他姓荆，就是我儿子，是我亲儿子！”

到最后，荆检清还是被他们抓了去。过了几天，荆加廷听说那些壮丁被送往了双牌县，荆加廷赶忙带着一双新棉鞋、一双草鞋和七拼八凑凑的二十五元钱急急忙忙赶往双牌县，跑了一百多里路终于追赶上了。他把鞋和钱交给荆检清，对他千叮咛万嘱咐："儿啊，你一定要好好保重身体，注意安全啊！"

荆检清看着面前这位不是亲父胜似亲父的荆加廷，泪流满面紧紧地抱着他说："爸，谢谢你！请你放心，我一定不会辜负你的养育之恩。我痛恨国民党，在我心里我永远是一名红军战士，我不会给你丢脸的。"

荆检清每到一个地方都要写一封信回来，告诉家里他在部队的情况。他在湖北的时候给家里的信说，他很想离开国民党的队伍，但几次逃跑都没有成功，反而遭到国民党兵的毒打。

直到 1944 年他从衡阳来信说，他投奔到了共产党的队伍里，当了解放军。再后来就再没有来过信了，估计是牺牲了。但在荆加廷的心里，他为自己能有这么一个勇敢的儿子而永远感到骄傲。

（故事来源于档案馆全宗号 54 目录号 1 案卷号 4 第 113 页《水市公社花盘营村荆加廷回忆收养负伤红军》）

45 这是红军的纪律

廖中密　龚　恒

当年，听说红军要从宁远县水市镇经过，那些伪保长和地主恶霸就事先大肆宣扬，说红军是穷光蛋，一无所有，走到哪里就抢到哪里，只要红军到过之处所有的东西都要被抢光。他们对老百姓说："乡亲们，如果红军来了，一定要把粮食和贵重物品藏好，人要躲到外面去。"

1934 年 8 月的一天，红军真的来了。浩浩荡荡的红军队伍从大界村朝水市镇水市村而来，村民们把粮食藏好后就带着一些贵重物品往山上去躲避，形成了一支前簇后拥的逃难队伍。

村民欧兆明却不在这支逃难队伍中。因为，他在村前的大路旁种了两亩地西瓜，这时候正是西瓜成熟的季节，满地的西瓜又大又圆真是可爱。欧兆明舍不得自己辛辛苦苦种出来的西瓜被别人毁了。于是，他没有跟村民们一起躲到山上去，而是躲在自家西瓜地旁边的一处草丛中。他要守着他的西瓜，决不能让人给糟蹋了。他在想：那样一支大队伍从西瓜地经过要是真的摘起西瓜来，莫说只是两亩地西瓜，就是十亩地西瓜也会糟蹋完。对于欧兆明这样的穷苦家庭来说，那两亩地西瓜就是他全家保命的本钱。西瓜被糟蹋了，他全家就会活活饿死。他想反正饿死是个死，拼死也是个死，干脆守着那块西瓜地，保护那些西瓜，要是红军真的要摘西瓜，他就冲出来跟他们拼命。

欧兆明紧紧地盯着红军队伍，他的眼睛随着队伍的移动而移动，看着队伍越来越接近西瓜地，他的心跳也越来越快。他在心里数着："一百米、五十米、二十米……"

红军队伍终于到了西瓜地，战士们排着整齐的队伍一个接着一个从西瓜地旁边的那条大路上经过，足足过了半个小时，却没有一个红军战士下地里摘西瓜。他想不明白，伪保长和那些地主恶霸不是说红军都是走到哪抢到哪

的吗？可是，这支红军队伍少说也有一千多人，为什么没有一个人下地摘西瓜呢？他们从西瓜地边经过就像没看见地里的西瓜似的。这样的大热天，难道他们就不口渴吗？

欧兆明眼看着队伍就要过完了，他毫不犹豫地从草丛中钻出来，摘了两个大西瓜抱着向队伍追过去，他对最后一个红军战士说："长官，吃两个西瓜吧。"

那个红军战士说："谢谢你，老乡，我们不吃西瓜。你也不要叫我长官，我是红军战士。红军是保护老百姓的队伍，我们不能随便拿老百姓的东西。"

欧兆明见送到手的西瓜红军战士都不要，就说："红军兄弟，这不是你拿我的，是我送给你的。"

"那也不行，我们不拿群众一针一线，这是红军的纪律。"那个红军战士说完就大踏步地向前走了。

红军第二次经过宁远县是1934年10月中旬，那是10月16日的中午，红军从水市镇的周家村路过，因为老百姓都知道了红军的纪律严明，不拿群众一针一线，所以，这一次老百姓不再出去躲避红军了。周顺佑也听说了红军在8月份的时候从临村水市村欧兆明家的西瓜地经过时没摘一个西瓜的事情。如今，周顺佑在村前的大路边也种了一大片甘蔗，并且甘蔗刚上了糖，又甜又脆甚是好吃。周顺佑听说红军要从周家村经过，而他的甘蔗地是经过村子的必经之路，他知道红军的纪律，红军不会糟蹋他的甘蔗。于是，他早早地来到自家甘蔗地里砍了很多的甘蔗。并且，削好皮洗干净，还砍成一节一节的，用几个竹篮装好。他想把这些甘蔗送给红军战士吃。

好不容易等到红军战士来了，他急急忙忙提着装满甘蔗的竹篮来到红军队伍里面前对红军战士说："红军兄弟，你们辛苦了。吃一节甘蔗吧。"

"谢谢你，老乡，我们不吃甘蔗。"路过的红军战士只是对他笑着打招呼，却没有一个红军战士伸手去接甘蔗。

眼看队伍就要过完了，而周顺佑的甘蔗一节也没有送出去。

周顺佑见一节甘蔗也没送出去，他站在那里发愣："这红军队伍究竟是一支怎样的队伍啊？怪不得大家都喜欢红军，原来红军才是老百姓的队伍。"

过了不久，又一支队伍来了。从穿着打扮来看，与前面那支队伍有些不同，前面那支队伍有穿军装的，也有穿老百姓衣服的，并且很破旧。而后面这支队伍是清一色的军装，而且穿的又新又整洁。当队伍来到周顺佑的甘蔗地时，士兵们发现了竹篮里的甘蔗，就蜂拥而至，不由分说拿起甘蔗就啃起来，嘴里说道：“好吃，好吃。”

后面赶上来的士兵见竹篮里的甘蔗被抢光了，就哗啦啦地挤到甘蔗地里，你一根我一根地掰起甘蔗来。不到十分钟一大片的甘蔗就被糟蹋完了。周顺佑看到自己辛辛苦苦了一年好不容易才种出来的甘蔗就这样被毁了，他愤怒地说：“你们这是什么部队呀，把我一块地的甘蔗全都糟蹋完了，不但不给一分钱，而且一声招呼都没有，你们真是连土匪都不如啊！”

那些士兵听了哈哈大笑起来，说：“我们国军吃你的甘蔗还要给钱？告诉你，我们吃你的甘蔗那是看得起你，是你的荣幸。哈哈哈……”

什么，国军？原来是国民党的部队。难怪老百姓把国民党叫做“刮民党”，都说国民党是土匪，看来一点都不假。红军才是老百姓的队伍啊！

（故事来源于档案馆全宗号54目录号1案号4第111页《水市公社水市大队欧兆明回忆负伤红军情况》，第128页《官桥公社湾头大队周顺佑谈红军纪律严明》）

46 两条石灰线

李冬梅

1934 年夏天，大界渣力坪村天干地燥，经历过连年战乱，村民们只能靠山吃山、靠水吃水，指望着几亩薄田艰苦度日。家里有青壮年劳力的，大部分在征兵时入了伍。如今村子里以老弱妇孺居多。村民奉昌太因为自小身体弱，不适宜行军打仗，就留在了家中。

隔壁五婶的小儿子跟他一起长大，身体结实，十六岁就当上了红军。五婶有事没事就爱来奉昌太家里坐坐，跟他母亲东扯葫芦西扯瓜地谈白。等到天黑，奉昌太也喜欢坐在门前，摇一把蒲扇，熏一捆艾草，跟其他村民一起拉家常。

这天黄昏，保长告诉大家："听说红军这几天会经过渣力坪，大家要小心点!"这个消息马上在村民中炸开了锅。

这个讲红军会把吃的穿的都抢走，家里的牲口都要藏起来。那个讲红军来的那几天最好不要露面，不然就会抓去当壮丁。平时蛮调皮的小娃子也吓得躲到母亲背后，试探着问："他们会不会抓我啊?"

"不会抓你，但是抓到你会把你打一顿。"保长一脸严肃。五婶瞪了保长一眼，感觉脸上挂不住，但她也不好讲什么。红军到底什么样，她也不清楚。这一夜，村民们都没睡好。第二天，日头升得老高，也没看到田里有几个做活的。鸡鸭的叫声都轻些了，整个村子陷入了一片可怕的死寂。

天刚蒙蒙亮，奉昌太麻起胆子带上农具出了门。因为这几天红薯地严重缺水，再不挖水灌溉，就难有收成。等到秋天，全家人就会饿肚子。不知不觉天已大亮，奉昌太擦去头上的汗水，感觉到一行队伍由远而近，正往村子方向走来。奉昌太刚擦去的汗水又冒了出来，他捏起鼻孔大气不敢出。红军真的来了?他急忙丢下农具抄条近路以最快的速度跑回家，赶紧把门闩插上。连灶里的火都用水熄掉，生怕给红军发现蛛丝马迹。

就这样战战兢兢挨到下午六七点，奇怪的是，压根没有谁来敲门。外面究竟发生了什么？村民们大为疑惑。他们小心翼翼走到地里，西瓜呀，豆角呀，玉米呀，都还好好的。更让人费解的是，庄稼地旁边都画上了两条洁白醒目的石灰线。奉昌太试着在石灰线附近来回走了走。他惊呼道："你们看！红薯叶子一片都没有踩烂，这条线上一个脚印子都没有哟！"奉昌太急忙去地里找农具，它们都原封不动。

村民们这才恍然大悟，红军为了不踩坏地里的红薯，特意划了石灰线，任何人都不允许走出线外。大家纷纷感叹道："这样纪律严明的队伍可从来没见过呀！"

过了几天，天气还是那样燥热难熬。大家听说国民党的队伍也要经过渣力坪。大家一致认为："既然红军如此爱护老百姓，我们这次也不必戒备国民党的部队吧。"于是大家放松警惕，跟平时一样过日子，没有做预备工作。

还没到晌午，就听到一个小娃子眼泪汪汪跑来告状："你们哄我，他们打小孩子的！"原来小娃子追他家的母鸡耍，不小心撞到了一个士兵头子身上。那个头子立马露出一副凶相："哪里来的野孩子，走路不长眼睛啊！"他伸手就甩了小娃子一个嘴巴，还下令把母鸡捉去杀了吃。

等村民们预感到大事不妙的时候，地里的西瓜早已被糟蹋得东一个西一个，有些还烂在地里流着西瓜汁，西瓜藤也扯断了。村民们心疼死了。其他庄稼都不能幸免于难。红军之前画的石灰线已被国民党军队踩糊了。

现在村民都明白了，红军才会爱惜老百姓的劳动成果，他们是真心真意为老百姓着想的革命队伍。

从那以后，五婶逢人就自豪地讲："晓得不，我小儿子是红军咧！"老百姓再也不害怕红军了。

（故事来源于县档案馆全宗号 54 目录号 1 案卷号 3 第 34 页）

47 宁远来了女红军

郑志娟

1934 年 11 月 22 日，红一军团一部确定在宁远县天堂镇唐家村宿营。当红军走进村子的时候，感到十分奇怪，怎么碰不到一个人呢？整个唐家村都是门前挂着四两铁。红军分几个小组，满村寻找看有没有留在家里的人。

几名女红军走了一大圈也没见着人。当她们正要返回村口时，突然听到一篱笆院内传来女童的哭声。几名女红军循声找去，便来到了杨双英的家。女红军立即和杨双英进行交谈，了解实际情况。原来，村民受国民党的反动宣传大都外出躲避了，就连杨双英本人，也是因为三个年幼女儿走不动，才留下来。经过商量，红军决定由杨双英带领两名女红军到村民的躲藏地进行宣传，让村民们回家来。杨双英的三个幼女由其他女红军照看。到达村民躲藏地之后，女红军往山里喊话："老乡们！不要怕，我们是穷人的队伍，是来打土豪劣绅的，都是自己人。"村民们半信半疑，女红军接着又喊话："快回来吧，我们红军已经为你们准备了丰盛的晚餐。把土豪熊玉宾家的大肥猪杀了，把他家的粮仓也打开了，等待着老乡们回来分粮食呢！"听到这里，村民们纷纷下山回到家里。

当杨双英回到家里时，她发现平时脏乱的房屋被打扫得干干净净，水缸里的水挑得满满的，三个年幼的孩子和女红军亲密地玩着。女红军见杨双英和村民们都回来了，急忙迎接并表示感谢，还叮嘱群众不要乱出门，以免被国民党的飞机炸伤。随即，村民们便去分猪肉和粮食，个个喜笑颜开。当晚，几名女红军就都宿营在杨双英家。

时隔 42 年之后，1976 年 3 月 27 日，湖南省红军长征调查办公室的工作人员采访杨双英，她记忆犹新，娓娓道来："我记得 1934 年 11 月 22 日，红军是从宁远县城那边来到我们村的，在我们村住过一夜，还有些女兵。这些女兵都是住在我家里的，其他红军都住在老百姓家里。当时，我生下三个女孩子，都还年幼，这些女红军帮我挑水、扫地、带小孩。国民党的飞机整天轰炸，飞得很低，她们叫我不要带女儿出去看飞机，避免被飞机炸伤。我心里非常感激她们。”

就在女红军宿营杨双英家时，红军与青年村民黄加宣之间发生了一场误会。当天，红 1 军团派出一个班，在天堂乡庄里洞村抓国民党县长黄国举、连长黄群均未抓到。后抓到保长黄不知、区队长黄国山和青年黄加宣，关在一间小屋子里，在天堂圩过了一夜。通过审讯和问话，红军知道抓错了黄加宣，立即向他道歉，并让他回家。黄加宣看见红军官兵一致、和蔼可亲，立即要求参加红军，红军首长答应了他的要求，并要他回去征求父母的意见。黄加宣父母爽快地答应了。黄河古、黄少求等人听说后都很羡慕，也要求加入红军，红军首长一视同仁，在他们征得父母同意后也让他们参加了红军。

除了在宁远县天堂镇有女红军宿营外，水市乡新坝村也有女红军宿营。1984 年 5 月 8 日，时年 79 岁的李景珍老人回忆道：“红军长征经过我们村有两次，第一次是农历七月，红军一早就从下灌、大界、水市到我村，又经过天鹅抱蛋、桂里园到道县四马桥宿营，队伍过了一整天。第二次是农历十月十四、十五、十六，月亮很亮很圆，红军从下灌、大界、水市过我村，经天鹅抱蛋、桂里园到道县的四马桥，在我村住了两三夜。水打铺、李家山、包家、田家、杨梅洞周家都住满了红军。有个二十多岁的女红军骑着白马宣传红军的好处，蒋介石的坏处。”

新坝村的李知语也亲眼见到过女红军骑马搞宣传。1975 年，时年 60 岁的李知语对湖南省红军长征调查办公室的工作人员说道：“红军路过我村时，有一个女红军站在拱桥上向我们宣传：‘老乡你们不要怕，我们是红军，是穷人的队伍，是来保护你们的，不要你们的东西。’”提到红军长征，李知语十分激动，他接着说：“李富恩父子各人挑着一担柴火，红军都让他俩先过去。红军穿便衣的多，穿军装的少。我村李福照、李福家给红军挑过东西，一直挑到道县四马桥，红军给了他俩各人 2 块银圆就回来了。李富恩母亲烧了一担茶水，红军喝一碗都要给钱。红军路过我们这里有很多骑马的。后来听说，毛主席、朱总司令是从我们这里路过的，次日（11 月 23 日）早饭后过完的。”

红军长征过宁远，虽然只有短短的 17 天，但严守纪律、爱护百姓的美好形象，却让宁远人民铭记了一辈子。

48 宁远境内扬威名

张映华

话先要返回到红军长征之前说起。

从黄埔军校毕业后，萧克在叶挺麾下担任过连政治指导员。在北伐战争的战火考验中，萧克加入了共产党。因为在湘南起义中战功赫赫，萧克被调往瑞金苏区，成了红5师的师长。

他深入前线，舍生忘死，是井冈山反“围剿”时期的一员猛将。有一次，流弹飞来，从他的左胯穿过，插进他的右腿根，他忍着剧痛继续指挥战斗。因为失血太多，险些丢了性命。

1932年9月，年仅25岁的萧克担任了红8军军长，驻守在湘赣苏区。

1934年，第五次反“围剿”失败，萧克率领红6军团撤离苏区。作为长征的先遣部队，他们为中央主力红军探路。国民党有反动宣传，弄得地方风声鹤唳，红军路过时，百姓们纷纷躲到山野岩洞里去。

红军靠铁的纪律夺回人心这杆公平秤。他们遵照“三大纪律六项注意”的要求，坚持不抓夫，不扰民，不拿百姓一针一线。部队离开宿营地时，除了上好住户的门板，还打扫好里里外外的卫生，挑满水缸里的水。

1934年8月初，红6军团攻夺新田县城，经过宁远鲤溪、清水桥、上龙盘、侯坪，往北开辟零陵通道。他们得知敌人在零陵、祁阳一带布重兵扼守湘江，已经收缴渡江船只集中到对岸，马上折回宁远，擦县城而过，经大界、湾井到达水市。8月31日上午，红6军团在水市天鹅抱蛋与尾追之敌激战，将敌人击退，随即进入道县。这一来一去，红6军团给宁远百姓留下了军纪严明、作战神勇、爱护群众、秋毫无犯的佳话。

红军做饭烧了鲤溪镇大枧头村卢彩鸾家里的柴火，就把10个铜钱留在柜子上。他们不小心打烂了鲤溪村雷时楷家的一个煤油灯灯罩，用苏维埃纸币照价赔偿。发现雷父卧病不起，二话不说分出伤病员才能吃到的鸡肉，给老大爷补身子。

红军路过清水桥镇百福营村石祥治家和枫岩脚村袁培安家的玉米地时摘了玉米棒，就在苞叶里放上铜钱。这两家人砍玉米秆时捡回铜钱一算账，实际上红军多付了一倍多的价钱。

经过湾井镇下灌村，红军煮吃李洪吉家 60 斤大米，给付 2 块大洋，是市价的两倍。8 月 30 日晚上，红 6 军团一部买了水市镇天鹅抱蛋村蔡家胜家的 70 来斤稻谷，给付了 2 块大洋……李洪吉、蔡家胜等人为遇到天底下最好的军队而感叹连连。

军团长萧克并不在意暴露自己的身份。为红军带路的宁远向导，熟悉萧克的音容笑貌，见证了红军的一举一动，发现他们跟土匪军阀就是不一样，于是自愿做起了红军的义务宣传员。

当然，除了秋毫无犯，爱护百姓，红军也除恶务尽，毫不手软。大革命时期，宁远的乐天宇、柏忍回到家乡组织农会，打土豪分田地，把斗争开展得轰轰烈烈。女共产党员柏忍带人清理过下灌大土豪、国民党旅长李郁英的财产。事后李郁英反攻倒算，去江华抓人，酷刑之后，把柏忍杀害在宁远的五拱桥头。摸清了底子，萧克派侦察员假扮零时工，潜入那座地主庄园，打死了负隅顽抗的李郁英，还打开他家的粮仓，把粮食分给了贫苦农民。罪恶昭彰者被镇压，土豪劣绅因之闻风丧胆，烈士得以含笑九泉，这真是大快人心！

红军官兵在宁远境内真是威名远扬。

49 财神爷进村

欧 晶 周文敏

“快跑！快跑！乱兵来了……”

“快躲！快躲！收拾东西，快往山里躲……”

1934 年 11 月 22 日，中国工农红军行进至宁远县梅岗桐子坪村，村民们一听有军队进村，以为是“刮民党”兵，顿时惊慌起来。

村里的张光辉犯愁了，自家最值钱的东西，可能要泡汤了。年前，省吃俭用买了个小猪崽，辛苦喂养 11 个月已经长到 120 来斤。眼看就要换成银圆，到过年换 30 块银圆应该没问题。这大兵一来，30 块银圆要打水漂了。

“二傻子，快点走！再不走，人财两空！”

张光辉不甘心一年的辛苦劳作付诸东流，一手拿着簸箕，一手拿竹棍，想要把自家猪赶到山上去藏起来。可是大肥猪行动太慢，不领张光辉的情，前走三五步，又回退二三步，真是急死人。

邻居藏好粮食都往山上跑。看张光辉还在赶猪，上前劝说：“你赶着猪去躲大兵，一天也走不出村子。光辉弟兄，猪没了还可以再养，再不跑，就要人财两空了。”

张光辉满头大汗，急得像热锅上的蚂蚁，六神无主。经提醒，也就顾不上损失，同邻居们一道慌忙躲进了山里。当夜，张光辉心里牵挂着那头猪，怎么也睡不着。

第二天一早，村里个别胆大点的人，下山打探消息。张光辉也不舍家中的大肥猪，决定“冒险”一次，会会这些“大兵”，便悄悄地溜回了村。

刚到家门口，轻柔的声音飘来：“你是老乡张光辉吧？”张光辉回头一看，就看到三个头戴柳条帽，一身补丁衣的人从后面跟了来。

张光辉转身迎上前来，说道：“老总好！我是张光辉，不知道找我什么事？”

“我们不是老总，我们是红军战士，帮穷苦人打天下的人民军队的一员。叫我们红军就行。”一名红军战士回话道。

站在中间的一名红军，看上去像个领导。他补充说道：“老乡，别害怕！听说你家养了一头猪，我们是来你家买猪的，你看能卖给我们吗?”

听到这里，张光辉心里已是叫苦连天了，他强作镇定，却苦着脸说：“老总们，我们家的猪不要钱，赶走就好。如果真要付钱，随便给点就行。”

“老乡，你把我们当白匪军了。我们买卖公平，不拿群众一针一线。如果老乡愿意把猪卖给我们，我们不少你一分钱。如果我们是强买强卖，不等你回来，昨晚就杀了你家猪，何必等你回来呢?”

张光辉不敢确定面前三位讲的是否是真心话，又急着想脱身，只能应付道：“猪，你们先赶走，到时把钱送来就行。”

“那不行！红军讲究公平买卖，你赶着猪过来，用秤称了，我们立即付给你银圆。你把猪赶过来吧，我们在村公祠等你。”

望着红军远去的背影，张光辉觉得这支部队有些不可思议。他疑惑，这些老总既不抓人，又不捞财，他们究竟要干什么呢？于是，张光辉决定第二次“冒险”。

他来到了红军的驻地村公祠，偷偷往里看。突然，肩膀上被粗实有力的大手猛地拍了一下，道：“光辉老弟，在外面干嘛？进去看才瞧得仔细嘛，走！”只见同村的李哥牵着一头大猪从外而来，一把拉住张光辉，就往里走。

李哥不顾惊疑不定的张光辉，边走边说：“老弟，我家娃儿昨日上山躲避，跌了一跤，摔着手，红军医师正帮他治伤。这不，我把家里的大肥猪牵来，犒劳一下红军。光辉老弟，不要怕，红军只打土豪劣绅，不伤害我们老百姓。”

“是你告诉了红军我家也有大肥猪?”张光辉惊疑道。

“是呀！红军价格公道。你赶快带红军拿秤去家里称猪。红军给的价格，就是你养到过年，也卖不到。”

张光辉心想，不信红军，也得信李哥啊。于是，他请刚才那三名红军拿着秤去他家称猪。李哥也跟着去了。捆猪过秤算账之后，猪款 24 块银圆。张光辉心里乐开了花。随后，红军便让张光辉跟着三名红军来到祠堂取钱。

来到祠堂，只见那名红军领导模样的人，跟付款红军耳语了几句。付款红军便说道：“老乡，你过来拿钱。这里一共 30 块银圆。”

张光辉看比猪款多出6块银圆，很不理解，便问道："不是24块银圆吗？你们多付了我6块银圆，这是啥意思呢？"

"老乡，你的猪原本是想养到过年卖的，到那时，就可以卖30块银圆。我们红军提前买了，这6块银圆，是补给你的损失。"

此时，张光辉心里一阵酸楚，眼睛也湿润起来。他为自己对红军的误解感到羞愧难当，为红军爱民护民而感动。

突然间，张光辉嘴里冒出了一句话："红军就是财神爷，老百姓脱离苦海的希望！"

50 菜里没有一滴油

——陈树湘34师一部宿营湾井姚家村

姚　思

1934年11月21日，湾井姚家村门口已经陆陆续续过了一天红军。中午时分，有一支数百人的部队在村里停了下来，两名红军战士走进了没有外出躲避的一户村民家里。

“老乡，你别怕！我们是中国工农红军，是咱穷人的队伍。我们想问你一个问题：村里的人都去哪里了，怎么大都不在家？我们想在你们村子里宿营一夜，找谁联系呢？”两名红军战士问道。

被问的村民叫姚石秀，穿着很破烂，但人很精神，他正在端着碗吃着红薯丝饭。姚石秀回答道：“我们村的人，大都躲出去了。要住宿可得找我们村的富户姚光华，可他也早已经躲出去了。来！红军同志，请坐！没吃饭吧？在我家里吃点算了。”说完，就放下碗筷，去揭开米缸，要煮饭。红军战士立即上前拦住说道：“老乡，米饭就不煮了。我看你家有现存芥菜，就煮点芥菜汤吧。”

菜里没有一滴油　（廖东望　作）

拗不过红军战士，姚石秀只好去煮芥菜。可是，当把芥菜洗好，准备煮的时候却拿不出一点下锅油，他急中生智，切了几片白萝卜放在锅里，热炒了几下，便把芥菜下锅煮了。两名红军战士吃起津津有味，连声感谢。临走，两名战士各掏出一个铜板，硬要塞给姚石秀，姚石秀怎么也不肯收，说：“我菜里油都没有放一点，也是我没有油了。这样还收你们的钱，哪还是姚家人呢？”红军战士把铜板放在桌上说：“你不收钱是让我们违反军纪，我们是要受处分的。”

“红军同志，那你们等一下，我带你们去把老乡们喊回来。”姚石秀已经感动得流下了眼泪，“他们就在后山上躲着。”

姚石秀带着两名红军来到山脚下，高声一呼，村民们纷纷回到家里。唯独不见富户姚光华回来。村民姚运喜见了红军，说道：“姚光华其实没有走远，就躲在他家的地窖里。”红军首长只好亲自去姚光华家里的地窖会会他。经过苦口婆心的劝导，姚光华终于出来，将红军安排在姚家村公祠重华堂宿营，并同意开仓放粮，杀猪款待红军和全村村民。红军足斤足两付给姚光华苏维埃纸币，并告诉他，此币可以去下灌村红军银行兑换处换成银圆。

红军见姚运喜人灵活，喜欢交谈，便找到他说：“老乡，我们明天一早就要走，你能不能帮我们找几个青壮劳力帮忙挑挑东西？每天 1 块银圆。”姚运喜满口答应，因本村人手不够，他又去白水源村找到了李土仔、阙田仔等人。

1975 年，阙田仔（时年 73 岁）、李友法（时年 73 岁）回忆说：“1934 年，农历十月十五日中午十二时左右，红军从竹市、毛里坪进入白水源村。（第二天）李土仔、阙田仔给红军挑东西，经姚家、坳背、枫木山、湾井、路亭、大界、过水岩、水打铺、天鹅抱蛋、桂里源、周塘营至四马桥。红军说，每一天给工钱 1 块银圆。阙田仔（农历）十月十六日到四马桥害怕敌人飞机轰炸就走了，李土仔（农历）十月十七日回，红军给他 3 块银圆。李友清是（农历）十月十六日给红军挑药箱子的，有四十多斤重，经彭家洞、白水源、青山尾、羊蹄岭、庙山脚、周家坝、畚箕窝、五指砠、路下、塘下洞、大界、过水岩、水打铺至新坝。红军从（农历）十月十五日至十七日过了三天，有几万人，有几十匹马。”

宿营湾井姚家的这支红军部队究竟是哪支部队呢？

我细细品读了当年红军行军宿营下灌、姚家一带，开国上将陈伯钧记录的《陈伯钧日记》，可以非常确定这支部队就是陈树湘 34 师的一部。这支部队还在我们王家（今称东塘脚，属建新村自然村）与小股敌人干了一场，然后往下灌方向去了。

陈树湘 34 师一部宿营我们村，这让我们感到无比地荣幸而自豪！

（故事来源于县档案馆全宗号 54 目录号 1 案卷号 5 第 51 页、案卷号 4 第 69 至 70 页）

51 篝火的温暖

胡吉雄

1934 年 11 月 21 日下午，红 3 军团第 11 团作为先遣队，从蓝山盘石进入宁远盘石圩。第 11 团的团长是邓国清，宁远县人。他曾经参加过平江起义，任过红 3 军 19 师师长。1932 年 9 月，邓国清被调去红 3 军团 2 师任师长，12 月整编后与政委张爱泮搭档，出任第 11 团团长。

该部红军进入宁远后才发现，许多群众都跑到山上躲避去了。这天，恰逢梅翠村胡玉贵的三女儿弄瓦之喜（女孩满三朝），一些吃酒回来的人还不知情，便没外出躲避。邓国清是宁远人，讲的是宁远方言，与群众打交道自然是很方便。

“咚咚咚！”邓国清来到盘石圩，敲开了周石保家的大门。邓国清一通地道的宁远话：“小兄弟，我们是红军，我也是宁远人。老百姓都跑到哪里去了呢？”听到宁远话，周石保一家倍感亲切，把红军让进了家里。

第 11 团的团指挥部就设在了周石保家里。梅翠、盘石圩、毛坪头、大岭山等村落都住满了第 11 团的红军战士。村民大多外出躲避去了，红军战士只能露宿在屋檐下。看到此情此景，周石保父亲感动得流下眼泪，世上竟有如此守纪爱民的部队。他的心再也不能平静，觉得要为红军做点什么。

周石保父亲把周石保叫到身边，耳语几句后，就开始分头行动。周石保走出家门四处打听谁家有木柴卖，转了几户人家，终于买来了六百多斤木柴，在屋子内外烧起了熊熊大火，让红军取暖。这干柴遇上火苗“毕毕剥剥”地燃烧，令人不禁想起“星星之火，可以燎原”。这篝火越燃越旺，在漫漫长夜里，不断驱走寒冷与黑暗，给红军将士们带来了温暖和光明。在湘南宁远拥护爱戴红军的这一片热土上点燃的不只是火种，更是点燃了老百姓支持红色革命的热情与对共产主义追求向往的理想信念。

周石保的父亲还把米缸里仅有的两斗多米全部都拿出来，淘洗干净，放进自家平常酿酒才用的大锅里，把火烧旺，给红军煮饭吃。艰苦的岁月就是这样，紧张激烈的战斗与急行军会使人忘记饥饿和疲劳，一旦休息，能吃上一点红薯之类的干粮或睡上一个小觉，就会觉得是一种莫大的享受。要是能够吃上大米饭，那真是太奢侈了！

许多远方来的红军充分感受到周石保父子的关爱和支持，就在周石保家住宿，跟他们聊家常，讲述红军征战的故事。红军住村后，帮老百姓挑水、扫地。他们有的睡在屋檐下，用门板做床，走时将门板上好。有的为了安全起见，在野外宿营。

第二天，红军大部队沿着先遣队的路线经过盘石圩村，往梅翠、云潭方向奔去，而当天晚上先遣队仍在周石保所在的盘石圩村住宿。

在村里，红军用纸写上“红军是穷人的革命队伍”“打土豪，分田地”“穷人要团结起来，打倒土豪劣绅”等宣传标语，粘贴在墙壁上。只可惜，后来国民党追兵一到，就将标语撕毁了。

为扩大中华苏维埃对老百姓的影响，红军设立了银行兑换处，供群众用苏维埃纸币兑换银圆。周石保隔壁邻居家卖油炸红薯给红军吃，收的是苏维埃纸币，后来到兑换处换了几块银圆。

村民帮助红军带路，抄近道奔走到村周围的山头上站岗放哨，以观察敌军追击变化情况，没想到红军居然给了铜板作路费。红军派了侦察班对出入村庄的可疑人进行盘查，以防止敌人破坏捣乱。

红军派周石保出去喊回了躲在外面山上的群众，在周石保家门口开了群众大会。一个姓王的首长向大家宣讲革命道理：“蒋介石背叛革命，卖国腐败；红军是穷人的军队；穷人要团结起来，打倒土豪劣绅！红军是共产党领导的军队，是工人农民的子弟兵，是帮助穷人打土豪，求解放的……”他的讲话通俗易懂，与会的群众越来越多，会场掌声雷动。

红军纪律严明，帮助穷苦人民打土豪的消息迅速传开了。躲到村外的村民，纷纷返回到村里。

红军打开了财主的粮仓，把稻谷分给穷人；杀了财主的猪，与穷苦百姓共吃；搜了财主的浮财，把搜出的银圆连同衣物用具，全部分给穷人。

开过会后，红军就上了高岭山，挖战壕，准备阻击尾追的敌兵。很快国民党李抱冰的部队就从红军来的路线追赶过来了。吃过午饭后，头一天就在云潭大岭山脚一带宿营的红军又折返回来，占领制高点——对门岭，即云潭的凤形岭以及马公岭等山头。

当国民党军队追到大龟形岭时，红军开始向敌人猛烈开火。凤形岭与大龟形岭相对的中间开阔地有一小水凉亭，国民党军队在那里打了一阵后，就败退了，红军就趁机撤往云潭方向去了。几天后，村民发现了一名牺牲的红军战士，就凑钱把他安葬在大龟形岭上。

从盘石圩转移出来的红军占领高岭山，向国民党追兵开火，打了一个多小时，国民党追兵就退下来了。周石保带人支援前线，送去柴火灰里煨熟的红薯时，看到有一名红军牺牲了，周石保和村民就把他就地掩埋在高岭山上。

红军临开拔之际，有感于浓浓的军民鱼水情，特地向周石保握手道别，真诚地致以谢意："老乡，非常感谢您家提供600斤柴火和40斤大米。共产党和红军不会忘记您一家点燃的温暖人心的篝火！"

随后，中国共产党率领的红军队伍像一条巨龙，翻过高岭山，往西征的方向与前方的红军会合去了。

（故事来源于1984年湖南省长征调查办公室《云潭乡盘石圩周石保回忆传革命道理》）

52 永远的祭奠

胡吉雄　李治军

收留受伤的红军战士

1934 年 11 月 24 日，19 岁的大界村民奉运德一早从后山砍柴回到家里，呼叫道："妈，您过来一下，我告诉您一件事。"

"什么事这么神秘兮兮的？"母亲陈夯夯把喂猪的潲盆放下，手都没洗，就直接过来了。

"妈，是这样的。我一早到后山砍柴，看到高风村保长杨海清，对两个脚受伤的红军战士下毒手，踢他们两脚，把他俩身上的 30 块银圆抢走了。我搞不懂，红军战士穿着那么破烂，身上怎么还那么有钱？"

"他们人呢？"母亲陈夯夯急切地问道。

奉运德说："等杨海清走远了后，我去看了一下那两个红军战士，问他们吃了没有，他们摇摇头，我把我带去的蒸红薯和水都给他俩了。然后，我就挑着柴回家了。"

"孩子他爸！你过来！你赶快和运德一起去把那两个受伤的红军战士背回来。"

奉运德的父亲是个老实本分的人，半天憋不出一句话。这个家，是奉运德母亲陈夯夯当家。父子俩一走，陈夯夯就径直朝本村的草药医生奉昌庭家里走去。

奉运德和他的父亲便按原路去后山，走了不到五分钟，便看见两个拄着木棍的红军战士，正向自己家的方向走来。他俩立即迎了上去，一人背一个，把两个受伤的红军战士背回了家。

父子俩刚把两个红军战士背回家，草药医生奉昌庭就赶过来了。他们一问才知道，两个红军战士一个姓曾，一个姓陈，都三十多岁了，是昨天在下灌虎形岭战斗中受了伤，跟不上部队了。奉昌庭对两个红军战士进行伤口处理之后，饭都顾不上吃，就上山挖疗伤用的草药去了。

掩埋无名红军烈士

两个受伤的红军战士见陈夯夯一家像对待亲人一样对待他们，十分感动。他俩待疼痛稍减后，就对陈夯夯说："嫂子，你真是个大善人。我们还有一事相求，望你能帮个忙。"

陈夯夯说道："红军就是我们的亲人，有事就直说吧！"

曾姓红军说道："是这样的，我们掉队的本来有三个人。在路上，另外一个战士因受重伤牺牲了。我们把他放在了后山的草丛中。离你儿子砍柴的地方也就百来丈远，具体位置也说不清了。你看，能不能叫几个人把他掩埋了？"

陈夯夯说："这是积德的事，应该的。"她随即叫儿子奉运德去把奉元琼、奉元勋、奉兴旺、奉月成请到家里来，制作了一副简易担架。做好后，让儿子奉运德带路，去寻找红军烈士的遗体。

找到红军烈士的遗体后，奉元琼、奉元勋、奉兴旺和奉月成，两人一组，轮流抬着遗体来到后山。他们四处寻找，最后找到了一处多年废弃不用的烂窖，准备把红军烈士的遗体掩埋在那里。

他们找来了几根棕绳，套住红军烈士的尸体缓缓地放入窖中。因为红军烈士的尸体头部朝下，刚往下吊到大约一米处，从红军烈士的衣服口袋里突然掉出了什么东西，跌落到烂窖底部的石头上，发出叮当的响声。四人急忙把红军烈士的尸体又拉上来。他们一合计，决定找来木梯，派身材瘦小的奉兴旺下窖去看个究竟。

奉兴旺下窖后才惊奇地发现，从红军烈士的衣服口袋里掉出的是四块银圆，这在当时可是一笔不少的财富。当时，四块银圆可以买一头驴，一块银圆可以买一担大米。

这银圆怎么处理呢？四人进行了简单的讨论后决定：拿出一部分，立即去买纸钱、香烛等祭奠用品，按宁远本土风俗将红军烈士掩埋；剩余的四人平分，各人平分到的银圆将用于以后每年清明节对红军烈士墓进行祭扫和修缮。

由于掩埋无名红军烈士的地方是一口废弃的烂窖，周边黄泥多且疏松。四人不辞辛劳，带着对红军的敬仰，把红军烈士墓垒得高高大大的。然后，他们按照宁远传统的丧葬礼节，焚烧冥钞，点燃香烛插放在坟墓前方，进行三叩首，致礼完毕之后才离开。

永远的祭奠

到1935年2月，陈姓和曾姓红军经过奉昌庭的精心治疗，脚伤都恢复了。陈姓红军去了荆家帮工，以补贴奉运德家的家用，曾姓红军则跟着奉昌庭学起了草药医术。

4月6日，正是清明节，陈姓红军特地起了一个大早，挖了一棵竹子，从荆家村赶过来，给无名红军烈士扫墓。当他快到墓前时，发现曾姓红军、奉昌庭、奉运德、奉元琼、奉元勋、奉兴旺、奉月成七人已经把祭品摆好，正准备烧纸钱，焚香燃烛，然后祭拜。他远远地叫道："兄弟们，你们不等我一下吗？"

陈姓红军到达后，八人立即合植了那棵毛竹，然后列成一队，燃香祭拜。祭毕，他们一起返回时，陈姓红军问道："你们怎么也来祭扫红军烈士墓？"

掩埋红军烈士的四名奉姓村民异口同声地答道："下葬红军烈士那天，我们就有了约定，要一直祭扫下去。奉医师、运德兄弟和曾红军是我们在路上恰巧碰上的。"

回到奉昌庭家吃清明酒的时候，他们第一杯酒斟满后，通通都酹洒在了地上，表示对为革命而献身的红军烈士的祭奠。第二杯酒，他们又来了一个新的约定：以后每年清明节八人一起来祭奠无名红军烈士，轮流请吃清明酒。

1937年清明节，他们八人祭奠完无名红军烈士后，在奉运德家吃清明酒。席间，陈姓红军提出不久要回老家江西去尽孝，他拿出帮工时积攒的一块银圆来，要大家代他一直把无名红军烈士祭奠下去。在陈姓红军临行前，七人七拼八凑弹了一床新棉絮，送给他，作为他回家露宿时用的被子。陈姓红军倍感温暖，欣慰不已。两个月后，他回到了江西老家。

1939年清明节，他们七人祭奠完无名红军烈士后，曾姓红军表示也要回去。他拿出两块银圆，要大家代他一直把无名红军烈士祭奠下去。临走，大家齐送两根粽粑，作为补助他回家路上的餐费。

解放之后，大界成了人民公社驻地。对无名红军烈士墓的清明祭扫被纳入了大界公社的公祭，无名红军烈士墓也被修葺一新。对无名红军烈士墓的祭扫，由八人到百人，甚至千人万人，将永远地祭奠下去！

53 下灌红军桥

胡吉雄

下灌，是一个有着1500多年历史的古村，“一村两状元”是该村最响亮的文化名片。下灌还是红色文化名村，下灌东西走向的广文桥、仙人桥，有着灌溪八景之一的美称。而在1934年中国工农红军过境之后，两座桥都被老百姓改称红军桥。为何要改称红军桥呢？

明朝末年，地理学家、旅行家和文学家徐霞客游览九嶷山经过下灌往蓝山而行，所经之路即是1934年红一方面军长征经过宁远下灌的路。虽然道路相同，但二者方向正好相反，徐霞客自西向东行，中央红军则是自东向西行。这里，我们摘录徐霞客游记片段，作为下灌两座古桥的简介。

“下观之西，有溪自南绕下观而东，有石梁锁其下流，水由桥下出，东与箫韶水合。其西一溪，又自应龙桥来会，三水合而胜舟，北可二十里至宁远。过下观，始与箫韶水别，路转东南向。南望下观之后，千峰耸翠，亭亭若竹笋玉立，其中有最高而锐者，名吴尖山。山下有岩，窈窕如斜岩云，其内有尤村洞，其外有东角潭，皆此中绝胜处。盖峰尽干羽之遗，石俱率舞之兽，游九疑而不经此，几失其真形矣。恨未滞杖履其中，搜剔奇閟也。东南二里，有大溪南自尤村洞来，桥亭横跨其上，是为应龙桥，又名通济桥。”（摘自《徐霞客游记》楚游日记十二）

《徐霞客游记》中的“石梁”即下灌人所俗称的仙人桥，桥下有井，水质清洌，游鱼可数。因红军首先过的此桥，人们称其为红军一桥。《徐霞客游记》中所称“其西一溪，又自应龙桥来会”中的“应龙桥”即清中后期改称的“广文桥”，人们称其为红军二桥。仙人桥和广文桥都处于人口上万的下灌村中心，二者相距七八十米。在解放之前，两桥是从蓝山入宁远和出入下灌的唯一通道。

下灌红军二桥 （李治军 摄）

1934年，红军来了，而且先后来了两批。第一批是1934年8月30日和31日，红6军团9600余人，击毙了国民党反动旅长李郁英。第二批是1934年11月19日到23日，中央红军当中的大部分约五六万人许，其中红5军团13师（陈伯钧部）就宿营下灌村。

在红6军团来到下灌之前的1927年4月，下灌发生了一桩震惊宁远的大事件。4月中旬，共产党员柏忍率领县农协逆产清理委员会进驻下灌。县农协逆产清理委员会把李郁英当旅长时贩卖鸦片和贪污军饷所得的钱财清理出来，又把李贝贝借着其子李郁英的势力，毫无顾忌地贪污族产、积谷等情况也条列在状，要求李贝贝把这些财产主动分给贫民。但是，李贝贝自以为其子在长沙当旅长，农协会拿他没办法。面对这种情况，柏忍命令农协会员，立即将李贝贝捆绑起来，并亲自给李贝贝戴上高帽子游街示众。农协会员押着李贝贝从状元楼出发（李贝贝家在状元楼附近），经东街铺，转仙人桥，再过广文桥，最后到西街铺示众。结束后，把李贝贝的逆产全数分给下灌贫民。李贝贝觉得这是对他的莫大侮辱，在家里挂上一根吊颈索上吊死了。这让在长沙的李郁英对柏忍充满了仇恨，誓言“不把柏忍杀死誓不为人”。

1927年5月21日长沙发生“马日事变”，5月26日永州发生“宥日事变”，柏忍外出避难。1928年，宁远县的地主豪绅派欧如圭、黄伯熙、郑子礼、李平章为代表，联合宁远的四大豪绅李辑五、郑华清（柏忍家公）、欧鸣高和王德昌，向国民党湖南“清乡”会请愿，将欧冠派回宁远清乡。1929 年 4 月 24 日，在李郁英的重重施压下，柏忍被反动派杀害于县城五拱桥。在“马日事变”及“清乡”大屠杀中，宁远县被杀害的中共党员、农运骨干及其他进步人士达 3000 余人。李郁英觉得这才是为他的父亲报了仇。李郁英手上沾满了宁远人民的血，百姓对他恨之入骨，称其为“郁英麻子”，意思是李郁英杀人如麻。

1934 年 8 月下旬，红 6 军团在蓝山时就了解到李郁英从长沙回到了下灌，还带了一个排的警卫。红 6 军团首长决定，派十余名红军装扮成民工，去给李郁英家里收割中季稻，以了解李郁英的生活习性，在红军主力到达下灌后，再行围捕李郁英，召开审判大会，枪决李郁英，为宁远百姓报仇雪恨。

可是没想到，李郁英不喜欢让警卫跟着自己，他独自一人在家。8 月 30 日，李郁英看见红军已进了房内，预料自己难以逃脱，便取出手枪向红军射击，但连开两枪均未打中，反被头扎毛巾、化装成民工的红军侦察员当场击毙。击毙李郁英后，红军召开群众大会，历数李郁英的多项罪行，李郁英死有余辜。随后，红军打开李郁英家的粮仓，将粮食分给村里的贫苦农民，还将鱼塘里的鱼打捞分给大家吃。随后，红 6 军团 9600 余人经下灌仙人桥、广文桥、西街铺，往包家、天鹅抱蛋、道县方向去了。

1934 年 11 月 19 日至 23 日，下灌的仙人桥、广文桥上，又有数万中央红军经过。其中，红 5 军团第 13 师宿营下灌村。从状元楼到西街铺，从仙人桥到广文桥，从英公祠到诚公祠到处住满了红军。红军纪律严明，买卖公平，爱民如子，给贫苦农民留下了深刻的印象。

从下灌的仙人桥、广文桥建立后的数百年时间里，从来也没有这么多人在桥上睡过。于是，老百姓把广文桥和仙人桥改称红军桥。自此，老百姓与红军之间架起了一座永恒的桥梁。

54 红34师参谋长王光道宁远养伤记

张映华　胡吉雄

1934年12月10日，红34师师长陈树湘在江华牯子江渡口受重伤。第二天，红34师余部200余人，把陈树湘转移到了道县驷马桥早禾田村。道县驷马桥早禾田村距离宁远界只有3公里，而就在这里，红34师余部又遭到江永、江华、宁远三县保安团的合围，形势十分危急。

陈树湘立即召开紧急会议，做出新的部署：改变由长征原路退却的计划，命令部队各自为战，冲出重围，去九嶷山区开展游击战争。就在敌军即将围攻上来的危险时刻，陈树湘命令一个班抢占馒头岭对面山头制高点作掩护，其余由参谋长王光道率领奋力突围，陈树湘坚持与两名警卫员留下牵制敌人。部队突围后，两名警卫员抬着陈树湘单独转移，来到道县洪都庙隐蔽。

12月13日，参谋长王光道把200余人的部队临时整编为一个大队。部队翻过几座山，到达宁远县水市镇小南海时已是深夜。红军刚驻扎下来，准备吃饭时，却又遭国民党军队突然偷袭。王光道率余部奋起反击，顿时，沉寂的山村里枪声大作。尽管黑灯瞎火，也摸不清敌人底细，但王光道镇定自若，自己率一部死死顶住敌人的进攻。他命令副团长杨海如，由村民王玉桂带路，从村旁的一条小路撤退至九嶷的海源岭（今称南海源）。在小南海激战半小时后，红军牺牲11人，参谋长王光道，战士刘南保、花机关、林子英等受伤。

王光道由部下唐明德、陈正清抬着，花机关、刘南保由雇请的九嶷山的瑶胞抬着，去与杨海如部会合。（林子英已被宁远县杨知保背回家养伤。）由于长时间的颠簸，王光道的伤越发严重了。他决定效仿师长陈树湘的做法，命令副团长杨海如率余部到九嶷山道塘一带打游击，留下唐明德、陈正清管理红军的伤员。如果情况危急，他将为苏维埃流尽最后一滴血。

几经辗转，他们一行人最后来到了九嶷鲁观上洞与花盘洞之间的一处破庙，并确定在此养伤。这里属瑶族聚居区，也是农民军陈光保的原根据地，群众基础较好。

王光道等五人刚在破庙落定，盘瑶医和他的徒弟小赵刚好从岭上挖草药往回走。天空飘起了细雨，他俩也走进了破庙躲雨。王光道等警觉地问："谁？来这里做什么？"盘瑶医回答道："我是鲁观洞一带的医生，人称盘瑶医，他是我的徒弟小赵。"

俗语说："来得早，不如来得巧。"经过简单交流，彼此都有了基本的了解。原来，盘瑶医不仅是地方名医，还曾经被陈光保请到农军里当医师三年。由于陈光保起义失败，盘瑶医便迁到上洞定居，行医诊病，悬壶济世。盘瑶医还告诉红军，这一带主要是讲瑶语的，大部分人听不懂汉语，在此养伤必须要通瑶语。不懂瑶语的，都要受到百姓的排挤、驱离。如果与当地百姓关系处理好了，在此养伤是最理想的环境，因为瑶民排斥地方团防和国民党军队，这在某种程度上来说，对红军在此养伤是一种保护。

说完，盘瑶医提出建议："红军首长，你们不要在破庙养伤，这样目标大。瑶族地区是走婚家庭，生人面孔常常有。我建议你们分散到瑶民家里养伤，这样更为方便。"

王光道接受了盘瑶医的建议。当晚，盘瑶医就将王光道接进了上洞村自己的诊所住下。刘南保、花机关分别由唐明德、陈正清另找瑶胞家住下，也由盘瑶医帮着治伤。

盘瑶医有在农民军陈光保部三年治伤的经验，经过他三个月的治疗，王光道的伤病痊愈了。王光道、刘南保、花机关想回到部队，可怎么办呢？他们把自己的想法跟盘瑶医说了。

盘瑶医告诉他们，红军到达九嶷道塘后不久，便遭到敌人袭击，部队又牺牲了一些人，其他红军被打散以后下落不明。还有小道消息说，最近又秘密来了一批红军，据说是专门寻找红 34 师的失散人员的。部队已经抵达宁远邻县蓝山，可能是红 24 师 71 团。

1935 于 4 月 18 日，红 24 师已经转移到了宁远县鲁观洞一带，几名化装成货郎担的红军战士，悄悄地接走了在鲁观洞养伤的红 34 师参谋长王光道。由于刘南保、花机关伤还未痊愈，所以未能归队。4 月下旬，红 24 师又退至蓝山新圩，遭到国民党湖南省第五保安司令欧冠指挥的军队的"围剿"。

红 24 师在坳背与敌三个排遭遇，红军迅速抢占山头将敌人包围。经过一个小时激战，歼灭敌一部并将一个排缴械，获得枪弹补充。

4 月 28 日，红 24 师从小米坳转入广东时，遭敌围攻，红军战士 80 余人牺牲或被俘，余部 100 余人转回小洞，向新圩方向撤退。5 月初，红 24 师余部进入临武麦下圩一带，又被处于优势的敌人阻击，40 余人阵亡或被俘。军区参谋长龚楚逃亡后叛变，师参谋长兼第 71 团团长周金淦和卫生队队长被俘。余部由政治部主任李鸣风率领往蓝山、广东交界的黄桶山撤退，途中一再遭受围追堵截，先后有 20 多人牺牲，被俘数人。5 月 4 日，弹尽粮绝的红军战士在两江口遭敌阻击，10 余人被俘，其余被打散。红 24 师结束了在湘南的战斗历程，王光道也在这次战斗中光荣牺牲。

1935 年冬，战士刘南保、花机关伤愈后离开宁远去寻找部队，后无音讯。唐明德、陈正清落户于九嶷乡的花盘洞和上洞村。他俩都在此结婚生子，直到 1977 年才先后回到江西瑞金。

55 青山埋忠骨

廖中密

1934 年 10 月中旬的一天，村子里传来消息说有红军部队要从水市镇田家村经过。母亲对儿子田有成说："有成啊，村里的青壮年都躲到外面去了，你也出去躲躲吧。"

"妈，不用出去躲吧，我听说红军不像国民党军队那样，红军不欺侮老百姓。"田有成说。他三十刚出头，母亲很担心他被抓去服兵役。

"不怕一万就怕万一，躲出去总比不躲好，万一有个三长两短后悔药都没得吃。你看看村里的青壮年都躲出去了。"母亲很担心儿子的安全，因为村里那些地主、土豪早就说过，红军是共产党的部队，他们不但抢东西还抓人去当兵打仗。村里的人虽然都没见过红军抓人，但国民党的兵役制是祸害人的。有些东西不得不防，为了保险起见，还是躲出去为好。

田有成为了不让母亲担心，就听了母亲的话。他跟村里的青壮年一样带上干粮和衣物等躲进了深山里。这样一来村里就只留下一些老老少少的了。

其实村里的青壮年并没有离村子多远，他们就躲在村子对面那座山上。他们也担心着留在村里的老老少少。他们之所以躲在村子对面那座山上，是因为在那里既能够看到村里发生的情况，又容易逃走。他们躲进山里不到一个小时，果然看到一大批人马从东边朝村里开拔过来。部队到达村子时已经是傍晚了，到了村口，有的在村外的草坪上停下来休息，有的进到了村子里。那些在山上的青壮年都庆幸自己躲了出来，不然真不知道后果如何。过了不久，山上的人就看到村前炊烟四起，知道那是红军在做饭了。难道晚上红军还要在村里宿营？这样一来，躲出来的人只能在山上过夜了。

第二天一大早，听见"轰"的一声巨响，只见村前的永镇庙方向升起一股浓烟。紧接着是飞机的隆鸣声，飞机在永镇庙上空盘旋了一圈就飞走了。飞机飞走后，红军队伍很快就离开了村子，往大阳洞方向去了。

红军走后约半个小时，山上的人见村里安静了下来，就陆陆续续地回到了村里。田有成还没进门就大声地喊："妈，妈。"

他母亲从屋里出来，欢喜道："有成，你回来了。"

"妈，我回来了，你没事吧，红军没把你怎么样吧?"田有成看见他妈笑嘻嘻的，悬着的一颗心总算落了地。

田家红军桥 （谢俊松 摄）

"没事，没事。红军真是太好了，不但什么东西都没拿没毁，还把房屋的里里外外都打扫得干干净净的，把水缸里的水也挑得满满的。临走时还给了我三块银圆，我不要，一个红军硬是要我收下，说是烧了我们的两捆柴禾，给的是柴禾钱。不收还不行，说是红军的纪律。"田有成的母亲高兴地说。

"红军真有那么好?"看到母亲开心的样子，田有成后悔自己躲出去了，如果留在家里也能长长见识。

"好！好！红军真的好。昨天晚上有十几个红军住在我们家里，他们跟我拉家常，问我们日子过得好不好。说红军是老百姓的队伍，是穷人的队伍，那种亲热劲真是比亲人还亲！"田有成的母亲说起红军的好说得头头是道，没完没了的。

"早晨的时候，飞机在永镇庙那边丢下一颗炸弹，伤着人没有?"田有成想起那惊人的爆炸声，问道。

"这个我就不清楚了，听说红军把永镇庙作为临时的联络点，好像是国民党的飞机丢的炸弹，正因为丢了那颗炸弹，红军才急急忙忙离开的。他们说如果再不走怕国民党的飞机又来丢炸弹，怕炸到老百姓。他们走了，飞机就不会来了。”田有成的母亲说。

田有成心里总还是想着那颗炸弹，于是，叫了村里几个年轻人到永镇庙去看个究竟。他们来到庙前，看到庙的一角被炸塌了。田有成走在最前面，他突然大叫：“哎呀，那塌方下面还埋着一个人呢!”

几个人走近了一看，还真是埋着一个人，全身都被塌下来的砖石堆着，只有两只手露在外面。可能开始时红军战士还没死，想从砖石底下爬出来，但最终还是没爬出来。田有成说：“我们把他扒出来找个地方埋了吧，看着怪可怜的。”

“不行啊，如果别人知道是我们帮忙埋了牺牲的红军战士，这消息传到了国民党或者是保安团那里，搞不好是要掉脑壳的。”一个同伴说。

“我听我妈说，红军是好人，是我们老百姓的部队，是为穷人打天下的。现在他牺牲了，那他就是英雄，我们总不能看着英雄暴尸荒野而不管吧。”田有成说。他真的不忍心。

“我们知道红军是好人，但我们总不能不要命吧?”另一个人说。

田有成也知道这样做的风险大，但想起母亲对他说的话，如果让牺牲的红军战士这样暴尸野外，他不会安心。他想到一个主意，对几个同伴说：“这样吧，我们先把尸体扒出来藏在庙里，等到晚上再选个地方挖个坑偷偷地埋了。只要我们几个不说出去，谁也不知道，你们看这样行吗?”

“这倒是个好办法，那就这样吧。”几个人都觉得可行，就这样定了下来。

他们把红军战士的遗体扒出来藏在庙里的一个黑角落里，不让人发现。到了晚上夜深人静的时候，田有成带上一床旧席子和一些破旧的衣服，叫上原先那几个同伴，六个人拿了锄头、铁锹在山上选了一个幽静的地方挖了个大坑，将红军战士的遗体用席子裹好放进土坑埋葬了。直到 1964 年，宁远县人民政府才又把这名红军战士的尸骨迁往宁远县水市烈士陵园安葬。

（故事来源于档案馆全宗号 54 目录号 1 案卷号 3 第 40 页《水市公社田家村田有成回忆红军住村情况》）

56 归还煨红薯

张介立

“攀比”

1934年11月18日傍晚，下灌农民李柳青从蓝山县城赶闹子回家，刚到村子中心的游江庙旁时，突然有人喊道：“柳青哥，进来给我们讲讲你去蓝山赶闹子听到的新闻。”

李柳青把空箩筐放在庙侧，坐下来一看，发现同村李月古、李学连、李求福、李正文、李实生、李光仔、李继宗和李金保等同族叔侄兄弟聊得正酣，“嗬！坐得这么闹热。”

“月古老弟，自从上回几百红军给你让路之后，你每回都拿这个事来念自己的味道。我现在向你透露特大新闻，红军又要来下灌了。我到蓝山赶闹子时，红军已经打下了蓝山县城，我30斤豆子全部卖给了红军。”李柳青说着就拿出三块银圆在大家面前晃了晃，“这回月古老弟又有新味道来念了。”

李月古道：“你这消息可靠不？如果是真的，我明天买一挂炮响到应龙桥头去欢迎他们。”

听到这里，李继宗很不服气：“你买一挂，我就买两挂。7月里那批红军把我儿子的手治好，我还没感谢他们。这回不买两挂炮响去放，就不是道辨公后人。”李光仔接着说：“我没有你们那么有钱，讲面子。上回红军击毙郁英麻子，不仅是帮我报了仇，还分给我40多斤谷子。这个恩，我还没报。眼下红薯可以挖了，我明天就去挖一担红薯来，蒸给红军吃。”

李学连听了后说道：“我也吃过红军分给我的粮食。但是，我什么都没有，只有力气，我去给红军扛枪、挑担子。”

八九个下灌贫苦农民，你一言我一语，在游江庙里来了场感恩红军的“攀比秀”。

两个煨红薯

11 月 21 日，红 5 军团来到下灌并宿营。李光仔把蒸好的红薯放在宗祠的大门口后，就回家了。等到傍晚来收蒸红薯摊子时，他发现蒸笼里都是铜钱，有 100 多个。他原本是想送给红军吃的，所以跑回家躲起来，结果变成了“高价”卖红薯，内心感到很对不起红军。还觉得红军小看了他，心里很不是滋味。

接着他清理柴灰，发现还有两个煨红薯，就拉住一名小红军说道：“小红军，这煨红薯味道香美，送给你吃。”

小红军接过煨红薯，低头往口袋里找铜钱。等他找到铜钱，抬头一看，李光仔跑得无影无踪了。小红军急得像热锅上的蚂蚁，忙问一旁的李金保：“老乡，刚才那个送我煨红薯的住哪里？你带我去找到他，红军有纪律，我把煨红薯钱给他。”

当李金保带着小红军找到李光仔付钱时，李光仔怎么也不收。李光仔生气地说：“你们红军怎么这样？不就两个煨红薯吗？你们的政策我有意见，只许你们对老百姓好，就不许老百姓对红军报答。这是哪门子道理？”

“老乡，这是红军的纪律。如果你不收钱，我就把煨红薯还给你。”说着，就把煨红薯放下。

李光仔拗不过小红军，只好把铜钱收下。

群众大会

晚上，红 5 军团宣传队在下灌学校召开群众大会，李柳青、李月古、李学连、李求福、李正文、李实生、李光仔、李继宗和李金保早早地就来到学校，坐在了一起。

“月古兄弟，这次你真的去放炮响迎接红军了吗？”

“你快莫讲了。我到应龙桥早早等着红军进村。结果，被红军批评了一顿，把事弄砸了。”

“我也一样，本意是送蒸红薯给红军吃的。结果，变成了高价卖红薯，还被一名小红军追着付钱。丢我的丑了。”

会议开始前，两名小红军在每张桌前放上几捧花生、瓜子。接着一个瘦个子站在台子上讲话。他说：“红军是共产党领导的人民军队，是穷苦人的队伍，打土豪求解放。我们对待老百姓，就像对待自己的亲人一样，对待敌人就毫不留情……”

李光仔等八九人听到这里，实在是“忍”不下去了，“怂恿”李月古走上台，去“打抱不平”。李月古走上台子说道：“你们红军不公平！只许你们对百姓好，不许百姓对你们感恩。我们不服。觉得我讲得对的，请举手。”

台下几百只手，齐刷刷地举了起来！

57 火烧鲤溪桥

张映华

鲤溪，是中国工农红军进入宁远的第一站。

红 6 军团进入宁远分为两个批次。第一批是先遣队第 49 团，于 1934 年 8 月 21 日下午，由团长王立、政委刘坚率领，从宁远县的关口（现属新田县）进入永安乡的瓜畲、二八湾、雷玄，到鲤溪乡的鲤溪村、汤家亭一带宿营。第二天晚上，红 6 军团主力部队从新田的七里坪，急行军进入宁远鲤溪，沿着先头部队的行军路线直奔石梯岭而去。红 6 军团主力部队的后卫，与国民党王东原、李韫珩部相距不到 20 里，甩掉这个跟屁虫已成当务之急。

从雷玄到鲤溪村，要过一条河——东春水河。河上有一剪刀状木桥，仅容两人擦身而过。夜间红军要一个一个地通过，很耽误时间，一不小心，还会掉落河里。

晚上七点半左右，军团首长等人到达桥边，先遣队留下的两名红军及桥边住户雷永相立即迎了上来。

“报告首长！我们是团长留下在此等候大部队的。从鲤溪桥往上游走，需 10 里后才有桥；往下游走，要到 6 里远才有桥。8000 多人摸黑过桥，怎么也要老半天。这样的话，国民党追兵很可能在红军还没有过完桥就追了上来，一场恶战在所难免。”红军战士说道。

“王团长和刘政委把你们两个机灵鬼留下来，肯定早有妙计，说出来听听。”红军首长说。

“我们先遣团，昨天考虑到狭窄的木桥过河太难，已经在这座桥南 100 丈远的地方，另架新的浮桥，同时可以过三四人。为了争取时间，我们准备好了照明用的柴火。”

随即，两名红军带着首长来到浮桥处。

首长看了浮桥，稳重而结实。但是，立即责怪起两名红军来：“你们怎么可以把老百姓家的门板拆了来架桥呢？数千人踩踏过去，这门板还能用吗？”

村民雷永相见首长责怪两名红军，觉得很不该。便说：“首长，你错怪他们了。门板不是红军拆的，是我们自愿卸下来的。情况紧急，不卸门板恐怕来不及。这两架船都是我家打鱼用的小船，王团长他们已经付了两倍的钱了。首长不用担心。”

首长道：“虽然紧急，但也不能损害老百姓的利益啊！”

雷永相说：“红军为穷苦人家打天下，我们不仅没损失，还获得双倍的补偿，怎么就损害了群众利益呢？”顿了顿后，雷永相又说：“红军一过完，我们就点火，把浮桥烧了。柴火、油都备好了。”

首长道：“你这就不对了，把桥烧了，以后老百姓来往，怎么过桥？”

雷永相接话道：“首长，红军把架新桥用的木材、工钱等都双倍准备好了，就放在我家里，您就放心吧。”

正在此时，村民卢彩燕不知道什么时候走过来了。她见了首长，就跪了下来。首长急忙把她扶起来，说道：“老乡有什么事，请说！红军讲究人人平等，不兴跪这一套。”

卢彩燕说道：“我心有愧，昨天红军路过时，我以为是土匪兵，锁好门就躲出去了。我回来发现少了一担柴火，心里还在骂红军。然而，当我看窗台时，发现了 10 个铜板，还有一张纸条。我不认字，找认字老先生一看，说这 10 个铜板是给我的柴火钱。看见你们又来了，我是来下跪认错的。”

红 6 军团大部队在晚上十二点全部渡过东春水河。十来名红军随即帮忙把早已准备好的柴火淋上“洋油”，堆在木桥和浮桥上。火光冲天，熊熊大火把夜空照得通明。

早晨五点许，鲤溪大枧头村民见桥起火，不知详情，立即叫醒村民前去救火。等他们到达时，桥已烧得只剩木炭架。雷永相出来给他们解释，大家才明白真相。

正当此时，国民党军队到达桥边，见桥被火烧了，唉声叹气之后，立即再找材料架设临时桥。这样，红军把王东原、李韫珩部甩开 100 多里。

半个多月后，雷永相在去田里收割中稻之时，遇见了卢彩燕。雷永相问卢彩燕：“你怎么看红军？”

卢彩燕没读过书，直接就说：“红军是比亲人还亲的亲人！”

58 一张路条

朱　洪

1934 年 11 月 18 日，天气大好，万里晴空，一片湛蓝，几片薄薄的白云，悠闲自在地随风浮游着，暖和的阳光温柔地抚摸着整个大地。

中饭后，湾井乡畚箕窝村村民李树仔闲着无事，坐在村头的青石上边抽旱烟，边跟旁边的村民拉着家常。正聊得起劲，村道上传来一阵急促的叫喊声："有部队来了！有部队来了！"原来是村里的"侦察兵"小石头来报信了。

抬眼望去，只见一支大部队远远地从周家坝方向往这边走来。其他村民都四散而去，但李树仔胆子大，他停留在原地，想看看这支部队到底是红军的部队，还是国民党的部队。因为他知道，国民党的部队很坏，老是欺侮百姓，但红军的部队完全不同，他们纪律严明，爱护群众。如果来的这支部队是红军，他愿意为他们做点事，带路、挑东西、抬伤员、做饭、烧茶水、收留救护伤病员……这些他都能胜任。如果来的是国民党的部队，看清了再跑也不迟，反正自己身体健壮，跑得快。

部队越走越近，李树仔终于看清了他们身上的衣服和头上的柳条帽。他主动向红军迎了上去。骑着高头大马走在部队前面的那位红军干部赶紧下马，跟他寒暄起来。红军干部向李树仔了解了他的家庭状况，以及村里的基本情况，并问他是否有人愿意帮忙挑些行李。李树仔顺势说出了自己的想法，主动报名当起了挑夫，同时为红军带路。那位红军干部对他大加赞赏。

就这样，李树仔帮红军挑着并不太重的行李，凭着自己熟悉周边地形，带着红军部队抄近道，走大界、过水岩、水市、天鹅抱蛋，一直到道县四马桥止，才原路返回，来回只用了 5 天时间。一路上，李树仔对红军有了更加深入的了解，他们就像自家的兄弟，关心老百姓，照顾老百姓，给人满满的信任感和安全感。为此，李树仔与他们建立了深厚的感情，那是一段永生难忘的记忆！

临走时，红军给了李树仔一袋大米（约30斤）、两吊钱（100个铜板）和5斤花生。当时1吊钱可买30斤稻谷呢。李树仔望着这些丰厚的酬劳，感动不已。如果是给当地的地主和土豪挑物资，报酬最多只是红军给的三分之一。他想把多出的报酬退还给红军，可那位红军干部根本不容他拒绝。他想再说点什么，但满肚子的话就是倒不出来。

红军还给了李树仔一张路条，告诉他说，如果后面的红军再叫他挑东西，只要他把路条拿给红军看，红军就不会再辛苦他挑东西了。多么好的部队啊，挑点东西都为老百姓考虑了这么多。

回到村里后不久，又有红军的部队经过，李树仔再次主动为红军当起了挑夫，但没有把路条拿给他们看。这次从畚箕窝一直挑到道县周塘营，红军照样给了他报酬，还要给他路条。李树仔从兜里掏出上次的路条，告诉红军自己已经有路条了。红军惊讶不已：“你为我们挑东西的时候为什么不拿出路条给我们看呢？”“因为我是心甘情愿的！”说完，李树仔愉快地返回了，一路上还哼起了不成调的小曲子。

59 小南海战斗

李治军

小南海战斗是湘江战役的最后一场战斗。它不仅包括小南海战斗本身，还包括了小南海战斗以后的红34师余部的其他战斗。因该战斗具有代表性，所以统称为小南海战斗。

小南海位于宁远水市镇西海村2组，在西海村东4公里。原有居民因扶贫移民外迁到水市镇或县城，村里现已无人居住，仅有几间旧民房。

小南海战斗发生村庄——联海洞村　（谢俊松　摄）

牛栏洞会议

1934年12月6日，红34师仅300余人，由师长陈树湘、参谋长王光道率领向湘南转移。12月10日清晨，红34师过上江圩浮桥，遭到道县立福洞地主武装袭击。在永明县桥头铺马山附近的牯子江渡口（现属江华），红军用木船抢渡潇水，船到河心，遭到埋伏在两岸的江华保安团伏击，伤亡惨重。陈树湘腹部中弹，肠子流出。红军战士当即退出阵地，抬着陈树湘由江华界牌向道县四马桥转移。到道县四马桥时，红34师只剩200多人。

12 月 13 日，红 34 师余部在参谋长王光道率领下，翻过道县大蜂山来到牛栏洞，并在那里召开会议，研究部队的前进方向和任务。

会上，陈树湘说道："目前我们只剩下 200 来人，枪支弹药奇缺，粮食也极度匮乏。我作为一师之长，也受了重伤，由大家抬着走，拖累部队行军转移。如果一直这样抬下去，我的伤不仅得不到治疗，长途的颠簸还会使伤口恶化。说严重点，我们整个部队都会被我牵连而全部阵亡。"

警卫员林子英插话道："师长的意思是什么呢？"

师长陈树湘躺在担架上捂着伤口，强忍剧痛继续说道："林子英，这是我的作战日记本，现在交给你保管。我就由两名警卫抬着往道县方向引开敌人，我已做好了为苏维流尽最后一滴血的准备。日记本不能落在敌人手里。"

陈树湘接着对参谋长王光道说："王参谋长，你率余部往九嶷山去打游击，发展壮大部队。九嶷山地区群众基础较好，山高林密，便于开展游击战。"

参谋长王光道说："陈师长，我作为 34 师的参谋长，佩服你作出的决定。但我担心，你仅带两名警卫，恐怕有点少吧？是不是再增加两名？再配两名通讯兵，好及时与我们联络？"

陈树湘没答应。远处又传来了枪声。陈树湘立即命令王光道带部队向九嶷山进发，他则由两名警卫抬着，往相反的道县方向前行，以掩护大部队。

小南海战斗

12 月 14 日，红 34 师余部分开后，王光道率领 200 多红军从道县进入宁远桂里园，再到香花铺的西湾，时间已是晌午。部队在西湾村李光远家简单弄了点红薯汤饭后，请李光远带路前往小南海。部队到达小南海时，已是半夜时分。

王光道参谋长和连长找到老乡李万新问："水打铺离这里有多少路？"李回答："大约有四十里。"王光道估计深夜敌人不可能追上来，决定分散在小南海和李家村宿营，并派出一个哨兵站岗。为了解决饥饿问题，红军找到土豪黄东升，把他家的猪杀了。刚开始吃饭，就听到了枪声，哨兵牺牲了。这时也就凌晨 2 点多。原来国民党追兵没有从香花铺来，而是早就潜伏在廖洞村了。廖洞到小南海仅五里路，所以来得这么快。

红军立即投入与国民党追兵的战斗中。激战半小时，王光道参谋长负伤，11 名战士牺牲。老乡王玉桂见情况不妙，趁着黑夜领着剩余的红军转移，从村旁的一条小路走，经横冲、庙冲到九嶷的海源岭。带着陈树湘日记的林子英在这次战斗中左脚负伤，天亮后，被来此山捡拾杉木尾料的桶匠师傅杨知保等人救走。

流尽最后一滴血

12 月 15 日，红 34 师余部撤至鲁观洞，王光道与 101 团通讯战士陈正清、唐明德、刘南仔、花机关分别留在鲁观的上洞、花盘洞等村养伤。12 月 16 日，红 34 师余部 80 余人由副团长杨海如率领退至当年农军首领陈光保的大本营——道塘一带，又遭到保安军袭击。

12 月 17 日，道县保安团四处搜捕，在洪都庙隐蔽的陈树湘和两名警卫员不幸被俘。敌人把他们带到四马桥一家布铺进行审讯，三人坚贞不屈。当日，红 34 师余部分成两路：一路经牛头江进入蓝山古城一带，一路经住龙门进入江华县。

12 月 18 日，道县保安团一营营长何湘见陈树湘誓死斗争，无可奈何，就将陈树湘放在担架上抬去道县领赏。当行至道县蚣坝镇石马神村时，陈树湘从昏迷中醒来后乘敌不备，咬紧牙关，把手从伤口处伸入腹内，抠出肠子，忍痛绞断，壮烈牺牲，年仅 29 岁，实现了“为苏维埃流尽最后一滴血”的誓言。敌人随后杀害了他的两名警卫员，割下三人的头颅于道县西城门外悬首示众。

12 月 21 日，红 34 师余部在蓝山县茶盘坪被敌包围，大部分战死，一部分被俘，少数被冲散后潜入深山密林之中。至此，这支战功显赫的红军劲旅，在九嶷山区英勇地结束了它的战斗历程。

60 红军宿营杨梅洞周家

李治军

宿营周家村

1934 年 11 月 19 日晚 8 时许，水市镇杨梅洞周家周吉一家正准备睡觉，突然传来一阵急促的敲门声。门开了，周吉见有五六人，其中两人扛着枪。不等周吉开口，敲门者自己先说话了："老乡，我们是中国工农红军。想向你打听一个事儿……"

周吉："红军？你们七月里（指农历）才过去，咋又回来了呢？"

红军："老乡，你弄错了，我们是红一方面军。你刚才说七月里路过的红军，是我们的先遣队，这回我们的大部队来了。我们想问问，你们的祠堂和学校等公共场所的钥匙谁管的啊？我们想让他开一下门，让我们宿营。"

周吉回答道："门钥匙由周邦树管着。我带你们去吧。"

红军见到周邦树，周邦树爽快地答应开门，说他去拿钥匙。可是，等了十多分钟，也不见他出来。红军感觉不对，立即闪进暗处。又过了十来分钟，却见周邦树带着本村土豪周凤鸣、周庆以及二十来个家丁包围了过来。"嘭！嘭！"两枪响过之后，周凤鸣开口了："快把枪留下，滚远些去！不然抓你们几个，领赏去！"

枪声惊动了全村村民，各家纷纷打开门看个究竟。正在这时，红 9 军团的一个团已经赶到。听到两声枪响，他们立即停止前进，派出十来名红军进村侦察。

周凤鸣、周庆和周邦树感觉村子东边来了大部队，顿时带着团兵往后山逃去。由于红 6 军团在 8 月 30 日和 31 日路过该村时，就书写了标语，大力宣传了红军，因此，周家村民对红军是穷人的队伍有所了解，这回纷纷投入帮助红军的行列中来。村民们有的拿来锤子，把祠堂的锁砸了；有的去后山的草树，挑来稻草给红军铺床；有的拿来水桶，帮着到水井里去挑水，给红军生火煮饭；有的搬来梯子；胆大一点的，直接带着红军去了周凤鸣、周庆的家……

红军见周吉很主动积极，便把苏维埃银行、电台等都设在了他家。

红军还在不断地过，周家村已经住不下了。

一位红军团长跑过来，又找到周吉："老乡，你是本地人，麻烦你再找三四个人，为后面的红军领领路，去欧家、田家、赵家湾。虽然路途不远，但毕竟天黑了，打搅老百姓得需有几个地方熟人……"

扛枪带路

"好吧！我亲自出马给你们带路。这几个村不远，我眯着眼也能走得到。"能给红军带路，周吉心里比吃了蜜糖还要甜。

一位红军班长与周吉走在队伍的前面，周吉回头一望，路上满是火把，弯弯曲曲，就像一条火龙。

周吉见红军班长扛着枪很威武，非常羡慕。他心想：如果自己有支枪那该多好呀！有了枪，土豪周凤鸣、周庆就不敢再欺侮自己了。便对红军班长说道："红军同志，你扛着枪走了很远的路，有些辛苦吧。我从没扛过枪，我来替你扛枪吧！"

"扛枪就算了。你也挺辛苦的。我们就住最远那个村，到达后，我教你打枪。你看怎么样？"红军班长说道。

"红军同志，我真的想扛扛枪，扛枪好威武。路上我扛，到了赵家湾，你再教教我用枪。咋样？"

红军班长见周吉诚心诚意，也就不再坚持。不到半个小时，就到了此次红军宿营的最远处赵家湾。

到达赵家湾之后，红军班长拿出一块银圆给周吉："老乡，辛苦了！这是一点小意思，请你

红军宿营地周氏祠堂（李治军 摄）

收下！”

周吉怎么也不收，说道：“不是说要教我开枪的吗？怎么就送我走了啊？”

红军班长道：“你不收下这块银圆，我就不教你用枪。”

没办法，周吉只能收下。接着就要红军班长教他用枪。

红军班长告诉他：“红军司令部都设在你家了，你怕没人教你用枪？你回去后自然有红军教你用枪啊！”

听到这里，周吉飞也似的往家里赶去。

周吉到家，已是晚上 11 点多钟。他不好再打扰红军休息，因为红军第二天还要行军……

分谷散盐

第二天一早，宿营的红 9 军团就离开了村庄，向道县行进。土豪周凤鸣、周庆和盐商周邦树带着家丁立即返回家里。当他们了解到周吉为红军带路，他家还被红军作司令部和银行时，火冒三丈，要求周吉把带路的一块银圆交出来，并把他关进柴房，要饿他三天，不准任何人送食送水。

让土豪周凤鸣、周庆和盐商周邦树没有想到的是，在周吉被关进柴房不到 12 小时的时候，杨梅洞周家又来了一支红军，这次是红八军团一部。

红军首长问周吉：“老乡！是谁把你关在这里的？”

群众当场揭发，并带领红军到土豪周凤鸣、周庆和盐商周邦树家算账。算他们跑得快，人不在，但“和尚庙”在。红军打开周凤鸣、周庆家的粮仓，把粮食分给群众，又把周邦树家的盐按每户一斤分给群众。

不过，周吉不敢要，因为他怕红军走后他们又来报复。红军也不强迫，直接给他两块银圆。周吉笑得合不拢嘴。

11 月 22 日一早，红 8 军团离开。同日晚上，红 3 军团一部又进驻杨梅洞周家，23 日开赴道县。

（故事来源于《红军长征在宁远史料专辑》，并参考县档案馆多处档案资料）

61 红军为恩人养老送终

唐奇运　骆友星

1934 年 11 月 24 日下午，下灌村专以打柴谋生的贫苦农民李学连又来到了判官岭砍柴禾。当李学连走到白水冲山边时，发现有人躺在草树下发出轻声低吟。他立即放下竿担去查看，结果发现了在虎形岭战斗中受伤的红军战士刘进喜。刘进喜受伤的腿虽有包扎，但鲜血仍然浸透层层包裹的纱布。

李学连轻声问道："老弟呀，你为什么睡在这里？你的脚怎么弄伤的？你是什么地方人？姓什么？"

红军战士告诉李学连："我叫刘进喜，今年 17 岁，江西人，是被国民党军队打伤的。"

李学连又问刘进喜："你这么年轻就出来当兵，脚又负重伤，你父母亲知道后一定会心疼你的，会伤心的。"

刘进喜听李学连这么一说眼泪都流出来了，忙对李学连说："大叔，我父母亲和哥哥都没有了。我 15 岁那年，父母亲和哥哥在井冈山革命根据地参加了红军，去年 4 月下旬，哥哥在广昌被敌人飞机炸死，父母亲在广昌保卫战中英勇牺牲。我为了给父母亲和哥哥报仇，16 岁我就参加了红军，安排在红 5 军团第 13 师 37 团当勤务兵。第五次反'围剿'失败后，根据地的面积越来越少了，红军被迫退出革命根据地，实行战略转移。我们每天行军，空中有国民党的飞机轰炸，后面有追兵，前面有堵截。行至宁远下灌时，有敌李云杰、李抱冰部跟踪我们，穷追不舍。昨天，在这附近跟他们干了一仗，这就受伤了。"

李学连听后非常感动。早在 8 月底，李学连就看见红 6 军团途经下灌，击毙了恶霸李郁英，为下灌人民除了害。傍晚，李学连将刘进喜悄悄地背回家为他治伤。

下灌本来就是宁远南境的最大集市，街上有好几家药铺，也有几个拿脉看病的医生。李学连立即把本族最靠得住的医生请到家来，为刘进喜治伤。李学连东家借钱，西家借米，买草药，熬米粥，悉心照料受伤红军刘进喜。本家医生告诉李学连，大部分草药都可以到附近山上采集，可以节约治疗费用。从此，李学连隔三岔五地上山采集草药，给刘进喜调理。李学连对红军战士的悉心照料感动了左邻右舍，领居们纷纷拿来鸡蛋、红薯、蔬菜之类来探望刘进喜。不经意间，三个月过去，刘进喜的脚伤基本上好了。

刘进喜虽想回部队，但又不知道红军现在何处。李学连像父亲一样对待刘进喜，十分关心和爱护他，刘进喜决定落户在下灌村。这时的李学连已近 50 岁，无妻无儿，刘进喜就给李学连做儿子。从此，父子俩相依为命，互相关心，互相照顾。邻居们很同情刘进喜，时不时送些红薯、蔬菜给他吃。为了给刘进喜保守秘密，邻居们对外宣称他是在下灌帮长工的，否则，刘进喜会被国民党抓去当兵。刘进喜对李学连非常孝敬，重活脏活争着干，挣到的钱舍不得花。李学连由于劳累过度，病情加重，卧床不起，刘进喜寝食难安，经常去药铺购药为李学连治病。已到而立之年的刘进喜，仍单身一人，为父治病，不辞辛苦，这在当地被传为佳话。

1950 年春，李学连病逝，终年 65 岁。李学连临死时紧紧握住刘进喜的手说："你虽然不是我的亲生儿子，但像亲生儿子一样关心我，照顾我，有你这样的好儿子，我这一辈子知足了。"刘进喜给他送完终后，才依依不舍地告别下灌人民，回到自己的老家江西。

刘进喜回江西时，李金保特意做了粽粑送给他在路上吃。刘进喜回到江西后，正值土地改革，他分到 3 间房屋、5 亩田地，还当上了区贫协主席。其间，他与下灌村好友李金保通了几封信，只到 1966 年才没有通信。

（故事来源于 1975 年湖南省长征调查办公室《下灌公社下灌大队 21 队李金保回忆收留红军伤兵》）

62 一只铜烘笼

李奕竹

1934 年 8 月 22 日凌晨，红 6 军团先遣队第 49 团从鲤溪瓜畲、二八湾、雷玄、汤家亭宿营地醒来，奉命向清水桥镇的罗盘井、石梯岭、袁家、胡家、谢家、太平铺行进，大部越过响鼓岭进入双牌境内的鳖澜江，小部在侯坪洞和太平铺宿营。当天晚上，红 6 军团主力部队从新田的七里坪，急行军进入宁远鲤溪，沿着先遣队的行军路线奔向双牌。红 6 军团主力到达白虎营时已是晌午，在此用餐并歇息了两个小时。

红 6 军团先遣队过境白虎营时，部分村民不明真相，往山上躲避，石循治就是其中的一员。他虽说是躲避，事实上是在观察着红军的一举一动，看看这支部队有没有宣传的那么遵守纪律，关心和爱护百姓。在山上观察了老半天，他终于发现这支红军的一部分战士走进玉米地，出来的时候每个战士手上多出了两个玉米棒。他心里再也不能平静。等红 6 军团先遣队过境之后，他飞也似的跑向了自家的玉米地。

石循治跑到自家玉米地里时，看到了意想不到的事：被摘走玉米棒的苞叶上都放有 1 到 2 个不等的铜板，有的还掉到了地上。他细细数了一下，一共 200 多株玉米，竟然收获 300 多个铜板。

石循治后悔自己"以小人之心度君子之腹"，小看了红军。他小心翼翼地把这些铜板用布包好藏起来。晚上串门，石循治问其他叔伯兄弟去了玉米地没有，乡亲们都说不曾去过，还说红军是穷人的队伍，不会损毁老百姓的庄稼。乡亲们这么一说，石循治恨不得挖个地洞钻进去。

第二天，红 6 军团主力向白虎营走来。这天是农历的七月十四日，正是"处暑"节，也是宁远北路的七月半中元节。正当各家各户从玉米地里收获铜板回到家时，红军又接连不断地从村子的大路上经过了。

玉米摘得差不多了。这么一支大队伍路过咱白虎营村，又对咱这么

好，吃什么呢？石循治跑到朱日保家里问道。朱日保脑袋灵光好用，计上心来。立即找来十口大铁锅，村里各家各户纷纷拿来自家余米，熬稀饭送给过路红军充饥。然而，路过的红军战士没有一个停下来接受米粥的。

中午时分，又来了一支红军队伍，约二百人。他们在白虎营村歇息、休整了一个时辰左右。他们每人喝了一至两碗粥后，都给了一到两个铜板。可石循治和朱日保代表村里乡亲表示坚决不收。

一位骑马的军官说道："你们不收，都拿给我。"这位军官最后把粥底锅巴舀起吃完后说："老乡，我们是红军。你们不收我们的钱，是让我们违反纪律。你们的心意我们领了，钱你们还是拿回去分给捐米的人。你们能在这里煮粥，已经是对我们红军莫大的支持。"然后，这位军官还从马背上取下一床毯子，送给了朱日保，说："红军闹革命，就是为了老百姓能过上好日子。"朱日保拿着这床毯子，激动地说："你们真是穷人的队伍，喝点粥给了钱就算了，还给我这么贵重的礼物啊。我受之有愧。"

话音刚落，石勇抢过话来说道："昨天我给红军烧了些茶水，红军就给了我 6 个铜板，一顶风雪帽和一条毯子。红军还是更看重我。"

刚从地里摘棉花回来的石太柳有些不服气地接着说："日保、石勇兄弟，我昨天在大梨口的地里收棉花，担上去一担茶水，我把茶水让给了红军喝，他们就送了一个铜烘笼，这可是大户人家才用得上的。看来红军更看得上我。"

白虎营村子里，传来阵阵军民的欢笑声……

改革开放之后，白虎营人民的生活一天一个样，他们不忘红军长征苦，不忘党恩。他们觉得，他们不再是"白虎"欺压下的老百姓，而是一切都很幸福的"百福"营，于是商量确定，将村名改为"百福营"，以铭党恩。

（故事来源于1976年湖南省长征调查办公室《清水桥公社白虎营大队石太柳等回忆红6军团进村情况》等文）

抗日烽火

“今日长缨在手，何时缚住苍龙。”

1937年7月7日，日本帝国主义发动了全面侵华战争。中共中央向全国人民呼吁：“平津危急！华北危急！中华民族危急！只有全民族实行抗战，才是我们的出路！”号召：“全中国同胞，政府，与军队，团结起来，筑成民族统一战线的坚固长城，抵抗日寇的侵掠！”抗战时期，宁远人民开展了轰轰烈烈的抗日救亡运动；日军入侵宁远后，宁远人民英勇反抗，保家卫国，痛击侵略者，兴起了抗日高潮。

通过宣传发动，宁远广大青年踊跃参军参战。从1937年至1944年，全县共有27386名青年参军。特别是1940年，全县有8298人奔赴抗日前线，人数居全省县级单位第一。宁远青年在抗战前线，舍生忘死，英勇杀敌。据民政部门统计，仅1937年至1941年，宁远为国捐躯官兵达400名，其中正团级2名，副团级2名，正营级8名，副营级3名，正连级25名，副连级5名，排级49名，班长69名，一等兵115名，士兵122名。

1944年9月至1945年8月15日，日军侵入宁远县境，全县当时28个乡就有24个乡惨遭日军蹂躏。日军所到之处，屠杀百姓，奸淫妇女，焚毁民房，抢劫财物，无恶不作。

面对日军的侵略和野蛮行径，富有反抗精神的宁远人民，利用一切可以利用的方法痛击日本侵略者。侯坪洞组建的抗日自卫队是当时宁远农村规模最大的乡村抗日组织。侯坪自卫队共有100多名自卫队员，他们攻打响鼓岭日军据点，阻截日军，战斗十余次。其他各村群众性的抗日杀敌也是战果累累。宁远人民不畏牺牲，抵抗日寇侵略，留下了许多感人的英雄故事，至今仍在广泛流传。

63 从宁远到延安

张介立

1934年8月，红6军团长征过宁远下灌，击毙国民党反动旅长李郁英，在整个下灌乃至宁远都引起了极大轰动。中央红军连续数天通过下灌，红5军团第13师夜宿下灌，纪律严明，秋毫无犯，老百姓啧啧称赞。

11月23日下午3时，在白水冲一带集结的红34师在王家突遇敌人，被迫退出白水冲，由红13师接替该处。当天，红13师在虎形岭与国民党军队进行了惨烈的遭遇战，敌人伤亡百余人，红军牺牲十三人。红军战士刘进喜受伤被李仲韩邻居李学连救回，治疗脚伤。

当天晚上，红军在下灌村学校召开群众大会，红13师首长发表演讲，李仲韩听得十分入神，深受感动，立即就想加入红军。时年24岁的灌溪小学教师李仲韩走出学校，一眼便看见了红军宣传标语“打倒日本帝国主义”。散会后，李仲韩回到家里就与父母、妻子商量，准备放弃教师职业，加入红军，遭到了全家人的反对。妻子黄普荣说：“你走了，两个年幼的孩子怎么办?”看着熟睡中的孩子，李仲韩暂时打消了参加红军的念头。但红军标语“打倒日本帝国主义”深深印在了他的心里。

经过数月治疗，刘进喜脚伤基本好了。鉴于对共产党和红军的景仰，李仲韩常常拿出一部分薪资补贴刘进喜。这样，刘进喜和李仲韩成了无话不说的好朋友。在红军战士刘进喜的影响下，李仲韩更加想加入红军。

1937年7月7日卢沟桥事变后，全国抗日战争拉开序幕。1938年暑假，李仲韩等十余热血青年在下灌广文桥上乘凉，热议动荡的国家时局。李仲韩父亲李继祥当时也在场，补充说道：“国家兴亡，匹夫有责。”李仲韩、李华屏等八人，当场歃血为盟，离家从戎，报效国家，抗击日军侵略。

说干就干，八名青年第二天一早就在广文桥聚集出发。经宁远县城、仁和、柏家坪，晚上就住宿在石梯岭凉亭里。他们八人就投国军还是投八路军的问题发生了激烈的争论。李仲韩因受红军影响深，主张去长沙投奔八路军。李华屏因短时期当过国民党的兵，也认为投奔共产党更有前途，所以他们两人就决定到达零陵后与其他六人分道而行。

八路军在零陵没有办事处，他们身上也没有更多盘缠，所以决定徒步前往长沙八路军驻湘通讯处报名。这样，也就有了只有两个人的“抗日长征路”。一路上，他们时而往百姓家里蹭点吃的，间或与在凉亭休息的陌生人大谈他们的抗日报国理想，也想在路上多遇几个人投奔共产党领导下的八路军。经十余天的长途跋涉，他们终于到达长沙，急切找到八路军驻湘通讯处报名。因两人文化水平相对较高，被派往延安，并就读于抗日军政大学第四期。

李仲韩结业后，被派往河南五台山参加抗日，后任连指导员。1941 年，在反扫荡过程中，为掩护部队转移光荣牺牲。1983 年 11 月 15 日，李仲韩被中华人民共和国民政部授予革命烈士。

比李仲韩小 8 岁的李华屏在抗大结业后，一直在部队，直至 1976 年 8 月离休，享受正师级待遇；其妻陈云翠（县志误为何荣翠），1952 年获湖南省劳动模范称号。

（故事来源于李仲韩的相关证明材料及其孙女李爱姣的口述）

64 从延安走出来的宁远老兵

李治军

1938 年的欧阳苏
（欧阳文东 提供）

清明节那天，88 岁的爷爷欧阳兆云，跟他的子孙们讲述了他的父亲欧阳苏投奔延安、抗日杀敌和 1948 年任渡江先遣纵队交通总站站长的红色故事。希望我们以曾祖为榜样，发扬革命传统，让红色基因代代相传。

欧阳苏本名欧阳无难，1905 年出生于宁远县中和镇库里村。早年参加北伐战争，后投奔延安，改名欧阳苏。参加过抗日战争，以及解放战争的孟良崮战役、淮海战役、渡江战役。

改名欧阳苏投奔延安

1937 年年底，欧阳无难带着同胞弟弟欧阳济从宁远出发，经过长途跋涉到达武汉。他俩急切找到八路军办事处，要求参加共产党的抗日队伍。当时，王明刚从苏联回国，担任中共中央书记处书记、中共中央长江局书记，负责八路军武汉办事处的工作。王明亲自接待了欧阳无难兄弟。

王明说："现在是国共合作时期，国民党也打日本鬼子，他们的条件还好一些，共产党的装备要差一些。你何必跑这么远来到共产党的部队中去呢?"

王明一瓢冷水泼来，令欧阳无难兄弟极为难过。欧阳无难回答道："我来投奔共产党，在来的路上，名字都已想好，改名为欧阳苏。以'苏'为名，代表我对苏维埃政权和共产党的向往，也表示我的态度与决心——永远跟着共产党走。同时，也是为了防止国民党对我们家属的迫害。"

欧阳苏喝了一口王明递过来的水，接着说："我参加过国民党的队伍，当过一年北伐兵，也在家乡目睹了国民党军队的种种劣迹，国民党救不了中国。红军长征路过宁远，那种精神与气概让我认识到，只有共产党才能救中国。所以，我要投奔共产党！”

王明说：“如果你参加共产党队伍，要去延安的，我们这里很困难，路费都拿不出给你，你怎么去？”

欧阳苏答道：“我也算是老兵了，这个路费你不用管。我虽然没有买火车票的钱，可吃饭的钱还有。全国人民都在为抗日捐资出力，你还担心我没办法去延安？”

王明说：“那好吧，我给你们兄弟俩开一封到延安的介绍信。这封介绍信你藏好，不要随便给人看。只有碰到解决不了的困难，你才能出示这封介绍信。”

到达延安后，欧阳苏同胞弟欧阳济被分配到陕北公学，成为第一期学员。1938 年 6 月，欧阳苏被中央组织部选调到中央干训班学习，同年 10 月加入中国共产党。胞弟欧阳济则选调到抗日军政大学学习。毕业时，毛主席亲自到延安大礼堂给毕业生送行，并说：“你们上前线去，那里有解放区，也有敌占区，斗争激烈残酷。”

只身炸碉堡

1941 年，欧阳苏被派往新四军 3 师 8 旅 24 团任连指导员，进驻江苏省滨海县天场。在 24 团，欧阳苏经历了他人生中最难忘也是最危险的一次战斗——只身炸鬼子碉堡。

那一晚，碉堡前有探照灯，视野开阔，还有机关枪。连长先后两次派去炸碉堡的战士，还未到达碉堡下方就牺牲了。欧阳苏认真察看地形之后，觉得不能强攻，立刻决定停止进攻，再不能派人。然后，让连长、战士撤离前沿阵地，麻痹敌人。自己在靠前沿阵地隐藏起来，不让碉堡里的鬼子和伪军看到。约过了一小时后，欧阳苏一个人悄悄带着炸药包翻进小沟匍匐前行，将炸药放到了鬼子碉堡下面。随后点燃引线，鬼子的碉堡立即被炸上了天。

欧阳苏事后回忆，自己只要一被敌人发现，必定牺牲。但他是共产党员，又是指导员，自己不冲在前谁冲在前呢？

1948 年，欧阳苏任渡江先遣纵队交通总站站长，在敌人眼皮子底下，为渡江作战搜集情报，筹集船只。经过艰辛努力，先遣纵队交通总站为解放军筹得渡江船200余只，为渡江战役的胜利做出了贡献。

解放后，欧阳苏转安徽省机械工业厅工作。因欧阳苏在抗战期间多次负伤，弹片残留头部无法取出，经安徽省人事厅批准于1961年5月退休回宁远生活，1979年转离休干部，1987年10月病逝，享年82岁。

（故事由欧阳苏之子欧阳兆云口述，查阅县档案馆档案后整理而成）

65 跟日本人死磕

荆庚红

蒋 澍

蒋澍，今湖南省宁远县天堂镇天堂村人。1932年，他从“围剿”江西工农红军的国民党部队中脱队，投奔红军。他参加过二万五千里长征。在抗日战争和解放战争中，作战勇敢，多次负伤，屡立战功，历任排长、连长、营长、军区副司令员、师参谋长等。解放后，调任中国人民解放军青岛水警部队副司令员、烟台巡防区主任等职。

蒋澍出生在一个贫苦农民家庭，曾给地主放过牛，当过长工，还到土法造纸厂当过学徒工。为谋生计，他于1931年夏主动替人当壮丁进入国民党军队服役。

1932年2月，国民党反动派开始对共产党领导的中国工农红军进行大规模的“围剿”，已是班长的蒋澍随部到江西临江与中国工农红军作战。由于红军的作战方法灵活机动，加上临江一带山高林密，易守难攻，所以国民党部队败多胜少。为了邀功，上司还命令部队屠杀老百姓充数。蒋澍对此心中不满，认为国民党的军队惨无人道、灭绝人性，他要求他的士兵绝不能向老百姓举起屠刀。因此他曾受到上司的严厉责罚。当时，在部队中有一个浏阳籍的人叫刘其昌（中共地下党员），他知道蒋澍是一个穷人家的孩子，心地善良，对老百姓有同情心，是一个可以争取的对象，他就慢慢接触蒋澍。在初步了解了蒋澍的思想动向后，就向他宣传革命道理和共产党的政治主张。在他的启发教育下，蒋澍逐步对共产党和红军有了新的认识。刘其昌见时机已经成熟，就动员他弃暗投明，投奔红军，投身革命。蒋澍欣然答应了。是年5月，蒋澍趁值班放哨之机，率领本班6名士兵持枪脱队，投奔当地红军。

蒋澍参加中国工农红军后，被安排到红军新编独立第 3 师任排长。不久，在官田战斗中负重伤，被送入江西永新黄江医院治疗。在医院加入中国共产党。出院后，调红 23 师机枪排代理党支部书记，后入红军大学四分校学习。通过系统地学习，他更加坚定了为共产主义事业奋斗终身的决心。

1934 年，红军第五次反“围剿”失败后，蒋澍随红 6 军团参加二万五千里长征。在长征途中，先后任过侦察员、连长、营长等职，并在战斗中三次负伤。

在抗日战争中，蒋澍先后担任过晋察冀军区独立营参谋长、游击队支队长、大队长、独立团团长等职，在战斗中是一员敢打敢冲、叫敌人闻风丧胆的猛将，先后五次负伤。特别是在 1940 年 8 月底百团大战初期，按八路军总部的安排，晋察冀军区负责破袭正太路，蒋澍奉命率领游击大队负责攻打敌人阳泉据点。阳泉是敌人在正太路上的重要据点之一，这里不但有日伪军 800 多人驻守，而且工事坚固，火力强大，有一座二十多米高的碉堡，是攻占据点的最大障碍。战斗打响后，蒋澍指挥部队发动了几次冲锋都没有成功，而且伤亡惨重。

要拔掉这座碉堡实在是不容易，因为游击大队除了手榴弹和炸药包，没有其他的重武器。而且碉堡太坚固，手榴弹和炸药包根本就不起作用，加上敌人的火力太猛，爆破手也无法靠近。后来蒋澍想了一个办法，组织人员悄悄地从外围挖了一条地道直通炮楼底下，然后埋上大量的炸药才把这个碉堡炸掉，消灭了敌人，拿下了据点。后来，蒋澍这种猛虎掏心式炸碉堡的方法在全军推广，使敌人防不胜防，炸得敌人心惊胆战、寝食不安，为打破敌人的“囚笼政策”起了重大的作用。百团大战结束后，蒋澍受到了八路军总部的嘉奖。就在阳泉这场战斗中，蒋澍右腿受了重伤，伤好后也行动不便，后来被定为二等乙级伤残军人。

蒋澍伤残后，仍然没有影响他的革命热情。上级根据他的实际情况，要调他去后方任文职干部。组织上派人跟他谈话时，他就是不答应。他坚定地表示：我蒋澍跟日本人死磕上了，就算是死，也要死在抗日的战场上，绝不能因为这点小伤当逃兵！上级首长见他态度坚决，只好让他继续留在野战部队，在前线与日军战斗。

解放战争期间，蒋澍先后担任过军分区副司令员兼参谋长、师参谋长等职，参加了淮海战役和渡江战役。1949 年 11 月，他率解放军第 486 团首先进驻宁远城北，以湖南省军区代表的身份和平接收宁远。不久又奉命率部参加了解放海南岛的战斗。

1950 年年底，蒋澍调任中国人民解放军青岛水警部队副司令员，后又改任烟台巡防区主任。数年后，因留在身体里的弹片引起旧伤复发，身体状况越来越差，有时甚至不能坚持正常工作。经中央军委批准，蒋澍转到天津疗养。1979 年，蒋澍病逝于天津，享年 75 岁。

66 声势浩大的抗日宣传

欧利生

1937 年 10 月 12 日，是值得纪念的日子。这一天，县抗敌后援分会再次在城隍庙召开抗日救亡运动宣传大会。

一大早，城隍庙阳光灿烂，彩旗招展，满墙标语，令人眼花缭乱。人们从四面八方涌来，歌声、口号声响彻天空。各中小学校、企业、商会、民众团体按照通知，走进县城，准时来到城隍庙。抗敌后援会的小伙子们，有序地组织到会的群众编排列队。十点半钟，后援会会长宣布动员大会开始后，在舞台上高声讲述了宣传抗日的意义，接着通俗解释了《抗日救国十大纲领》。他说："我们现在为什么要抗日呢？日本要灭亡我们的国家，我们忍无可忍，让无可让，非抗战不能生活了，所以我们要起来抗日。不抗日可不可以呢？不可以。"他用直白浅显的语言宣传抗日的重要性和紧迫性，唤起民众发动起来，出钱，出力，为抗日救国而斗争。号召群众团结起来，为抗战贡献力量，投入全国滚滚的抗日洪流中。

十一时许，到会者与赶来的群众汇集成 1200 多人的队伍，高呼"打倒日本帝国主义""还我河山""中华民族危急""奔向抗战前线""有力出力、有钱出钱"等口号，整队游行。游行队伍，从城隍庙出发，经过北正街、丁字街、府正街、西门街、箭产坪，最后回到城隍庙。游行队伍所到之处，老老少少都出来凑热闹，狭窄的街道一时水泄不通。队伍缓缓行进，热血沸腾的气氛也在人们心中缓缓流淌。

午后一时，演出抗日救国话剧，对民众进行抗日宣传教育，其中《无名小卒》一幕给人留下深刻印象。剧中，一名中国便衣冲入敌阵被日军抓获，其坚贞不屈、不受利诱、慷慨激昂、视死如归的革命英雄气概，让观众为之感动。

晚上，县城单位的群众，有组织地举着写有"抗日救国""还我河山""对日宣战"等大字彩灯上街游行。人们高喊口号，愤怒声讨日本帝国主义的侵华罪行。这一天，让人久久不能平静。

67 侯坪洞的抗日自卫队

朱 洪 龚载锦

1944年10月18日，日军“中国派遣军”第11军第3师团、第13师团、第40师团、第58师团从祁阳北部地区全线向零陵前进，妄图追截围歼在长衡会战中撤退下来的国民革命军。其中日军第3师团一个大队由零陵响鼓岭侵入宁远侯坪、石梯岭，与国民革命军驻石梯岭的第54师一个连发生激战，后绕道晓睦塘南下。

日军虽未在宁远久驻，但为了扼守永州交通大道，他们在这条大路的咽喉之地——响鼓岭荷叶塘特设了据点，留下三百多鬼子驻扎，筑碉堡、架机枪、挖战壕、埋地雷，并全面拉起铁丝网，号称“石梯岭警备司令部”。这些鬼子四处烧杀掳掠，无恶不作，也常到侯坪洞抢粮，抢耕牛，抢青年妇女，百姓们对鬼子恨之入骨。

侯坪洞，属桐梓乡第十三、十四保，离日军据点不过两三里，为永州大道必经的咽喉要地。这里四面环山，是一个纵五里、横三里的天然盆地，有太平铺、胡家、谢家、袁家、月亮塘、大竹园、张家等，共三四百户，千余人口。

面对日军的猖獗蹂躏，侯坪洞的民众们团结一心，奋起抗日，自发成立了“抗日自卫中队部”。自卫队由袁培国、胡铁汉、谢显晋负责安全保卫，袁培湘负责后勤保障。自卫队的队员，则由两部分组成：一部分是具有一定战斗经验的常备兵员，另一部分由各保的青壮年组成。队员们采取抽签的方式轮班站岗放哨，一月轮换一次。枪支弹药方面，由村民和公堂捐派。其中胡家村胡兴隆之妻（寡妇）捐枪两支，胡首勋、胡进林、胡振发、胡林、胡振彩、胡树立各捐枪一支，各房筹七支枪款（每支枪连同子弹十排）。其余所需弹药款，再由富户人家进行分摊，每户几排子弹款。自卫队员不发津贴、饷钱，统一着便装，统一开餐，由地方积谷和饷谷开支。

12月14日，鬼子们经过密谋，由响鼓岭经太平铺攻打抗日自卫队所在地袁家村，妄图一举消灭抗日自卫队。中队长袁培国带领队员袁楚常、袁培宝、袁培森、胡振国、蒋运寿和鸟铳枪手胡振伦、张廷轩、蒋上英等人英勇抵抗，并灵活运用游击战术，埋伏于山林中，多点射击鬼子。鬼子不知虚实，生怕陷入自卫队的埋伏圈，不敢恋战，丢下所抢物品，仓皇撤退。

1945年，鬼子趁着春节，又来侵掠侯坪洞。老百姓闻讯，匆忙躲避于春陵山麓的獐鹿塔中。鬼子知道后，立即前往那里搜索捕杀，形势非常危急。在这关键时刻，自卫队接到了消息，急忙抄近路赶去堵截鬼子，封锁了溪口的峡谷。鬼子见状，龟缩不前，不敢再进獐鹿塔峡谷。到了傍晚，狼狈窜回据点。

时至2月，根据组织安排，侯坪洞抗日自卫中队部改编为宁远县北一区指挥部第三中队，仍由袁培国任中队长，联保办事处分别由谢上奎、胡铁汉、蒋运灼任正副主任，中队队员由70多人发展到了100多人。

后来，鬼子又多次窜至侯坪洞，但都被英勇善战的自卫队击退。特别是2月12日，自卫队和民枪队员主动出击，攻入鬼子的兵哨厂，鬼子全面溃逃。从此，鬼子再也不敢到侯坪洞横行霸道，胡作非为。

抗战胜利后，日军投降的特大喜讯传到侯坪洞，民众欢喜雀跃。大家也明白了一个道理："外敌如侵我中华，我们只有团结一心，起来与侵略者斗争，才能保家卫国。"日寇被中国人民赶出了中国，袁培国等人也自行解散了抗日自卫队。

春陵人民英勇抗击日军的事迹，永远留在了抗日战争青史中，也刻在了子孙后代的心中。

68 乐天宇在南泥湾

成石华　吕九林　骆友星

1939年冬，乐天宇放弃了比较优裕的生活，毅然离开家人，经西安八路军办事处介绍前往延安。自此，他重新回到党的怀抱，展开了光辉灿烂的一页。

乐天宇到达延安后，正是抗日战争相持阶段，革命根据地生产生活极为困难。党中央号召边区军民开展大生产运动，粉碎日军的封锁和进攻，夺取抗日战争的胜利。

乐天宇被分配到陕甘宁边区政府建设厅工作，他心里很高兴。他毕竟是学农林科学的，走出北农大有十多年了，直到现在才算是搞到自己的专业上来了。他想，边区目前这么困难，建设厅的首要任务是抓农林方面的建设。党中央来到陕北后，面临着敌人巨大的军事压力，无暇他顾，连边区周边的农林资源都没来得及调查研究，怎么建设？他想：自己的专业可以在这里大显身手，应该从调查研究入手，尽快帮助边区政府发展生产，摆脱困境，渡过难关。

当时主管这方面工作的最高首长是中央财政经济部长李富春，乐天宇直接找到李富春，阐述了自己的想法，建议立即组织科技人员对边区的农林资源进行一次考察。李富春部长毕竟是留学过法国，见过世面的，是非常有经济头脑的领导人。他和中央一些领导同志早就萌生过这样的设想，只是苦于一无精力，二缺专才，不得不暂时搁置下来。听了乐天宇这一席话，他当场拍板指定由乐天宇牵头，立即组织一次调查。乐天宇的建议得到了中央主管领导的批准，心里非常高兴。他冒着严寒，拟定了一个《陕甘宁边区森林考察团工作纲要》，做好了各种准备工作。

陕北的春天总是姗姗来迟，寒冬总算是过去了。1940年6月14日，乐天宇带领江心、郝笑天、曹达、林山、王清华共6人，配备两匹瘦马、一头驴驮着简单的行囊，从延安出发了。

这支队伍出了延安，向南经 30 里路，然后折向西南，上了九源山的高峰。这里是桥山山脉的最高峰，也是考察陕北森林分布形势的最理想场所。西望洛河，一马平川都呈青黛色，南面塔石川、松林沟、大麦涧等处松林莽莽苍苍，遥遥在望。

他们在九源山盘桓了几天，便经土黄沟、大小老山，穿过梁山，南渡洛河入华池口，一直到了陕甘边界。乐天宇一行 6 人，辗转 47 天，走遍了甘泉、志丹、安塞、延川、固临等 15 个县，于 7 月 30 日返回延安。采集了松、柏、杨、槐、桦、榆、漆等 2000 多种标本，了解到槐树庄、金盐湾一带的植物资源和自然条件。他根据考察资料撰写了《陕甘宁边区森林考察报告》，详细介绍了陕甘宁边区森林资源状况，中央领导对他的考察报告给予了很高的评价。

8 月 22 日，李富春部长在批示中指出："经乐天宇等六位同志四十七天的努力考察与研究得此报告书，虽其中有再加考察与研究之点，但已成为凡关心边区的人们不可不看的报告，已成为凡注意边区建设事业的人们不可不依靠的材料。边区林务局的建立统筹林务是迫不及待的工作。"更叫李富春部长高兴的是，乐天宇说他有一个惊人的发现，那就是他在回延安途中，发现离延安 80 多里处，有一个叫烂泥洼（后来叫南泥湾）的地方，约 80 平方公里，那里水源丰富、土质肥沃，很有开垦价值。如果能在那里开荒种粮食，边区军民的吃穿就不用发愁了。

朱德总司令从乐天宇等 6 人的报告中，知道了离延安 80 多里的地方，有一块约 80 平方公里适宜开荒生产的宽阔地南泥湾，即派邓洁向乐天宇了解详细情况，并要乐天宇分别向毛泽东主席、朱德总司令作了当面汇报。乐天宇又陪同朱德总司令三去南泥湾详加勘察，直到朱德总司令下决心调 120 师的 359 旅进驻南泥湾，一面开荒种粮，一面训练部队。中央青委和延安一些机关也陆续到南泥湾开荒生产，陕甘宁边区政府建设厅在这里建立垦殖办事处。

69 神山下阻击日寇

张映文

1944年10月18日，日寇第3师团一个大队由零陵响鼓岭侵入宁远侯坪、石梯岭，与国民革命军驻石梯岭的54师一个连发生激战，后绕道至马山脚、洛家洞、甘竹园南下。虽说从洛家洞到田伟村仅有10来里路，但由于宁远人民的顽强抵抗，日寇还是花了两天时间，于20日才到达田伟村。

剃头师傅邓上木从甘竹园一路跑着回田伟村，跑得气喘吁吁的，一边跑一边惊慌失措地喊：“快！快！快躲！日本鬼子来了！”

喊声惊动了大家，有的听着就赶紧回去抱着孩子、领着家人往后龙山躲兵岩跑，有的就赶着牛往社山岭上躲。

村民欧土林前天赶闹子在清水桥买了一头30斤的猪仔仔回来，他便背着那头猪往后龙山躲，哪知那猪拼命地叫。这时，张家屋里12岁的张华伦和张映作在黄家陡坡上掏鸟窝，刚想往家里走，看见日本鬼子来了，灵机一动，爬上大树藏起来。

他们在树上看得到枫木山。从洛家洞出了枫木山山口的日本鬼子拉开长长一大路的队伍，起码有百来号人。有几个日本鬼子听着猪叫声，便朝着猪叫的地方“砰砰”两枪，把欧土林连人带猪打死了。

张映作见状，吓得从树上掉了下来。一群日本鬼子立刻赶过来，围拢他，把他五花大绑，掳走了。

“砰砰砰砰！”夏佳斯、邓上木来不及躲到山上去，被鬼子打死了。

张基亮、夏火荣、夏老小又被日本鬼子抓走做挑夫了。

哭声、喊声、猪叫声、狗叫声乱成一片，日本鬼子点火烧房子，田伟村浓烟滚滚，腥风血雨，景象凄惨。

村里有个青年人叫张华瀛，17岁，长得高大帅气，学过三年武术。这一天，他清早起来，未吃早饭，就在离村一里路远的千岩坝的田里光着上身埋头挖田，已挖了3分田了，挖得汗流浃背。他饿得肚子“咕噜咕噜”叫，却不知鬼子进村的消息。

猛抬头一看，只见村上起火了，也不知道村里发生了什么事，他赶紧提着锄头往回赶。走到离村半里路的坟堆边，突然，他听见附近的甘蔗田边传来了急促而绝望的喊声：“救命！救命！”提着锄头的张华瀛立刻赶了过去，只见两个日本鬼子抓住同族侄媳欧阳某某正要施暴。其中一个拿着手枪的抓住那妇女，另一个去脱扯那妇女的裤子。怒火万丈的张华瀛哪管自己单枪匹马，从他们背后出其不意狠狠地挖了一锄头，将那个去脱妇女裤子的日本鬼子挖得脑浆迸流。

挖死了那个日本鬼子，他捡起日本鬼子的枪打另一个，哪知他扣动扳机，根本打不响。另一个日本鬼子一看，发现张华瀛是个不懂枪械的“土包子”，便缓过一口气来，举枪将张华瀛打死了。

自卫队一齐开火 （张映文 作）

10月20日，日本鬼子在田伟村共打死4个村民，抓走3个挑夫，掠走了1个小孩张映作，烧毁房屋11座，抢走猪、牛25头。施暴的日本鬼子被张华瀛用锄头挖死1个，可惜的是张华瀛搭上了自己的性命，不过也算为村里的人出了一口恶气。

21日，日寇向神山下前进，宁远抗敌自卫团郑南轩接报，立即率郑雪元中队90多人，埋伏在神山下河边。当日寇进入伏击圈后，自卫队一齐开火，当即打死日寇数人。日寇立即架重机枪还击，经10多分钟战斗，自卫队向柏家坪转移。日寇占领柏家坪后，大肆烧杀，疯狂报复，柏家坪街一片火海。

70 银金花连杀7名日本兵

伍致健　付忠胜　周　仁

106岁的银金花老人

2015年，在湖南省宁远县天堂镇岭脚村，有一位106岁高龄的老人，名叫银金花。她原籍河南，从小跟爷爷学习武术，后来南下参军抗日，是永州市目前唯一健在的抗战女兵。

仇恨

银金花的爷爷是山东人，逃荒来到河南漯河。经过几十年的经营，全家四代同堂，上上下下42口人，日子越过越红火。可是，日军发动了侵华战争，一家人的噩运随即开始。日军对漯河实施轰炸，银金花成为家里的唯一幸存者。家破人亡后，银金花四处逃难，先后到长沙、重庆流浪，后来凭借一身武艺，阴差阳错到部队当了兵。

从军十年，银金花目睹了日军在中国犯下的滔天罪行。日军对普通老百姓的残酷暴行，至今让她全身发抖。"日本人不停地炸，地上到处是死人，尸体东一块、西一块，有的被炸到树上吊着，有的被炸得分不清了，我夜里行军时就曾经被人的肠子绊到。""日本兵杀人的时候根本不分男女老少，用刀砍、用枪打，想怎么杀就怎么杀。为了比试谁厉害，日本兵让中国人在河边跪成一排，用刺刀连着捅，看谁杀得多，浏阳河水被血水染得红彤彤的，河道都被堵住了。"

伤疤

"我参加了两次长沙会战，都是担任战斗班班长呢！"提起当年参加长沙会战的事，银金花立刻变得神采奕奕。

“七七事变”后，日军先后侵占南京、广州、武汉等城市。为巩固成果，摧毁中国军队继续抗战的意志，迫使中国军民屈服，又发动了对长沙的侵略。

由于身材高大，银金花一开始就被安排在战斗班，而非通常的医护或通信岗位。战斗中，她常常一个人扛着机关枪冲在前头，浴血奋战，身上至今还留着3道深深的伤疤。

老人右手和头部的伤疤是在参加浏阳河附近的一次战斗中留下的。“那是一场肉搏战。日本鬼子冲上了我们的阵地，我们的子弹打完了，来不及补充，只好操起刺刀迎上去。有的鬼子瞧我是个女的，个子比他还高，觉得很惊讶，就想俘虏我。鬼子向我扑过来，我侧身一躲，再反身夺过他的枪，一脚就把他踢到了山坡下。”那次战斗中，银金花连杀了7名日本兵，最后头部被弹片击中昏了过去。她被抢救了三天三夜才醒过来，护士告诉她，她倒地时，右手手腕受伤脱臼，伤口很深。

为了阻击日军，银金花所在的部队常常急行军，曾经1天跋涉近50公里。那天，部队从一座石山下通过。由于连续遭受日军的轰炸，山体早已出现松动。正当部队通过时，一块近百斤的大石头突然滚落下来，当头砸向了银金花。银金花本能地用左手一挡，命是保下来了，可手臂上又留下了一条超过5厘米的伤痕。

知足

1949年，37岁的银金花与同样是抗战老兵的丈夫周辉榜，离开了寄居的湖南辰溪县，返回了周的老家宁远县天堂镇岭脚村。

1991年，79岁的银金花晚年丧子，生活一直靠孙子和族人照顾。当地政府和志愿者经常来看她，村里还为她解决了低保，申报了百岁老人补助。这几年，老人的听力和视力有所下降，还患有肾炎，但说话口齿清晰，生活能够自理。闲不住的她在院子里种了菜、养了鸡，还经常帮着村民们照看小孩。

“能够活下来，我蛮知足了！现在国家稳定，没有战争动荡，不用担惊受怕，可以放心过日子……”银金花说。

岭脚村，偏远而又宁静。如今，饱受磨难、历经沧桑的抗战老兵在这里安享晚年。

（本故事来源于人民网2015年4月29日转载的《解放军报》文章）

71 计脱虎口

林兴志　唐万胜

1944 年 9 月，日本帝国主义的魔爪伸向宁远县。中和乡公所遵照上级指示，组建抗日自卫队，白公殿村牛漯自然村林成秀（乳名林诚古）积极报名参加。在接受军训时，他特别刻苦认真，因本领过硬被任命为分队长，奉命带领他的小分队赴中和北面的白云山凭天险布防堵卡。当日寇企图从柏家坪的大坝口、曲水源这一条唯一的羊肠小道偷袭中和时，因四面环山，地势险要，只有一条朝南开的小口子，加之首次偷袭就被林成秀率领的小分队据险设伏打了个措手不及，后再未敢贸然行动入侵中和。

一次，林成秀奉命以做面条生意为掩护侦察敌情。一天上午行至双牌县上梧江村时，在一山道转大弯处与敌人遭遇，连同当地的八个农民兄弟均被日本鬼子抓去做苦役。其中六个农民兄弟因不堪忍受日本鬼子无端的虐待和摧残，奋起反抗，先后被毒打、刀劈或枪击而含恨身亡。机灵的林成秀强忍愤怒，暗中与幸存的两名农民兄弟相商：只能智取，切不可硬拼，硬拼只有死路一条，用计才有生还的可能。我们先忍气顺从，麻痹敌人，等待时机……

一天，一个鬼子军官凶狠地“唰”的一声抽出军刀，在林成秀身上比划着，“八格呀噜，死啦死啦的……”咕噜了一阵子后，汉奸翻译官告诉林成秀说：“大日本皇军说，你不像是一个良民，问你到底是干什么的，是不是八路军和国军的探子，如不老实交代，就死了死了的……”机灵的林成秀故作害怕状地应答道：“我是一个靠种田和苦力吃饭的农民，农闲时出来做点面条生意，赚点零花钱。”这时，另一个鬼子军官又突然用力抓住林成秀的双手，看了又看，见他双手长满厚厚的老茧，咕噜了一阵子。翻译官告诉林成秀说：“皇军问你会不会做饭。”林成秀心想：这是个暂时取得鬼子信任的好机会，于是爽快地应答道：“这个我会，在我们村和周围几个村子，凡红白喜事办酒席，办厨的都有我一个，尤其是煮香辣味道好的狗肉，是我的拿手好戏。”经翻译官一说，鬼子甚是高兴，并于当天下午在百姓家中枪杀了一条大狗带回营地。经林成秀的“精心”烹饪与“佐料”调味，鬼子们吃得个个满心欢喜，并竖起大拇指夸林成秀“良心大大的好”。通过连续的高招——烹饪，林成秀取得了鬼子的信任，鬼子对他慢慢地放松了警惕。在林成秀的调教下，另外两个幸存的农民兄弟也成了烹饪帮厨的得力助手。三人趁机经常在一起策划脱离虎口的计谋。

一天，鬼子集中去附近一个学校的操场练兵，林成秀见时机已到，首先以烹饪好的狗肉和好酒为诱饵，将留守的两个哨兵灌个半醉，两个农民兄弟乘其不备一个箭步冲上去手起刀落把两个哨兵干掉，然后三人从容不迫地将电话线割断，将两把日本军刀、十二个手雷、一条步枪和几十发子弹以及一支精美的自来水笔一并装入一个大军用布袋内，敏捷地从后门溜出虎口。不久，鬼子训练回营发现哨兵被杀，迅速追了过来，林成秀指挥两个农民兄弟火速抢占了一个高坡制高点，三人各扔出两个手雷，当场炸死三个鬼子，一个挥着指挥刀的军官亦被林成秀一枪击毙，三人又各自扔出了一枚手雷，在一片浓烟掩蔽下，迅速越过约二十米的开阔地进入山林，并连续翻过两座小山，消失在密林深处……

当林成秀将战利品交到乡公所并陈述杀敌的全过程后，乡长李治安深情地说：“林诚古，你是我们中和抗日自卫队中的抗日英雄，乡公所将报县政府为你请功。”并立即发给他二十块银圆以示表彰和鼓励。

（本故事由林兴志提供素材，唐万胜整理）

72 一绳勒三鬼

欧利生

话说 1944 年 8 月 8 日，经过为期 47 天的惨烈的衡阳保卫战，衡阳沦陷，日军沿湘江而上，向南推进。10 月 18 日，日本侵略军第 11 军的第 3 师团、13 师团、40 师团、58 师团从祁阳北部向零陵方向推进，追击长衡会战中撤退下来的国民党部队。10 月 19 日清晨，地处双牌、宁远交界的响鼓岭大炮轰鸣，日军 2 万余人从双牌上梧江侵入宁远，国军第 54 师一部以及第 28 师第 8 团纷纷向两旁败退。日本鬼子进入宁远，所到之处烧杀抢掠，无恶不作。面对日军的侵略和野蛮行径，富有反抗精神的宁远人民纷纷组织起来，开启了真刀真枪的抗日斗争。当时各个乡村都成立了抗日自卫队，发现鬼子，自卫队及时通报，组织群众上山躲避。

1945 年 1 月 16 日，日军 1000 余人从祁阳入侵石家洞，经鲤溪、柏万城入侵保安乡的黄土岭。保安乡抗日自卫队得到通报后，迅速组织各村村民上山躲避。时任保安乡自卫队长的李万超率 30 余名自卫队员，通报北阳、鲤潭、沙落岗和李宅相几个村后，发现日军一联队已到老鲤潭村，很快就会到沙落岗。李万超急忙召集自卫队员，撤出李宅相，抄小路奔往梨楼寨。到梨楼寨最近的路就是爬过松树山，山路虽然狭窄，但能抄近路，草深林密，不易被发现。他们刚进入松树山，在山上就看见鬼子涌进了李宅相村。李宅相村此时鸡飞狗叫，不时还传出枪声。李万超命令一名有脚力的队员，尽快跑去梨楼寨报信，其余队员隐蔽在上山的小路两旁。

天阴沉沉的，远处传来几处爆炸声，随即远远看见日军走出李宅相村口，朝牛市坪方向走去。走出村子的日军队伍的最后三人，像是发现了什么，突然跑上通往梨楼寨的大路。

原来大路上出现了一个女人。这是梨楼寨的媳妇，挎着竹篮捧着鸡，去娘家过生日。当她发现三个日本兵朝她跑来时，慌了手脚，甩开竹篮抛开鸡，转身就往回村的小路跑。三个鬼子哇哇叫着，追赶梨楼寨媳妇。梨楼寨媳妇爬上了松树山小路，朝着自卫队隐蔽的地方跑来。李万超急忙叫大家伏下身子，命令队员顺顺捆好绊马索。原来自卫队里常常带有绳索备急用。今天一大早，顺顺就到保安买了一条特别长的新棕绳。他很快将绳子的一头捆在松树上，另一头抛给了路对面的队长。他们等待着，如果鬼子冲上来，就将他们绊倒。

北风呼啸，松树林发出呜呜的声音，像牛角在呜呜吹；松枝和羽茅草随疾风在摇摆，像千万杆战旗在舞动。自卫队员们都紧握手中武器，早已按捺不住。李万超命令大家，不要打枪，用绳索勒死他们。

梨楼寨媳妇拼死拼命在松树山的小路上逃跑，三个日本兵离她越来越近。梨楼寨媳妇终于跑过绊马索，三个日本兵眼看就要追上女人，情绪亢奋，哪里顾得上看脚下。噗！噗！噗！三个鬼子都刹不住车，接连被绊倒。说时迟那时快，队员们一拥而上，将三个鬼子按倒在地。三个鬼子虽然被按住地上，但仍然挣扎着将头往上抬，就像被人踩着头往外伸的乌龟。这倒方便了顺顺。顺顺拿着绳索在第一个鬼子脖子上绕了一圈，接着又在第二个鬼子的脖子上绕了一圈，剩下的绳索又在第三个鬼子脖子上绕了一圈。十多个人将绳子拉得紧紧的，不到五分钟，三个鬼子有出的气，就没有进的气，只见六只脚在地面划了两下，个个鼓眼暴睛，魂归西天去了。

队员们七手八脚很快就将鬼子掩埋了。李万超队长，将棕绳分割成三根，然后将三根绳索奖励给了最早扑上鬼子的三名队员。说是勒死过鬼子的绳索做牛绳，可以辟邪。傍晚时分，队员们扛着缴获的 3 支枪，高高兴兴地下山了。不知哪名队员凑了一首打油诗，在回家路上大声朗读：

三个鬼子追女人，不料碰见自卫队。
一根绳索倒三个，个个都成死乌龟。

和平解放

“天若有情天亦老，人间正道是沧桑。”

日本投降后，国民党反动派为强化其法西斯独裁统治，广泛建立反共组织，残酷捕杀共产党员和革命人士，中共宁远地方组织于 1945 年 8 月遭到破坏。1947 年 12 月，共产党员李铁山（宁远人）奉令回宁远重建党组织。李铁山回宁远后秘密联络分散在各地的革命分子和进步人士，先后发展李万衡、罗杰等13 人入党，恢复党的组织。党组织恢复后，积极宣传党的方针、政策和各项政治主张，争取民众的支持，发展和巩固党的组织。同时，党组织选派得力骨干分赴广大农村，在群众基础较好的地方组织地方武装，发动和领导群众开展反内战、反饥饿、反迫害、反征兵、反征粮的政治斗争，并积极进行对国民党部队的策反工作。

1949 年 5 月，在地下党组织的领导和影响下，宁远成立了两支地方游击武装：一是以李铁山为首的中国人民解放军湘南游击总队（后改为中国人民解放军湘南游击司令部）；二是湘南游击纵队（后改为中国人民解放军湖南省军区湘南军分区司令部）。宁远相继发动了多次武装起义，狠狠打击了国民党反动势力，动摇了国民党在宁远的统治基础，分散了国民党军政的兵力，支援了解放战争，对争取欧冠和平起义、配合人民解放军解放宁远起到了推动作用。

长沙和平解放后，广州国民政府任命桂军将领黄杰为湖南省主席，欧冠被任命为省政府委员、湘南行署主任。此时的欧冠内心极为矛盾。一方面，国民党不断地加官晋爵，满足他的权欲；另一方面，解放军大军压境，名宿劝慰与正义感召，他也不敢置之脑后。他深知国民党大势已去，再死心塌地跟着卖命，日后到哪里安身立命？

正当欧冠难以抉择何去何从时，共产党组织通过各种途径，调动一切积极因素，加紧对欧冠的统战和平攻势。宁远籍的成铁侠、蒋澍负责对欧冠进行统战策反工作，千方百计地争取欧冠和平起义。早在 9 月底，成铁侠、蒋澍就在衡阳指示随大军南下的龙伯文（宁远人）赴宁远中国人民解放军湘南游击司令部工作，传达争取欧冠和平起义的指示："不接不离，看守他们，不让西窜，欢迎起义。"10月中旬，李铁山部派龙伯文代表与欧冠商谈，达成互不侵犯，静候接管的口头协议。欧冠的二女婿、省民盟成员肖如柏从长沙回到宁远，配合党组织做欧冠的工作，敦促其抓紧时机举行起义。接着民盟又派李治安来零陵给欧冠宣讲革命道理和党的宽大政策。李治安坦率直言："这是你立功的最好时机，你起义后如果共产党要杀你，我愿替你一死。"不久，欧冠收到了程潜劝其起义的来函，进一步明确了共产党对起义人员的宽大政策，消除了疑虑，坚定了投诚起义的决心，着手起义的准备工作：一是打消迁永明的主意，将湘南行署迁至宁远办公；二是拒绝白崇禧的威逼利诱。

11月1日，欧冠发布通电，要求湘南27个县、市的国民党军政机构和平迎接解放军的到来，不准放一枪（因有线电报被桂军破坏，起义通电延至11月5日才全部发出）。11月11日，欧冠又发出《告湘保二、三两师全体官兵及宁远人民书》，重申起义的伟大意义及注意事项。欧冠通电起义为顺利实现宁远和平解放创造了有利条件。

11月14日，中国人民解放军第49军162师486团进驻宁远城北乐家、逍遥岩、桐子山一带。11月15日，县委书记柳博祯、县长杨文正率第六中队到达宁远城北欧家。11月16日，湖南省军区代表蒋澍、高参成铁侠，人民解放军486团团长高书官，南下工作团第六中队副中队长杨文正到欧冠家里与欧冠、郑兆昌（保三师师长）、李正甫（国民党县长）谈判，讨论接管宁远事宜。谈判的主要内容：和平解放宁远，确保国民党军政人员的生命、财产安全；限期接管县政府的财物和文书档案；限期整编起义的保安部队，第二天接管县城四门岗哨。谈判顺利，双方达成协议。11月17日凌晨，解放军接管县城四门原保安部队的值勤岗哨，每道城门四人站岗。南下工作团108人分别进驻县政府机关，办理交接事宜。当日，新任县长杨文正发出第一号布告，宣告宁远和平解放，宁远县人民政府正式挂牌办公。全城万民欢腾，张灯结彩，载歌载舞，欢庆宁远和平解放。

73 牺牲在黎明前

欧阳植勇

夏涛（1909—1949），宁远县清水桥镇田伟村人。原名夏佳圣，化名夏平、夏沛然、夏涛等。1935 年，被保送南京中央军校学习。1937 年 11 月，主持成立“中国人民抗日义勇军第七路军司令部”。1940 年，秘密加入中国共产党，潜伏敌营为党工作。

1949 年 6 月，夏涛受中共湖南省委地工委派遣，回宁远开展策反工作。回到宁远后，他立即与老庚郑兆昌进行接触。许久不见面的郑兆昌热情接待了夏涛，并邀请了沈濂甫、欧冠等宁远要员出席。席间，夏涛循循善诱地宣讲当前的国内形势，劝席上人员弃暗投明，不要成为人民的罪人。郑兆昌当面满口答应，承诺站在人民一边，等时机成熟就举行起义，可暗地里却准备应阙汉骞之邀去台湾，决定出卖老庚捞取政治资本外逃。夏涛离开后，郑兆昌立即派出自卫队长沈濂甫率密探查清了夏涛的行踪，准备秘密对夏涛下手。危险在不知不觉中向夏涛袭来。

7 月 18 日，清水桥赶闹子，夏涛一路来到好友李老二家。这时沈濂甫率领的自卫队也已经来到清水桥街上，由密探带路包围李老二家。刚到李老二家没多久，夏涛便发现几个陌生的面孔，他们面色不善，腰间鼓鼓囊囊，朝这边直奔过来。他赶紧起身朝铺子后面快步走去，想从后面遁去。谁知道后面也有敌人持枪堵住通道，这时他已经明白，自己陷入了敌人的包围圈，只能往回撤到堂屋准备强行向门口突围。敌人见状一拥而上，夏涛奋力反抗，结果右腹被敌人划了一刀。夏涛忍住剧痛，一板凳扫开面前的敌人往门口突围，敌人却在他身后开枪了，打中他的右腿，他一个踉跄往右边倒下去。巨大的惯性下，刀伤刚好顶在一箩筐边沿，使又长又深的腹部伤口完全崩裂开，肠子都流出来了。撕心裂肺的一阵痛楚袭来，让夏涛瞬间失去了战斗力瘫在地上，人也昏迷不醒。敌人持枪团团围住夏涛。

夏涛来到好友李老二家 （廖东望 作）

带队的自卫队长沈濂甫，以为抓到了一条大鱼，怕时间久了有人劫人，就安排人扎了一副滑竿，把夏涛的伤口随便包扎了一下，抬到滑竿上回县城邀功请赏。当抬到柏家坪和平田交界处的树林中一座大坟前时，夏涛从疼痛中醒来，沈濂甫想从夏涛口中获得更多地下党员的秘密，便威逼利诱，开始审讯夏涛。

沈濂甫问道："你姓什么？"

夏涛立即想起了同姓兄长夏明瀚的经典回答，说道："我姓冬。"

"你明明姓夏，为什么说姓冬？简直是胡说！"

"我是按你们的逻辑来讲话的。几天前你们才答应我弃暗投明，而现在你们却颠倒黑白，与人民为敌。我用你们的逻辑，把姓'夏'说成姓'冬'。"

沈濂甫见审不出什么，便诱骗夏涛，只要交出地下党员名单，将保证他有高官厚禄及金钱美女。

然而，夏涛毫不动摇，他开口朗诵起夏明瀚的就义诗："砍头不要紧，只要主义真……"还没朗诵完毕，恼羞成怒的沈濂甫对着他连开四枪，夏涛英勇就义。夏涛为了宁远的和平解放宁死不屈，献出了宝贵的生命，被害时年仅 40 岁！

夏涛的血没有白流，1949 年 11 月，宁远和平解放。欧冠、郑兆昌、沈濂甫等都起义投诚。1952 年，经湖南省人民政府批准，追认夏涛为革命烈士。

74 成铁侠与宁远和平解放

成石华

成铁侠，号百炼，1900 年生于宁远县冷水镇百美村一个农民家庭。

成铁侠

1937 年 7 月 7 日，全民族抗战爆发，成铁侠主动请缨抗日，率全旅 3000 多官兵开赴上海战场，但被陈诚收编。他一度产生赴延安投奔共产党的念头。因抗日无门，回到宁远组建“中国人民抗日义勇军第七路军司令部”，自任司令，队伍很快发展到 4000 多人。

1943 年，成铁侠结识中共地下党员张弩，开始参加党的地下工作。随即打入汪伪政权，从事破坏敌伪经济的工作。1947 年 5 月，成铁侠在湖南长沙正式加入中国共产党，为湘南各县特别是宁远的和平解放不懈努力。

1949 年 5 月，成铁侠派共产党员李铁山回桂阳、新田、宁远等地组建地下武装。6 月在新田、桂阳交界处的金陵圩白头岭召开地下工作人员会议。中国人民解放军江汉军区地下工作人员罗杰到会，会后组织“中国人民解放军湘南游击总队”。成铁侠为司令员，李铁山为副司令员，萧键为名誉政委，罗杰任副政委。下辖 3 个支队，约 300 人枪。

7 月，成铁侠到衡阳策动李万衡盐警中队起义，失败后继续在桂阳、衡阳等地，组织敌后游击队。1948 年元月，张弩被捕叛变，成铁侠奉令离开湖南，到湖北任江汉军区襄南分区高级参事。5 月，改任中共襄南地委城市工作部高参。1949 年先后改任四野十二兵团高参和湖南省军区高参，负责统战和瓦解敌军工作。在湘南坚持地下工作的张冰遇难后，他又兼任湘南地下党的领导工作。

中国人民解放军零陵军分区暂编第一支队各级干部
庆祝宁远和平解放纪念 （李治军 提供）

武装斗争需要武器，当成铁侠请求上级帮助解决部分武器弹药时，得到的答复是：“向敌人要。”不久，成铁侠得到情报，说宁远县城防五拱桥南门炮台有 8 支步枪，便当即用纸条写下手令，内容是：“务必将弹药交给来人，否则只有死路一条。”然后叫部下李铁山精心挑选了 5 名地方武装人员去夺取枪支。这天晚上，李铁山等人手持电筒、兵器，迅速控制了敌人把持的据点。两个国民党兵见了成铁侠写的手令，吓得全身发抖。李铁山命令敌人把武器交出来，两个家伙只好乖乖听命。就这样，没放一枪，没流一滴血，就弄到了 8 支“汉阳造”步枪和近百发子弹。9 月，何卓从邵阳弄回一批辎重武器，游击总队力量壮大。10 月，又策动国民党保安团李无言的补充营起义，加入总队，成立中国人民解放军湘南游击司令部，下辖 3 团 1000 余人，600 多支枪。

在中国人民解放军不断取得胜利和长沙和平解放的形势下，欧冠深感国民党大势已去，而对自己的出路心存疑虑。他想，若逃往广西、香港或台湾，他的死敌蒋伏生必定不会放过他，他将死无葬身之地。如果投诚共产党，也会是死路一条，因为自己在任零陵清乡督察员时曾向共产党举起过屠刀，残杀过不少的共产党员和革命群众，双手沾满了革命者的鲜血，说是罪大恶极也不为过，共产党把他枪毙十次也不算冤枉。正当他彷徨苦闷、举棋不定之际，中共湖南省委派宁远籍共产党员成铁侠、蒋澍及欧冠女婿肖如柏（民盟成员）等人回宁远做他的思想工作，通过反复劝导，阐明共产党对起义人员的宽大政策，使他逐渐消除疑虑，决定率部起义。

1949 年 11 月 5 日，欧冠通电湘南 27 县市起义，表示“接受人民政府领导，拥护毛泽东和朱总司令，实行新民主主义”。11 月 11 日，欧冠又发出《告湘保二、三两师全体官兵及宁远人民书》，重申起义的重大意义及注意事项，告诫大家要“绝对相信人民政府，绝对服从整编，不可存丝毫反抗心理”。

1949 年 11 月 14 日下午，中国人民解放军进驻宁远城郊北门乐家、逍遥岩、桐子山一带。11 月 15 日，柳博祯、杨文正率南下工作团进驻城北欧家村。11 月 16 日，杨文正、湖南省军区代表蒋澍、高参成铁侠、第四八六团团长高书官到城内欧冠住所，与欧冠、郑北昌、李正甫等人谈判接管宁远政权事宜，达成协议。11 月 17 日凌晨，宁远城防由人民解放军接管，中国共产党宁远县委及人民政府成员 108 人进驻中华民国宁远县政府机关。宁远县人民政府第一任县长杨文正发出第一号布告，宣告宁远县和平解放。

75 李铁山回忆宁远和平解放

李铁山　李治军

11 月 5 日，欧冠以湘南行署主任之名通电湘南 27 个县市起义。对于这一段历史，当时中国人民解放军湘南游击总队副司令员李铁山曾回忆道：1949 年 10 月底的一天，我部何卓团带队夜袭了逍遥岩自卫队，当晚欧冠退到天堂圩打电话给我，说他已发布了和平解放宁远的宣言，要我们不要再打了，并派人送来宣言。就这样，宁远才算是真正停止了战斗。

接管旧政权

11 月 13 日，冀东南下工作团第五大队第六中队 108 人从零陵进入宁远境地的响鼓岭。据宁远县第一任县长杨文正在《从冀东到宁远》一文中所述：14 日下午，欧冠带着 40 多人，有马有轿来迎接我们。见面后，他还不知道谁是领导，当同志们告诉欧冠背大锅的杨文正就是县长时，他深有感叹地说："共产党真是官兵一致！"14 日，解放军 162 师 486 团进驻宁远城北乐家、逍遥岩、桐子山一带。15 日，县委书记柳博祯、县长杨文正率第五大队第六中队到达宁远城北欧家。当解放军和南下工作团进入城郊时，受到了欧冠、郑兆昌、李正甫等军政要员、公务员和城关居民、学校师生数百人夹道欢迎。

11 月 16 日，湖南省军区代表蒋澍、高参成铁侠，人民解放军 486 团团长高书官，南下工作团第六中队副中队长杨文正到欧冠家里与郑兆昌（保三师师长）、李正甫（伪县长）谈判，讨论接管宁远事宜。谈判主要内容：1. 和平解放宁远，确保伪军政人员的生命安全；2. 限期接管县政府的财物和文书档案；3. 限期整编起义的保安部队，第二天接管县城四门岗哨。谈判顺利，双方达成协议。中午，欧冠设宴招待蒋澍、杨文正一行。当日下午，双方各自传达谈判内容。

11 月 17 日凌晨，解放军接管县城四门原保安部队的值勤岗哨，每道城门四人站岗。南下工作团分别进驻县政府机关，办理交接事宜。在县委的统一领导下，分成若干组，由县委领导带队接管各单位：县长杨文正带一组接管县政府；公安局长仇耕田（县委委员）带一组接管警察局、司法处等机关；马志宏等人负责接管国民党县党部。

当日，新任县长杨文正发出第一号布告，宣告宁远和平解放，宁远县人民政府正式挂牌办公。全城万民欢腾，张灯结彩，载歌载舞，欢庆宁远和平解放。

看似风平浪静的宁远和平解放，却始终是暗潮涌动，跌宕起伏，惊心动魄。

11 月 20 日，移交手续办理完毕。政府移交虽然顺利完成，但整编保安部队却没有按谈判计划进行。原来就反对欧冠起义的保三师师长郑兆昌率部驻扎在文庙，思想反复，企图顽抗，以各种借口推迟整编。解放军 486 团和两支游击武装仍驻扎在城外。和平解放宁远的协议签订后，国民党内“和”与“战”的两种思想斗争仍然很激烈。郑兆昌深感罪不容诛，怀疑共产党的统战政策，不执行整编保三师协议，妄图跟解放军决战。解放军已做好了战斗准备，将炮口对准了城内的保安部队，大有一触即发之势。关键时刻，县委书记柳博祯、县委副书记王昆、县长杨文正等连夜把郑兆昌调来县政治处谈话，耐心细致地疏导，反复阐明党的统战政策。同时，还组织政工人员到保安部队驻地对个别起义人员做宣传工作，使党的统战政策深入人心。在党的政策感召下，郑兆昌同意执行谈判协议，整编保安部队。

11 月 23 日，人民解放军 486 团从城郊开进城内，在中山堂整编保安部队 793 人。24 日，县人民政府在简师操坪召开 5000 人大会，庆祝宁远县人民政府诞生，庆祝宁远和平解放。

76 “我愿替你一死”

——记李治安劝说欧冠和平起义

欧利生

中国民主同盟是我国爱国统一战线中的重要组成部分，也是我国的民主党派之一。在解放战争时期，民盟与中共在争取和平民主、反对内战独裁、共建新政协的过程中，风雨同舟，患难与共，结下了深厚的兄弟情谊，同时也为新中国的多党合作制度打下了良好的基础。

1949 年，民盟受中共湖南省委委托，派遣李治安劝说欧冠和平起义，为宁远和平解放留下了一段感人肺腑的故事。

李治安（1908—1980），原名振森，字治安，宁远县罗坝头村人。1928 年 8 月考入黄埔军校，次年 1 月加入国民党，3 月加入社会主义青年团，12 月参加张太雷领导的广州起义。以后，在国民党军队历任连长、团副、上校团长、少校教导团团长、旅长、副师长、副军长等职。1932 年 1 月 28 日，在上海战役中，时任驻沪 19 路军少校团副的李治安，率 135 名热血战士驻守江湾，阻击日军登陆。任务完成后，整支队伍只生还 42 人，李治安手和头部也被刺伤。1937 年 9 月，李治安率部又在上海与日军激战，他再次负伤，腹部被子弹打穿；1943 年 2 月 28 日，日寇出动 30 余万人再次扫荡太行山。李治安在反扫荡的战斗中第三次负重伤。抗日战争胜利后，他对内战不满，1946 年 3 月自愿退役，之后再也没有率军上战场。

1949 年 5 月，李治安在长沙秘密加入了中国民主同盟，8 月即受民盟湖南省委指派，配合党组织做好宁远和平解放工作。李治安接受任务后，最先想到的是肖如柏。因为肖如柏不仅是民盟成员，他还是湘南行署主任欧冠的二女婿。

8 月 17 日，李治安带上肖如柏踏上了回家的路。因听说湘南行署昨天已在零陵挂牌办公，他俩决定绕道零陵走访欧冠。

长沙和平解放后，国民党广州政府任命桂军将领黄杰为国民党湖南省政府主席，欧冠被任命为省政府委员、湘南行署主任。因国民党湖南省政府迁到衡阳，欧冠遂回零陵成立湘南行署。

通过肖如柏的引荐，李治安会见了正在办公的欧冠。欧冠身材不高，略显瘦削，一身大褂，显得更加矮小。李治安呈上名片，欧冠看了一眼，急忙双手抱拳，说道："久闻大名，甚是仰慕，今至陋室，蓬荜生辉，幸会！幸会！"宾主就座后，欧冠亲自为他上茶水。李治安虽然三次受伤，但是他坐在太师椅上，笔挺的身姿，不失军人风采，深邃的眼神透露出智慧与坚定。

"今见父母官，三生有幸。"李治安落座答礼。

"听说岳父在这里办公，治安定要陪我看望您老人家。"肖如柏插话说。

欧冠起身再次向李治安抱拳谢礼："岂敢，岂敢！有劳将军大驾。"

欧冠又对肖如柏说："岳母在后堂，正想念你们呢。"支开女婿后，室内只剩欧、李二人。欧冠开门见山说道："无事不登三宝殿，将军此来必有原因，那就直说吧。"

"爽快！爽快！"军人说话就是爽直。

"欧主任，我敬佩你不畏权势。1937 年枪毙胡作非为的十九集团军总司令罗卓英之子，如此敢作敢为，大义凛然，实属英雄之举，令人钦佩。今日到来只想听听你对时局的看法。"

"天爵不才，无法洞悉时局，而今国民党与桂系大势已去，将来在哪安身立命，还难以确定。"看来，欧冠有些沮丧。

"何不改弦更张？此乃光明之举啊！"

"杀戮太多，罪恶深重，怕难以得到宽容啊。"

李治安知道，欧冠此时已是时势所迫，内心想改弦更张，而骨子里的东西和周围的各种因素又迫使他瞻前顾后、举棋不定。随后李治安列举了一些国民党将领起义反戈的事例让欧冠慢慢琢磨。李治安先让肖如柏住到欧冠家，继续做一些和平起义的思想宣传工作。自己写信给省总部，汇报了欧冠的思想和对时局的态度，并希望组织上安排程潜写封信，打消欧冠的顾虑。

李治安回到宁远，寓居筹防井周仁阶家。回家第二天，就去拜访了时任教育科长的欧阳晓晖。他们是永州第六联中的同学。交谈中，李治安了解到欧阳晓晖思想进步，对时局的看法也正确，于是决定把他作为发展民盟成员的第一个对象。欧阳晓晖是教育科长，对下一步在教师中发展民盟成员很有好处。果然，欧阳晓晖不仅同意参加民盟，而且表示愿意帮助李治安开展工作。其后，李治安陆续发展了县中的骆壹、简师的余永平、中心完小校长李林青和教师谭有莘、欧阳震、欧阳山河等十几人。这些民盟成员一边工作，一边联系新成员，积极开展宣传活动。

1949 年 8 月，桂系部队有一部分驻扎宁远县城，当时欧冠尚在徘徊，未下决心起义，形势相当紧张。李治安要求民盟成员配合策反工作加强宣传。一天晚上，在县城的民盟成员会集在西门牌坊旁的欧阳晓晖家，商谈如何配合解放大军解放宁远进行宣传工作，大家热情很高，出了许多好点子，同时布置了组织思想进步的文艺学生学唱和排练迎接解放的革命歌曲和秧歌舞的任务。第二天深夜，大家分头活动，在城外四门及附近张贴了许多标语，如“我们欢迎和平解放！”“反对分裂！反对内战！”“伟大的中国共产党是全国人民的大救星！”等。这些标语在群众中产生了十分积极的影响，一传十，十传百，由城镇传到了农村。老百姓纷纷议论和平解放，议论国民党军队应该投诚、起义，切不能打仗了。这种浓烈的盼和平、盼解放的气氛，对欧冠幡然醒悟决定起义起到了敦促作用。

衡宝战役于 10 月 16 日结束，解放军共歼敌 47500 人，解放了湘西、湘南大片土地，控制了粤汉、湘桂铁路之湖南地域。解放军迅速向零陵地区进军，宁远解放已是大势所趋、人心所向。迫于形势，欧冠将湘南行署迁至宁远。

肖如柏频频与欧冠接触，从形势、大义、个人前途及地方安宁等多方面劝导欧冠，但是欧冠仍然犹豫不决，彷徨苦闷。他知道自己罪逆深重，大革命时期镇压农民运动，屠杀共产党员无所不用其极。起义投降怕难以得到共产党的宽容，难免一死。李治安了解欧冠的态度后，决定再次面见欧冠。

1949 年 10 月的一天，天高气爽，李治安来到欧冠办公室。军人相见，直来直去，无话不谈。欧冠坦诚说出了自己的疑虑。李治安从太师椅上慢慢站起来，挺起胸膛，斩钉截铁地说：“国民党日薄西山，即将彻底灭亡，和平起义是将宁远引向光明，是一条光明之路；避免战争，造福宁远，是一条行善积德之路；消除杀戮，保护百姓，这也是你个人的立功之路！”

李治安喝了一口茶水，继续坦率直言：“这是你立功的最好时机，你起义后如果共产党要杀你，我愿替你一死。”

李治安随后一字一顿地将“我愿替你一死”六个字又重复了一遍。

欧冠听见他说“我愿替你一死”这句话，热血沸腾，忍不住扑向前去，紧紧握住李治安的手，感动得说不出话来。

不久，欧冠收到了程潜劝其起义的来函，进一步明确了共产党对起义人员的宽大政策，终于他不顾白崇禧的威逼利诱，不顾内部少数顽固分子的反对，坚定了投诚起义的决心，着手起义的准备工作。欧冠于1949年10月下旬组建了湘南保安军，李治安为保安军二军副军长。欧冠于11月5日发出通电，电令湘南各县市起义。

77 南下征程

杨景春　骆友星

1949 年春节刚过，中共香河县委就召开了县区干部会议。会上，县委书记杨光根据中央的指示精神作了干部南下的动员报告。他说："这次抽调干部南下，是为了解放在水深火热中受苦受难的江南同胞，我们要积极响应党中央毛主席的伟大号召，渡过长江，打倒蒋介石，解放全中国。"

当时，冀东区党委遵照党中央的指示抽调 3400 余名干勤人员，组成了冀东南下干部总队。总队下设大队，大队下设中队。大队负责接管地区，中队负责接管县。我们香河县和武清县各抽调 54 名干部组建一个县的领导班子。被抽调的干部回家告别父母和亲朋，坐着马车到唐山冀东区党委所在地开平进行学习和培训。培训期间，我们学习了党的七届二中全会精神以及毛主席在七届二中全会上的重要报告，特别是学习了报告中的第十部分，还学习了新华社新年献词、社会发展史、三大纪律和八项注意、《将革命进行到底》等。

当时同志们对南方不太了解，议论很多。有的讲南方天气热，墙上可以把饼烙熟；有的说南方水田蚊子大。不管怎样说，我南下的决心已定，信心丝毫没有动摇。南下带队的有香河县委书记杨光，县长杨文正。1949 年 5 月，我们南下工作团告别故土、告别亲人启程南下。坐的火车只有一节车厢是客车，供女同志坐，男同志都是坐闷罐车。从唐山开平火车站出发，经天津、济南转陇海路到河南省新郑县。一路上，大家心情激动，热血沸腾高唱革命歌曲。

我们在新郑县的花园村住了 1 个月，知道了我们这个队将要接管的是湖南省永州地区的宁远县。当时我们看到了宁远县的地图是南北很长，东西较宽，认为宁远是永州地区最大的县。县委将宁远县旧政权时的 9 个乡镇，191 个保划为 4 个区，即一区驻城关，辖城枢镇；二区驻水市，辖潇水乡、泠东乡、舜陵乡；三区驻禾亭圩，辖东屏乡、广济乡、仁江乡；四区驻平田村，辖春陵乡、石安、龙凤乡。我当时分配在三区任组织委员，接管宁远县的是南下工作团第四大队第六中队共 108 人。

7 月 3 日，胡继宗传达中央精神，冀东南下干部 1 万多人奔赴湖南。我们从新郑县坐火车到湖北孝感时，铁路被破坏了，改乘第四野汽车经过湖北大山，蹚水过河到达武汉，住在汉口宝善小学，后到达汉口。县委书记杨光说："汉口属于中南地区。"也就是说我们已经进入中南地区，今天吃一餐大米，明天就吃小米了。南下工作团的伙食是中灶待遇。在河南时，每人每天早餐吃一个鸡蛋，穿的是黄色军装，还配发了蚊帐、被盖和水壶。我们由汉口坐船到平江，经过浏阳县，在浏阳县协助征粮。

9 月，第六中队队长杨光调离，上级调柳博桢、王昆、王树谦来六中队工作。柳博祯被任命为县委书记，王昆被任命为县委副书记兼组织部长，王树谦被任命为宣传部长。10 月 1 日，我们到达长沙，在广播里听到毛主席在天安门城楼上，向全世界人民庄严宣告："中华人民共和国中央人民政府成立了！""中国人民从此站立起来了！"听后我们心情激动，久久不能平静。

之后我们到了衡阳。当时，衡阳到处是乱石，根本没有水泥路和柏油路。我们从衡阳出发步行到零陵，住了几天，就已经是 11 月了。

江南的天气冬天也很寒冷，穿两件单衣到晚上时还觉得有点冷，总盼着赶到目的地发寒衣。11 月 13 日，从零陵出发，过了潇水翻过鸦鸡岭，在铲子坪住宿一夜。14 日下午进入宁远县境内。下山时，湖南省军区代表蒋澍（宁远人）用望远镜看了一下说："欧冠带着人马来迎接我们了。"我们经过泉井眼，过平田石桥、柏家坪、双井圩，住花桥。11 月 15 日早饭后，我们继续向县城前进，经过李家铺、仁和圩、桐子山到达宁远县城北郊，住欧家村。486 团全体官兵已于 11 月 14 日进驻县城北郊的乐家、逍遥岩、桐子山一带。我们南下工作团第六中队 108 人到达城北欧家村时，受到国民党起义官兵和群众数百人的夹道欢迎。11 月 17 日晨，解放军接管县城四门岗哨，上午，县长杨文正发出第一号布告，宣布宁远和平解放。

78 接管宁远建新政

卢久兴

1949 年 11 月 17 日，南下干部整队进入宁远县城，进行接管建政工作，从而标志着国民党在宁远的统治机构被摧毁，其多年的反动统治彻底垮台。

宁远县的接管工作是在县委的领导下，县区党政机关和其他县直各部门同时进行的。我记得，国民党宁远县党部是由马志宏、赵芳和我 3 人一组接管的。接管时，始终只见到两个人，一个是国民党县党部书记长李陶尘，另一个是干事。接管开始，我们就向他们宣布湖南解放了，宁远和平解放了，国民党县部党部不存在了，由我们接管。今后由共产党领导，要他们把国民党县党部的资料、财物都交清楚。当时，他们表示愿意交，看他们的态度也做了交的准备。

在交接时，我们先要文件、档案、武器。李陶尘说："没有什么文件，上面好久没来文件了，枪支也没有。"接着那名干事拿出 12 份卷宗，我们看也都是一般性的。我们又问县党部成员有哪些人，要了国民党党员名册。当时，那名干事将一本名册交给我们。我一看册子中只有七八十人，而且像是新写的。我就问："全县有国民党党员两百多人，怎么只有七八十人了呢?"李陶尘交代说："别人我都记不清了。"我只记得除李陶尘和县党部干事，还有国民党县政府的教育长也是县党部成员。

县党部院内的一间房子里，乱放着国民党的一些图书、报刊、相片等，我们都看了，没有什么正式文件，都是些一般性的公开信，没有县党部的内部资料。

我们进入宁远县城的第一天就直接进驻国民党县政府，开始了接管建政工作。开始时，国民党县长李正甫的架子还很大，仍在他的办公室的躺椅上坐着，反映出他是非常不甘心于我们的接管的。此时，我们人民政府的县长杨文正就在李正甫的办公室办公了。同时，对国民党县政府所属的单位进行了接管，开始了县人民政府的领导工作。

宁远县的县、区的接管建政工作是同时进行的。为了便于接管建政，加之当时干部条件有限，全县被划为 4 个区，干部成建制直接进入各区。

宁远县的接管建政工作，总的来讲是顺利的，这给 1950 年冬进行的土地改革创造了有利条件。能顺利地做好接管建政工作，我认为有以下几个原因。

一、为了搞好接管建政，开展新区工作，在南下途中就做了充分准备。上级决定我们去湖南省宁远县，就准备配备县区领导班子。这一工作，在南下途中的河南省新郑县驻地就安排好了，到长沙时最后定下来。同志们都很愉快地接受了组织的分配，这是搞好接管建政、开展新区工作的首要条件。

二、采取边接管、边建政、边开展工作的办法。接管是为了建政，建政必须接管，这两项工作同时进行，在和平解放的新区是很重要的。在接管建政的基础上，县委从县直机关抽调一些干部到各区搞征粮等工作，各区主要是抓住乡长和保长具体完成征粮任务。为了培养当地干部，县委从县内抽调一些学生开办短训班，有 100 多人学习，一个星期后分配工作。当时，主要是下去搞征粮。县人民政府召开了县人民代表大会，还及时搞了减租减息和清匪反霸等工作，为搞好接管建政工作奠定了群众基础和社会基础。

三、坚持革命斗争。接管建政是有斗争的，必须通过斗争才能达到目的。和平解放是一件大好事，但也有不和平的因素。主要是仍有残余敌人和隐藏的敌人在暗中甚至公开进行破坏活动，妄图继续压迫人民。他们提出的反动口号是“打倒共产党，赶走北方人”。如 1950 年 3 月 29 日，在我们刚接管建政不久，他们搞反革命暴乱，造成王昆、郭金生等同志不幸牺牲以及有的同志受重伤，充分暴露了敌人不甘心他们的失败。在这种情况下，以柳博祯为首的中共宁远县委，采取了果断的措施，派出了较强的干部苏华去二区代理区委书记，同时组织力量与县大队一起剿匪肃敌，还为王昆等光荣牺牲的同志开追悼会，并在大小会议上多次要求同志们继续提高警惕，努力做好工作。

四、充分发扬了英勇奋斗的革命精神。100 多名南下的同志从北到南，人地两生，语言不好懂，群众尚未发动起来，对共产党还无正确认识。特别是宁远的敌情复杂，国民党基础雄厚，接管建政和开展新区工作困难多，任务艰巨。在这种情况下，同志们都以高度的政治责任心和革命警惕性，在自己的工作岗位上认真负责，英勇奋斗，干好了各项工作。

79 柳博祯同志在宁远

黄富林　骆友星　周文敏

柳博祯同志是河北省丰润县人，1919 年 7 月出生，1937 年 2 月加入中国共产党，历任党的村支部秘书，区民政助理、区长、区书，玉田县委宣传部长。1949 年春参加冀东南下工作团，任中队长。同年 10 月在长沙被任命为中共宁远县委书记。11 月中旬率六中队抵达宁远，在宁远工作四年零两个月。他坚强的党性，艰苦奋斗的作风，公正无私的品质，睿智杰出的才略，让宁远人民永远怀念。

1949 年 11 月 15 日，已起义的原国民党湘南行署主任欧冠率领宁远县国民党官员到五里庵迎接南下工作团。欧冠满以为共产党的书记、县长定是骑着高头大马，衣冠楚楚，气派非凡。当南下工作团来到他们面前时，却没有一个衣着特别的人。后经人介绍，欧冠才知道身着旧军装，脚穿草鞋，挑着瓢盆碗筷的是柳博祯书记，扛着行军锅的是杨文正县长。欧冠慌忙上前迎接，叫人接过担子，请书记、县长上轿。杨文正县长挥手说："不用了，我们有 100 余人，你们有那么多轿子吗？"望着欧冠惊疑的目光，柳博祯书记解释说："我们共产党的干部，不论职务高低都是平等的！不论是县长还是书记都是普通一兵，我们还是步行吧。"柳博祯的言行，不仅让国民党官兵折服、敬佩，而且给宁远人民留下了共产党官兵一致的深刻印象。

柳博祯书记来到宁远后始终以"普通一兵"的姿态出现在群众面前。生活上他非常简朴，身上只有两套衣服换着穿，烂了又补，补了又穿；脚上穿的，在机关是布鞋，下乡是草鞋。下乡调查与农民同吃同住，从未接受过特殊的招待。在机关不开小灶，在食堂排队就餐。由于他夜以继日地工作，身体日渐消瘦，同志们见状为之担忧。一天，勤务班张志明见他深夜两点多钟还在伏案工作，就悄悄地煮了 4 个鸡蛋给他吃，他婉言拒绝，仅叫张志明烧了一壶开水解渴。次日早上，他将 4 个鸡蛋拿给炊事员，放在菜锅里分给大家吃了。

1949 年解放军四八六团文工团驻地 （欧利生 供图）

宁远的干部开始工资定级是在 1952 年上半年，同志们都非常关心这件关乎切身利益的事。组织人事部门根据资历和表现，将柳博祯爱人杨淑敏的工资定位为 18 级。柳博祯知道后，认为与其他同志相比，他爱人的工资级别定高了，于是亲自将其爱人的工资级别改为 20 级，降低了 2 级工资。他对爱人解释说："现在我们的干部工资都不高，你是县委书记的妻子，应该以更高的标准严格要求自己，不能接受一丝一毫的特殊。"知书达理的杨淑敏点头赞许。他这种不谋私利、不搞特殊的高尚风格，在全县干部中传为佳话。

柳博祯只读过几年私塾，参加革命后勤奋学习、刻苦钻研，理论政策水平和口头表达能力长进极快。他写的材料结构严谨，简练准确，富有文采。他能说会道，讲话深入浅出，娓娓动听。只要他做报告，会场就鸦雀无声，间或人声鼎沸，一片欢笑。他坚决反对不动手、不动脑，什么都由秘书代劳的官僚作风。他代表县委做的报告、讲话及县委的工作总结、汇报、工作意见，总是亲自动笔，从不要秘书代劳。他说："什么都要秘书代劳，领导不就成了秘书的傀儡?"

1950 年 3 月 29 日，宁远二区发生了全省闻名的反革命武装暴乱，县委副书记王昆、区委书记郭金生等壮烈牺牲。接到报告后，柳博祯立即召开县委紧急会议，迅即派县人民银行行长苏华为二区代理书记，调县大队连夜奔赴水市追剿土匪，从而迅速平息了反革命武装暴乱，显示了他杰出的应变决策能力。

柳博祯坚持党的任人唯贤的干部路线，注重在实践斗争中考察干部。对于经过斗争考验，德才兼备的干部，不论是南下干部，还是宁远干部，一经成熟便大胆提拔。1953 年年底，一次就提拔副局级以上干部 58 人。他公道正派，知人善任，在宁远任职四年间，选拔培养了一大批德才兼备的优秀干部，在各地担任重要职务。

80 王昆烈士二三事

黄富林　骆友星

1950 年 3 月 29 日上午 11 时许，宁远二区和平村李正甫家，一位三十岁左右的北方人，正聚精会神地清查积谷的账本，以帮助人民度过春夏荒。另一位面带稚气、身材魁梧、身带两支德式短枪的北方人，静立门边，是警卫员。突然，一群手持大刀的武装匪徒冲进屋内，拦腰抱住门边的警卫员，夺去两支短枪，挥刀将其砍倒。当匪徒抱住警卫员时，正在清理积谷的北方人顺手拿起身边的木把雨伞向匪徒掷去，趁势一个箭步跳到窗外，被潜伏在外面的匪徒乱刀砍倒，倒在血泊中。这位惨遭匪徒杀害的北方人，就是中共宁远县委副书记王昆。

王昆，原名尚泽民，1918 年 7 月生，河北省遵化县山里各庄人。他出生时，一家三代同堂，11 口人唯一的家产只有五亩坟地。家里生活贫困，常常是吃了上餐无下餐。没有住房，常年租住人家宅旁院角的小茅草屋。每逢刮风下雨，天寒地冻，一家老幼啼饥号寒。由于交不起房租，经常被迫搬家，母亲生下大妹还未满月，就被狠心的房主撵了出来，住在牛羊棚内。

1924 年，他四叔借债做生意亏了本，躲债外逃，债主逼他父亲偿还，其父无奈，只好忍痛将五亩坟地卖掉还账。债主还不放过，买通官府将他父亲送进监牢，关押了八个月。

王昆就是在这样穷困屈辱的生活中长大成人的。地主阶级的残酷压迫剥削，使他从小就埋下了对剥削阶级刻骨仇恨的种子。

1937 年 7 月，日本帝国主义发动了全面的侵华战争，王昆的家乡很快沦陷。目睹日军烧杀淫掠的法西斯暴行，王昆义愤填膺，毅然投身抗日救国斗争。他主动为八路军送情报、藏军需，勇敢地参与破坏日军交通、通信设施的战斗，人们称他是有血性的青年。1939 年 12 月 3 日，在区委的领导下，山里各庄成立了抗日武装，王昆被任命为除奸组组长，工作更为积极。他率领除奸组，杀叛徒、除汉奸，使敌人震悚。

1941 年，抗日救国斗争处于空前困难阶段，日军大举推行所谓“治安强化”运动，集中兵力，对我根据地进行疯狂的“扫荡”，在我游击区实行野蛮的“吞食”，在敌占区进行毒辣的“清乡”。在这恶劣的环境里，王昆出任本村抗日报国队队长，带领民兵，毁公路，割电线，埋地雷，不时切断敌人通信联系和交通运输，有力地配合了八路军的反“扫荡”斗争，给敌人以沉重打击。在血与火的斗争中，王昆政治上日益成熟，同年 4 月，光荣地加入了中国共产党。从此，他更加舍生忘死地投入革命斗争之中。为了打击日军的嚣张气焰，他组织本村和邻村民兵，采用游击战，频繁袭击敌人据点，使敌人晕头转向。这年秋初的一天深夜，他带领几个民兵，跋涉二十多里，偷偷摸进县城，在敌人的眼皮下面贴了一百多张抗日标语，震慑了敌人，鼓舞了民众的士气。

1942 年夏初，敌人在山里各庄安上了据点，驻有两小队日军，一百多伪军。敌人为限制我抗日武装行动，将村子周围两里以内的高秆作物砍光，制造了所谓“安全区”。1944 年 5 月的一天，县大队和区小队根据王昆提供的情报，一举拔除了山里各庄的敌伪据点，俘虏了 70 多名敌人，缴获了大批军需物品。王昆在积极开展对敌斗争的同时，还向本村人民进行民族气节和爱国主义教育，提高了群众的爱国主义觉悟。他动员自己的一个弟弟、四个妹妹和两个堂兄参加抗日斗争，他们先后加入共产党，成为抗日骨干，为全村树立了全家抗日的榜样。他还秘密深入各家各户，有针对性地进行抗日爱国教育，使抗日救国光荣、投敌卖国可耻的思想深入人心。全村 270 多户，1200 多人，没有一个当汉奸、伪军，没有一户与汉奸、伪军联姻。

在革命的大熔炉中，王昆迅速成长为坚定的共产主义战士。1944 年 9 月到 1949 年 3 月，由于工作需要，他被调动 11 次。最长一次任职只有 10 个月，最短的一次任职只有 1 个月，而且职务时升时降。无论组织上分配做任何工作，无论职务是升是降，他都以满腔热忱投入新的工作，出色地完成任务。

1948 年 10 月，王昆调任遵化县委组织部长。1949 年 3 月，调任冀东南下工作团四大队六中队副队长，随队南下。南下前夕，警卫员崔保安向其父亲道别，其父送崔二十元零用钱，王昆得知后，立即叫小崔把钱送回家去，把自己的二十多元交给小崔安排。他还叮嘱小崔，要发扬艰苦朴素的传统，可花可不花的钱最好不花。从遵化到宁远历时七个半月，王昆一分零钱都未花。衣服烂了，补了又穿，一条洗脸毛巾，到宁远时已破了几个洞，缝补后，又用了四个多月。他常对同志们说："艰苦朴素是劳动人民的本色，我们坚持艰苦朴素，不是单纯为了节约几个钱，而是为了拒腐防变，保持劳动人民的本色。"

1949 年 9 月，中共宁远县委在长沙组建，王昆任县委副书记兼组织部长。他地位变了，关心同志、乐于助人的思想未变。南下途中，警卫员崔保安两次患疟疾，都是在他精心照料下康复的。小崔病重时，他守候在小崔的床头，一口一口地喂药喂饭，还背着去厕所大小便。小崔没衬衣，他将自己的两件衬衣，分一件给小崔穿。16 岁的崔保安受到王昆慈父般的爱护和无微不至的关照。蒋化坤是解放后才参加工作的新干部，王昆得知他带病坚持工作，专程去看望，见病情严重，命令蒋回县医院治疗，并亲自写信要组织部妥善安排。

王昆烈士墓　（李治军　摄）

解放初期，百废待兴。王昆作为县委的负责人之一，任重道远。1949 年 12 月中旬，全县普遍开展了征粮支前工作。为了完成征粮支前任务，王昆走乡串村，步行到距县城七八十里的太平、柏家坪、平田、李仕湾等村调查。当时乡下食宿条件非常艰苦，每餐只有一小碗米饭和少量辣椒蔬菜。那时，阶级斗争尖锐复杂，敌人四处活动，征粮工作阻力很大，王昆带头亲临一线。12 月下旬，他带领一个工作组进驻太平乡十七保，连续工作了三天，都未征到一粒粮食。王昆仍不气馁，带领同志们深入了解情况，启发群众觉

悟。当天深夜一点多钟，他收到了一名群众的揭发信，告发了保长暗中破坏征粮的劣迹。王昆兴奋异常，马上集合工作组，勒令保长起床，晓之以理，陈述利害，要保长带头交粮。通过王昆耐心教育，保长答应交粮。翌日，上午10点多钟，这个小村就收了3000多斤公粮。太平乡征粮工作局面打开后，他又到柏家坪等乡宵衣旰食地发动群众完成征粮任务。在县委的正确领导下，全县征粮工作历时两个多月，共征粮2100万斤，超额完成了任务。

1950年2月中旬，征粮支前任务完成后，县委遵照上级的部署，适时地组织全县人民开展了反霸减租、生产度荒、清剿土匪的斗争。随着斗争的深入开展，阶级斗争更加尖锐复杂。王昆不辞辛苦迎难而上，经常下乡检查工作。3月28日，他带着警卫员崔保安到二区汪井墟检查生产度荒工作。次日早饭后，有一群众报信，说有人活动，劝他小心一点，王昆说："怕什么！怕蝲蝲蛄叫，就不种地了？"毅然前往和平村召开群众大会，宣讲党的方针政策和清理积谷的意义。然后与警卫员到李正甫的铺子内，帮助清理积谷账目，不幸遭到大股土匪突然袭击。为了党的事业，为了宁远人民的翻身解放，王昆以身殉职，年仅32岁。

参考书目：

1. 河北省遵化县人大常委原副主任李汉臣的调查综合材料《王昆同志南下前的情况》及《王昆同志简历》(1988年1月23日)。

2. 访问崔保安同志记录（1988年1月23日)。

3.《宁远党史资料选辑》第一辑（1986年6月)。

81 烈士英名耀嶷山

——谨记“三二九”反革命暴乱事件中牺牲的英烈们

何　丹　李国燕

事件发生在1950年3月29日，宁远二区发生了一起反革命武装暴乱，县委副书记王昆、二区区委书记郭金生等8名同志惨遭敌人杀害，这就是宁远解放132天后出现的国民党残余反动势力妄图颠覆新生的人民政权的“三二九”反革命事件。

1949年11月17日，宁远和平解放，相继建立各级人民政权。但是，一小撮反革命分子不甘失败，妄图死灰复燃，梦想夺回他们失去的天堂。12月，以郑元瓒（道县人，伪团长、县长）、欧平成（梅岗小欧家人，军统特务）、欧隆（梅岗大欧家人，伪营长）为首的一小撮反动分子，组建了“中国国民党华南铲共总司令部”（简称“华总”）反革命组织。他们借湖南省绥靖副主任李默庵之名张贴布告发展组织，以宗族统治、封建迷信、物质引诱等手段，欺骗和逼迫群众参加。经过一段时间的反革命串联，“华总”反革命组织成员发展到了517名。

1950年3月23日，“华总”匪首召开秘密会议，决定3月29日进行反革命武装暴动，部署分三纵队：第一纵队司令欧隆，副司令欧平成，参谋长蔡世延，以蛇形、水市为活动基地，打水市区公所；第二纵队司令李涤泉，副司令奉龙光，参谋长欧从，以下灌、湾井为活动基地，打湾井、下灌；第三纵队司令周俊，副司令陈兰庭，以天堂圩为活动基地，打冷水和县城。

3月28日，村人李增态得知匪徒召开秘密会议的情况后，当即报告在下壁处理械斗纠纷的县支前科科长林峰和二区区长吕远成。林、吕二人立即组织县大队和区中队40余人包围匪徒。匪徒趁机火烧仓库，并开枪还击。双方对峙至29日清晨，林峰奉县委指示率县大队和区中队40多人到下灌执行护仓任务，区长吕远成与县大队战士小郭在东城遭匪头目李涤泉伏击，被围困于一户染坊内。匪徒放火烧房，吕、郭按兵不动，匪徒不见屋内动静，以为吕、郭已死，进屋查看，吕、郭趁机开枪，匪首李涤泉被击毙，另两名匪徒受伤，仓皇逃遁。

3月29日，正逢水市赶集。上午9时许，“华总”直属中队长刘显忠带领第一纵队匪徒冲进水市区公所，疯狂挥刀砍杀。区委书记郭金生、区财粮助理赵岐山等人在毫无防备的情况下被砍倒在地，壮烈牺牲。同时，另一股匪徒在匪军需刘贤厚的带领下包围了税务所，所长石朝生、县银行通讯员龙进星等人被匪徒残忍杀害。县银行干部李选之英勇果断，只身冲破包围，直奔县城向县委汇报。同日上午，匪第二纵队司令李涤泉派人以清理积谷为名缠住县委副书记王昆一行4人于湾井和平圩。11时许，匪头目乐天峰率13名匪徒窜进王昆清账的屋内，砍倒警卫员崔保安。正在伏案办公的王昆见敌人迅猛扑来，顺手拿起身旁的雨伞向敌人掷去，趁势一个箭步跳到窗外，被潜伏在外面的匪徒砍倒，鲜血满地，奄奄一息。下午3时，支前科科员张志新闻讯赶到和平圩，见王、崔二人倒在血泊中，立即派人抬着王、崔等人撤往下灌，张志新率众边打边撤，撤离和平圩一公里处，王昆心脏停止了跳动。

第三纵队由于准备不充分，不敢贸然行动，只在县城附近打了一阵冷枪。3月29日下午3时，县委得知二区暴乱的消息后，立即召开紧急会议，研究具体措施。之后，县委依靠广大群众，开展了轰轰烈烈的清匪反霸和镇压反革命运动，参加“三二九”反革命暴乱的犯罪分子，除首犯郑元瓒潜逃台湾外，其余全部逮捕归案，欧平成等主犯被依法镇压，郑元瓒一伙反动势力挑起的一场反革命暴乱以彻底失败告终。

82 潇水英魂

——坚贞英烈欧燕的故事

荆庚红

欧燕（1932—1950），今宁远县文庙街道北门欧家村人。1949 年参加革命，同年加入中国共产党。宁远和平解放后，任宁远县第二区（今水市镇、湾井镇、天堂镇辖区）妇联主任。1950 年年初，在水市“三二九”反革命暴乱中被残忍杀害，年仅 18 岁。

这个姑娘家硬是要得

1949 年 11 月宁远和平解放后，宁远人民欢欣鼓舞，精神面貌也焕然一新。随着各级人民政府的相继建立，社会秩序也逐渐稳定。但一些封建思想在农村依然根深蒂固，积习难改，特别是婆婆虐待儿媳妇、丈夫家暴妻子的事件常有发生。

十八岁不到的小姑娘欧燕当上第二区妇联主任后，要做的第一件事情就是依法维护妇女的合法权益，保证底层妇女的人身安全，提高妇女社会地位。所以她一上任就决心要从改变婆欺媳、夫打妻这一封建陋习入手。

一天，欧燕来到二区所辖的一个张姓大村大阳洞开展妇女工作，村里的妇女主任李巧妹向她反映了张婆婆虐待她刚进门的儿媳秀秀的事。李巧妹告诉欧燕，这个张婆婆很强势，不但经常让秀秀罚跪、饿饭，打她、用烟斗烫她也是家常便饭，弄得秀秀遍体鳞伤。她也去做过几次工作，那个张婆婆当着她的面答应得很好，说一定要善待秀秀。可她的前脚刚一离开，张婆婆就变卦了，甚至说秀秀去告状是在打她的脸，当然秀秀等来的是又一次更深的伤害。张婆婆这个刺头让她也很是为难，如果她的问题解决了，大阳洞村的虐媳之风也就刹住了。欧燕一听，心中的怒火也一下就蹿了起来，她想要把这个恶婆婆抓起来关进牢房，对她进行严厉的惩戒，以儆效尤。

后来，欧燕冷静下来仔细一想，一抓了事也不是办法，更不能从根本上解决问题。再说，遇事就抓人，有公安就够了，还要她这个妇联主任干什么？

欧燕想到这里，决定亲自去会会这个张婆婆，当面锣对面鼓地跟她谈一谈。欧燕在李巧妹的带领下来到了张婆婆的家门口，还没进门，她就听到了张婆婆的呵斥声和秀秀低低的哭泣声。欧燕她们进了门，张婆婆仍坐在椅子上，手持烟斗指指点点，在对着跪在地上的秀秀骂个不停。李巧妹连忙去拉秀秀，可秀秀浑身颤抖着不敢起来。

李巧妹对秀秀说："秀秀，你不用怕，这位是区里的妇联主任欧燕同志，她今天就是来给你做主的！"秀秀听后，又侧眼看了婆婆一眼，才站起来。欧燕示意李巧妹把秀秀先带到房里去。欧燕见秀秀进房后，才平声静气地开口对张婆婆说道："伯母，您先消消气，有句古话讲得好，雨大伤树，气大伤身。您是这个家里的当家人，气坏了身子，这个家怎么办啊？"

张婆婆见她们来，本来就想摆出一副死猪不怕开水烫的架势来个油盐不进，看这个叫欧燕的姑娘家能拿她怎么样。可她听欧燕一开口就这么客气，并没有要训斥她的意思，这倒令她感到有些意外。欧燕又说道："伯母，秀秀是晚辈，她做错了事您教训教训她也是应该的。"张婆婆见这个姑娘家在帮自己讲话，就放心了，于是说道："是的呀，自古以来，婆婆教训儿媳妇是天经地义，你的话我爱听，你先坐下再说。"欧燕知道只要张婆婆肯跟自己交流，事情就成功了一半，于是搬了张凳子在张婆婆旁边坐下来，拉着她的手说道："伯母，我晓得您这样做也是为了年轻人好，但方法还是有点不对头。"

张婆婆一听欧燕说自己不对，又来气了，挣脱欧燕的手站起来后说道："我怎么又不对了？我多年媳妇才熬成婆，也就是这么过来的，你说我容易吗？你看，我这手上，还有这身上的疤子就是我婆婆用这个烟斗烫的！"张婆婆边说边捋起袖子露出伤疤给欧燕看。

欧燕见状连忙上前扶张婆婆坐下，抚摸着她手上的伤疤说道："伯母呀，您受的苦我晓得，我那个做童养媳的母亲身上的伤疤比您还要多呢。那是可恶的旧社会害的，天下受害的女人何止您一个啊！您也是女人，这一生受的苦、遭的罪也是够多的了，将心比心，您又怎么忍心去伤害另外一个女人呢？"

张婆婆激动地说道："就按你讲的，旧社会不好，新社会难道就可以让儿媳妇在婆婆头上拉屎?”

欧燕笑了笑说道:“那倒是不可能的。新社会讲的是不管男女人人平等。再说了,儿媳妇虽然不是您的亲闺女。但她也不是您的仇人,更不是您的敌人,她也是您的亲人啦!您如果是要把自己的磨难强加到她的身上,这样看似公平,实际上是最大的不公平。您恨您婆婆,难道也要她恨您?再说,她还要给您老张家传宗接代,给您老人家养老送终呢。”

“理倒是这个理,但我还是想不通,老辈人讲,媳妇媳妇,半生奴仆,只认打,不认哭。他们都是对的,为什么轮到我就错了呢?”张婆婆虽然还是有些嘴硬,但态度还是软了许多。

欧燕趁热打铁说道:“不是您错了,而是社会不同了,解放了,妇女也要翻身了。老辈人还讲过一句话,‘家和万事兴,齐心能断金!’您老说这句话对还是不对?”

张婆婆沉思了一下不好意思地说道:“姑娘啊!照这样讲,我老婆子也的确有错。今后我是不是不该教训她了?”

“该!年轻人不懂事,错了就该教训,但不能随意打骂他们,棍棒底下出不了孝子,口水里头也出不了汉子!”

“姑娘呀,你讲的这些话我听。不瞒你说,我这个人死犟死犟,谁的话我都不听,共产党的干部就是不一样,今天我服你了,就照你讲的办。哈哈!”

从那以后,张婆婆一家和和睦睦,笑声不断,张婆婆待秀秀就像亲闺女,秀秀也视张婆婆如亲生母亲。张婆婆逢人就夸,欧主任这个姑娘家硬是要得(意即“真是不错”)!

青山埋忠骨

新中国成立后,一小撮国民党反动派顽固分子不甘心失败,妄图以武力扼杀新生的革命政权。

1950 年年初,以郑元瓒、欧平成、欧隆为首的国民党死硬分子,纠集国民党残兵和地痞恶霸一百余人组成“中国国民党华南铲共总司令部”,郑元瓒任司令、欧隆任副司令、欧平成任参谋长,密谋发动反革命武装暴动。

3 月 29 日,止逢二区区政府所在地的水市赶集,集市上人山人海,热闹非凡,郑元瓒等人率领一帮匪徒发动了反革命武装暴乱。他们目标明确,行动迅速，很快就攻占了区政府、银行、税务所等部门。由于事前没有征兆，大家也没有思想准备，区委书记郭金生、税务所长石朝生、区政府财粮助理赵歧山、银行职员龙进星等人相继被杀害。

当天下午，得到消息的县武装大队迅速赶往水市平息暴乱，下乡征粮的区小队闻讯后也火速赶回。匪首郑元瓒知道自己的队伍是一群乌合之众，根本不是解放军的对手，在一阵烧杀抢掠后就撤往山区，准备进山为匪，以打游击的形式继续与人民为敌。

二区妇联主任欧燕虽然只有 18 岁，是一个刚参加革命工作仅四个月的小姑娘，但她是一个责任心很强、工作任劳任怨的好干部。区政府刚刚成立不久，人手不够，工作又千头万绪，她经常独当一面。

当日中午，正在香花铺一个叫鲁塘的小山村做群众工作的欧燕，从赶集回来的山民口中得知，一帮匪徒在水市发动暴乱，区政府等部门的干部被杀害的消息，她听后，义愤填膺，放下手头的工作就要往回赶。

好心的山民劝她：“欧主任，你还是不要回去，因为这伙匪徒人多势众，凶狠残暴，现在回去就等于去送死，还是在山里躲一躲，等风头过了再回去也不迟。”

欧燕坚定地答道：“你们的好意我心领了。可现在新生的人民政府正在受匪徒的攻击，同志们有难，我作为一名共产党员，又是区委主要负责人之一，决不能为了个人的安危而当逃兵，就算是死，也要死在与敌人战斗的战场上！”

她告别山民，就火急火燎地起身沿着山路往水市赶。当她来到一个叫小马颈的地方，转过一道山弯正好与撤往山里的匪徒打了照面，他们相距也就几十米了。由于她身穿军装，匪徒们一眼就把她认了出来，并疯狂地向她扑了过来。欧燕见状，知道是无法躲避了，于是拔出手枪连连向冲过来的匪徒开枪射击，有几个匪徒应声倒地，不一会儿她的子弹就打光了。她刚想起身往山坡下跳，可来不及了，她被冲到跟前的一个身材高大的匪徒死死地抱住，她使劲地挣扎了几下，但一点用也没有。

匪徒们把欧燕五花大绑，拖进了一条荒凉山沟。欧燕面对敌人毫不胆怯，边挣扎边劝匪徒们放下武器向人民政府投降，继续与人民为敌只有死路一条。可这群丧心病狂的匪徒哪里听得进去，边拖边殴打她。欧燕一边挣扎，一边痛斥匪徒们的罪恶行径，想不到这样更加激起了这帮匪徒的兽性，一条年轻的生命很快就在残暴的匪徒手中魂归青山。

后来，匪徒们被解放军彻底剿灭了，欧燕的遗体也被找到，她与在“三二九”反革命暴动中牺牲的其他烈士一起归葬于水市革命烈士陵园。

潇水呜咽，英魂不灭，烈士已矣，浩气长存！

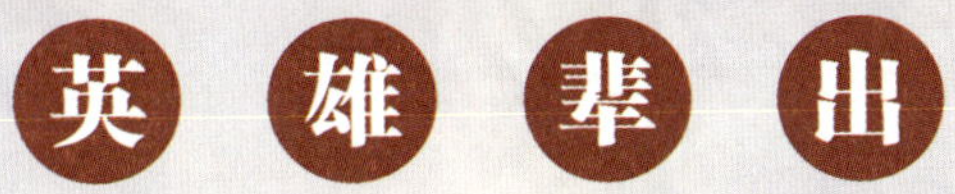

英雄辈出

“喜看稻菽千重浪，遍地英雄下夕烟。”

宁远解放初期，百姓待安，百业待兴，困难重重，问题成堆。面对错综复杂的形势，中共宁远县委依靠上级的领导和宁远人民的支持，励精图治，统筹兼顾，有条不紊，迅速建立起党的各级组织，加强党的建设，建立人民政权。为了建立新的政治制度和经济制度，巩固人民政权，县委、县政府调动各方面的积极因素，领导全县人民开展征粮支前、剿匪反霸、减租减息、土地改革、镇压反革命、抗美援朝、恢复生产等工作，顺利完成各项繁重而艰巨的任务。

敢为人先、自强不息的宁远人民，随着新中国的建立和发展，开启了建设宁远、建设新中国的新篇章，涌现出一代又一代功勋卓著的英雄模范，书写下一个又一个感人肺腑的革命故事，奏响了一曲又一曲催人奋进的动人华章。

83 援朝烈士张尚春的故事

荆庚红

1931 年，张尚春出生在宁远县冷水镇大陂岭村，1952 年 11 月 12 日在抗美援朝战争的上甘岭战役中英勇牺牲，时年 21 岁。

我要去当解放军

1949 年 11 月，张尚春的家乡和平解放，随后轰轰烈烈的土改运动开始，从来没有土地的张尚春家里分得了一亩八分水田、三亩二分旱地，这可把张尚春的父亲乐得合不拢嘴。

张尚春是家里的老大，下面还有三个妹妹和一个弟弟。

张尚春从小就很懂事，能吃苦耐劳。他身材并不高大，但长得很壮实。经常砍柴割草忙个不停，操持家务也干得井井有条，村里的人都夸他是一个能干的好小伙子。

穷人的孩子早当家。农忙时，十几岁的张尚春就帮着父亲在从地主那里租来的田地里干农活；农闲时，张尚春就跟着父亲下广东挑箩卖担，他们把家乡产的桐油、花生、芝麻等挑到广东换回食盐，再转卖养家。由于他和父亲勤耕苦作，家里虽然不是很富足，但也还可以勉强度日。

一天，从冷水铺赶闹子回来的张尚春放下手里的东西，连水也顾不上喝一口，就气喘吁吁地对父母说道："父亲母亲，我要去当解放军!"

他父亲一开始以为自己听错了，有些吃惊地反问道："你讲什么？你要去当解放军?"

张尚春点点头答道："是的，我今天在冷水铺赶闹子，看到乡政府门前人山人海，我挤进去一看，原来是政府在征兵，我就报了名，还有村里的张三保、张牛牯他们也报了名。"

他父亲有些不高兴地说："别人是别人的事，我管不了，也不想管。你

的事老子不得不管，就一句话——不准去！俗话说得好，‘好铁不打针，好男不当兵！’你以为当兵是好事啊？再说了，你去当兵了，弟弟妹妹又还小，谁去帮我下地干活啊？你是不是想苦死老子啊？”

张尚春一见父亲不答应，心里急了，忙争辩道：“父亲，你就答应我吧。人家征兵的干部说了，一人当兵，全家光荣！儿子也是在为你脸上争光呀！”

谁知，张尚春的父亲还是黑着脸使劲地摇着头不答应：“你也不要跟我讲那些摸不着边的大道理，光荣不光荣不关老子的事，这个光荣又当不得饭吃，也当不得衣穿。你去当兵的事老子不答应。”

张尚春见父亲不答应，就转身对一直不说话的母亲说道：“母亲，你就帮儿子说说话嘛，儿子都已经报名了，不去的话，我在别人眼里就成了一个怕死鬼，你叫我以后怎么做人啦！”

母亲笑了笑对张尚春说：“春儿呀，你父亲讲的话也不是没有道理，你去当解放军是件大事情，是该先跟你父亲商量商量。我们盼着你们兄弟姐妹几个都快点长大，你们长大了家里也就多几个帮手，你辛劳半生的父亲也好歇口气，可你现在又突然提出来要去当兵，你父亲他怎么想得通？他毕竟是一家之主，撑着这个家也不容易。”

张尚春听后，也有些不好意思地说道：“嗯嗯。这个是做儿子的考虑不周全，儿子有错，这个错我也认了。可我都已经报了名了，如果不去的话，那就是失了信。你们不是经常对我讲，‘男子汉一口唾沫一颗钉’，千万不要言而无信？现在儿子都已经 19 岁了，你们就让我做一回主吧。”

他母亲抬头看了看还在生闷气的丈夫说道：“当家的，你也不用生气了。儿子大了，心事也多了，我看他要去当解放军也是好事情。以前家里无田无地都没有饿死，现在共产党给我们分了田地，家里少个把帮手也不会有大问题。我看你就遂了春儿的心愿，让他去吧！”

其实张尚春的父亲也不是一个糊涂的人，他并不是不想让儿子去当解放军，他生气也就是因为儿子擅自做主，没把他这个老子放在眼里。他听了婆娘的话后，也就顺势下台阶，点头答应了。

这样，张尚春如愿以偿，于 1950 年 5 月光荣地加入了中国人民解放军，从此，走上了从军报国之路。

人不在，阵地也要在

1950 年 3 月，朝鲜战争爆发，同年 6 月，以美国为首的联合国军从仁川登陆进入朝鲜作战，并且不顾我国的多次警告，一度把战火烧到中朝边境的鸭绿江边，炸死炸伤我渔民多人。为了保家卫国，保卫和平，我国组建中国人民志愿军，于 1950 年 10 月 25 日跨过了鸭绿江，参加抗美援朝战争。

1951 年 3 月，入伍不到一年的张尚春怀着一腔报国热情，毅然参加了中国人民志愿军，成了志愿军第 15 军第 44 师第 135 团第 9 连的一名战士。15 军随陈赓的 20 兵团于 3 月 18 日由安东、长甸河口渡江入朝参战。

张尚春入朝后，在不到两年的时间里，先后随部队参加了大水洞、沙五郎寺、芝蒲里、上家山、西北山等战役。在战场上，张尚春奋勇杀敌，并多次与敌人近身肉搏，数次负伤，伤愈后又回到原来的部队继续上战场。

1952 年 10 月 13 日，我志愿军投入了上甘岭防御战，阻止美军北进。第 15 军的三个师（44 师、45 师、29 师）承担了防御上甘岭阵地的艰巨任务。张尚春所在的 44 师负责坚守上甘岭南 597.9 高地。

上甘岭战役历时 43 天，是抗美援朝战争中最惨烈的一场战役。战斗激烈程度甚为罕见，特别是炮兵火力密度，已超过第二次世界大战最高水平。我方阵地山头被削低 2 米，高地的土石被炸松 1—2 米，成了一片焦土。志愿军进入坑道作战，许多坑道被打塌，敌我反复争夺阵地达 59 次，我军击退敌人 900 多次冲锋。

11 月 12 日，韩军第 2 师 32 团在美军的指挥和督战下，以一个营的兵力分三路向 9 连阵地发动猛攻。张尚春和 9 连的战士依托已被炮火严重摧毁的阵地顽强坚守，他们面对数倍的敌人毫不畏惧，英勇顽强，打退了敌人一次又一次的进攻。经过 5 个多小时的激战，虽然阵地还在我军手中，但 9 连官兵也伤亡惨重，连长、指导员、副连长都先后壮烈牺牲，能拿枪的战士也剩下不到 50 人，张尚春也是多处受伤。战友劝他回坑道休息，但他坚定地说：“人在，阵地在。人不在，阵地也要在！”他怎么也不肯下火线，只是简单地包扎了一下伤口，又投入了战斗。

韩军地面部队在攻击连连受挫的情况下，只得呼叫美军的航空兵火力支援。美军出动了 20 余架 B－26 轰炸机投掷炸弹和凝固汽油弹，我军阵地成为一片火海，韩军趁势猛攻，9 连最前沿的 8 号阵地只剩下 3 个伤员，已无力再战。他们正准备退入坑道，却被已经冲上阵地的韩军的一挺机枪压制在离坑道口 10 余米的地方无法动弹。因多处负伤而昏迷的张尚春正巧在这挺机枪附近，他被激烈的枪炮声惊醒，看到这危急情景，大吼一声，忍着剧痛一跃而起，也顾不得拿枪就向敌人扑了过去，韩军的机枪手被突如其来的大喊声吓得魂飞魄散，丢下机枪掉头就逃，张尚春那 3 个受伤的战友也趁机进入了坑道。

张尚春刚想拿起机枪掉过头去向逃跑的敌人射击，他突然发现有 10 多个敌人已经从阵地的一侧涌了上来，他已来不及开火。为了保住阵地，张尚春来不及多想，就丢下刚到手的机枪，一把抓起身边的一个炸药包，拉燃后朝着这股敌人扑去。炸药包响了，张尚春与冲上来的敌人同归于尽，用 21 岁的年轻生命和实际行动实现了他许下的“人不在，阵地也要在”的庄严承诺。

抗美援朝战争结束后，张尚春被追认为革命烈士，被授予“二级英雄”称号，获得了朝鲜“二级自由独立勋章”。

84 "九哥"

——志愿军机枪手薛绍忠的传奇人生

陈立新

薛绍忠是宁远县中和镇白田村人。1951 年 6 月，薛绍忠成了中国人民志愿军第 68 军 202 师 604 团 2 营 4 连 2 排 4 班的机枪手。他入朝第四天就投入了战斗，多次与敌军面对面交火。右手、头部、腿部三次负伤，但每次都死里逃生。

1953 年 7 月，中国人民志愿军发起了抗美援朝的最后一战——金城战役。临战之前，薛绍忠睡不好觉，抱着自己的机关枪，擦了一遍又一遍。随后，薛绍忠来到卫生室，叫卫生员小芳给他包伤口，小芳望着他那英俊的面孔说道："小薛，你一定要活着回来，你爸爸妈妈等着你呢。"

告别小芳后，薛绍忠又来到食堂找炊事员锣子。锣子问："薛哥，有什么事？"薛绍忠支支吾吾地说："锣子，我有点饿，能不能给我弄点吃的？"

7 月 13 日 21 时，金城上空阴云密布，雷鸣电闪，空气闷热得令人喘不过气来。志愿军第 20 兵团和第 9 兵团，在隆隆的炮声掩护下，向金城以南的韩军阵地发起猛烈的进攻。薛绍忠所在的 604 团 2 营 4 连冲在最前面。

天上，美军的飞机疯狂地向志愿军扫射；地上，韩国士兵用机枪和全自动武器，向薛绍忠和他的战友们猛烈射击，冲在前面的志愿军一批一批地倒下。

薛绍忠趴在地上，用火力掩护战友们靠近敌军的阵地。狡猾的敌人很快就发现了他这个火力点，疯狂地向他回击，子弹像雨点一样从他身边掠过，打在身后的土包上冒出一缕缕青烟。

为了击毁韩军修筑的堡垒，冲在前面的战士每人手持一个绑在木棒上的炸药包，一步一步地爬行，向火力凶猛的敌方阵地逼近。薛绍忠看到，一个战友牺牲，马上就会有另外一个战友接过炸药包，继续冲向敌方。在无数轮冲击后，志愿军战士成功地进入敌军堡垒，将堡垒炸毁……

战斗终于结束了，阵地被烧成了一片焦土。

一个个战友倒在地上再也醒不来了。薛绍忠翻开他们的身子，有的缺胳膊少腿，有的五官模糊，根本认不出是谁。这时他听到了奄奄一息的声音。他沿着声音搜去，仔细一看，这不是锣子吗？

志愿军机枪手薛绍忠 （张映文 作）

“有人吗？还有人吗？”薛绍忠大声地喊道。

这时从战壕里传出了一声哭腔：“还有我。”

薛绍忠仔细一看，这不是卫生员小芳吗？

“你还活着？”

“你不也活着吗？”小芳惊喜地回应。

“快救人！”薛绍忠大声地命令道。在小芳和薛绍忠的抢救下，锣子终于醒了过来，他摸了摸全身，胳膊腿四肢全在，他“哇”地一声哭了。

在惨烈的金城战役中，薛绍忠所在的604团2营4连180名战士，最后仅剩下薛绍忠等9名战士。

从此，4连的战友们见面的时候，总是相互先喊“九哥”。

1958年，“九哥”薛绍忠响应国家支援大西北建设的号召，转业到了青海省柴达木盆地德令哈劳改农场，从事对各类犯罪分子的思想改造工作。薛绍忠始终保持着革命军人本色，以一个志愿军战士的勇气，大胆工作，以诚待人，以理服人，成功地改造和挽救了很多失足青年，多次被评为劳教系统的先进工作者。

85 烈士道德映桑梓

欧阳秉民

欧阳维森 1930 年 9 月出生于宁远县清水桥镇平田二村四组一个贫困农民家庭，也是我一墙之隔的邻居。其父母都是诚实厚道的庄稼人，生育了六个孩子。欧阳维森最大，下面还有一个弟弟和四个妹妹。

1950 年 7 月，新中国成立还不到一周年，西方列强想把新中国扼杀在摇篮里，以美国为首的“联合国军”悍然发动了朝鲜战争，将战火烧到了我国与朝鲜接壤的鸭绿江边。以毛泽东同志为核心的党中央审时度势，发起了“抗美援朝、保家卫国”运动。1951 年 3 月，我县成立了抗美援朝分会，广泛发动有志青年参加中国人民志愿军，抗美援朝，保家卫国。当年志愿入伍的嶷山热血青年就有 1800 余人，壮烈牺牲在朝鲜战场记入县志的有 189 人，欧阳维森就是其中之一。他生前系中国人民志愿军 11 军 33 师 98 团 1 营 1 连战士，在朝鲜战场上参加了多次战斗，获得过多枚战斗英雄勋章。1953 年 6 月，在一次反击战中壮烈牺牲，年仅 23 岁，实现了他入伍前立下的“甘抛头颅洒热血、抗美援朝卫祖国”的庄严承诺。

欧阳维森不但是保家卫国的英雄，还是敢于担当、助人为乐、孝敬父母长辈的楷模。他的美德在家乡口口相传。

欧阳维森是家中老大。俗话说，“穷人的孩子早当家”。他五六岁时就帮家里照看弟妹，十岁时就开始做煮饭、挑水等家务活。别看挑水是小事情，他家离水井来回有三里路，挑一担水要歇上两三次。十三岁时他就开始做砍柴、种菜等农活，十六岁就成了犁耙水响样样农活都能干的“全劳力”，成了父母的好帮手。他不但帮父母干活，还主动帮残疾的伯伯干活。在参加志愿军前，他父子二人几乎把伯伯的全部重活包揽了。他人长得高，有近一米八的个头，力气也大，脏活重活他都能行。每当秋收时节，常帮邻居打谷插田，从不计较任何报酬。他家住在平田北面村边。解放初期，平田村的东南西北进门大道都建有闸门，到了晚上十一点钟后，要闩闸门上锁，以防盗贼和土匪。闸门旁有一哨所，晚上要安排人值班放哨，他是值班放哨、闩闸门最多的人之一。由于他助人为乐，待人有礼貌，尊敬长辈，邻居都夸他是个好后生。

欧阳维森有一个伯伯名叫欧阳振球，乳名大干，婴儿时不幸摔断大腿骨头后又患了小儿麻痹症，因贫穷无钱医治，成了残疾人，终生未娶。欧阳振球虽然残疾，但仍坚持克服困难做些力所能及的事，常帮弟弟照看小孩，煮饭看家。欧阳维森的父母见其兄经常无微不至地照看自己的小孩，打理家务，而欧阳维森兄妹也如孝敬父母一样孝敬伯伯，就有了想把自己的一个儿子过继给兄长作嗣子的想法。农村里一般是将次子或更小的儿子过继，主要考虑老大成家立业早。另外过继一般选在男孩子幼儿时过继，孩子大了思想包袱重一些。父母的心思被年少懂事的欧阳维森知道了，而事实上他也已经照顾伯伯生活多年，经过充分考虑后便主动与父母商议，愿意过继给伯伯当嗣子。他真诚地对父母说：“我长大了，伯伯对弟妹这么好，我要孝敬你们，也要孝敬无儿无女的伯伯，他有残疾，更要人照顾护理，让他享受天伦之乐，感受家庭的温暖，家族的温馨。”父母为长子的懂事、豁达、明理感到高兴，就同意了他的想法，并邀请了亲朋好友、邻里长辈设家宴定下来。这在当时被传为佳话，邻居都称欧阳维森是个敢担当、明事理、尊长辈、讲孝道的好男儿。

86 老兵不死　丰碑永存

——缅怀宁远籍英雄黄秋贵将军

姜元志

印度在帝国主义的挑唆下无端挑起战火，我国发起了对印自卫反击战。1962 年 11 月 16 日，一支 30 人的突击排在黄秋贵副连长的带领下向中印边界瓦弄高地前行。他们一行是 130 师 388 团的“尖刀突击连”突击排，奉命切断敌乌克营与库马益营之间的联系，割裂敌人防御体系，为团营主力夺回瓦弄地区扫清障碍。

“副连长，能不能休息一会儿，你看从昌都出发，我们行军半个多月了。真怕同志们的身体受不了啊！”

“停止前进。”黄秋贵果断下达了命令。黄秋贵来自湖南宁远，已是入伍 11 年的老兵了。

身后的战士就在谈话间停一下，背包都不取，就往那又冷又硬的石头上一躺——他们实在是太累了。从昌都行军半个多月了，身上背负至少 60 斤的装备，行走在海拔 4000 多米的西南边陲，攀爬于崇山峻岭之中，一路走来除了自身带的干粮没有任何后勤支援。

“小四川，你那里还有没有水？”大个子袁全来自山东，嘶哑着嗓子问一旁的战友孙若飞。

“我都说了多少遍了，别叫我小四川。”小四川把弹药和其他装备小心地搁在一旁的岩石上，把枪紧紧地抱在怀里。

“瞅瞅，孙若飞同志生气了！好了，哥哥跟你说，我们再翻过对面的 5 号高地就要发起攻击了！你个子小，记住，到拼刺刀的时候别手软，打出我们的士气来！”

孙若飞是四川来的新兵，是家里的独苗，与身材较魁梧的袁全比矮了不少，这袁全老是叫他小四川——倒不是什么恶意。来的时候他娘给他写了信叮嘱：“娃啊！给我多杀几个侵略者，不要怕死。不要怕断了我们孙家的香火，我和你爹在家努力再生几个‘带把的’，给咱毛主席继续当兵。”

字写得很工整，但话语很是粗糙，估计是他那上小学的二妹帮忙写的，不会变通。这些话语把全班的战友们逗笑了一整天——因为他们的所有家信都是公开看的。这山东兵袁全原来就是他们班的，一路行军来还把这事跟突击排说了，愣是让大家伙笑着急行军二十小时不歇脚。

对此，小四川虽对大个子袁全有些埋怨，但心里很温暖。估计家里的妹妹和爹娘这时候都睡下了，他望望东方，把手中的枪握得更紧。

485 团黄秋贵团长在越南高平会攻克马诺行军途中
（时任 485 团宣传干事 唐 亮 摄）

“我说大个子啊，就你事多，不许欺负战友。一路来你吃喝得最多!”说话的是来自陕西的老班长刘由。

“我的老天，这还多？班长，天地良心，近六天行军我只吃了五个干馍，往常我一餐都吃得下十来张烙饼。还多?”袁全故意苦着张脸，做出委屈的样子，逗得周围的战友们噗嗤噗嗤地笑。

“大个子，等拿下这瓦弄高地，我请你吃大餐。”

“好的，你说的，副连长。我要吃一大碗肉花花的刀削面。”

大个子从怀里掏出军用水壶，刚打开，一股子尿骚味在山岭上弥漫开。这西南边陲全是石头山，根本找不到水源。他们一路急行军，六天只吃了五个干馍，三天三夜没了水，全排靠一匹藏马拉的尿当水喝，碰到雪山就抓把雪往肚子里咽。

好在瓦弄就在眼前，印军的炮火不断封锁前面的山坳谷地。翻过5号高地，立马就直面瓦弄公路上敌人的暗堡和攻击阵地。

“轰隆——轰隆——”印军大炮不断轰击前面那片山谷，打得砂砾纷飞。

“副连长，你看，这炮弹轰个不停。6门榴弹炮估计至少打了近2个基数，估计再打个把基数会停下来补充弹药，可能会停5分钟。时间不等人啊！下决心吧！”

“好，就这样，老杨你观察，一旦敌人炮火有停下的趋势，立马报告！”

“集合，准备！”黄秋贵一声低喝，队伍立马成攻击队形，而且没有发出一丁点声音。队伍杀气腾腾，如一把开锋的刺刀寒光四射。

“闫振杰、大个子，你俩把马给杀了，大家喝马血吃马肉。你俩别给弄出声音，如暴露行军目标，枪毙你们都不够！”黄秋贵摸摸马匹的头，很是不舍。可又有什么办法？一切为了祖国，一切为了胜利！

藏马在大个子悄无声息一刀下去后，悄无声息地倒下，发出的丁点响声在隆隆的炮声中忽略不计。

马脖子咕咕喷出血沫，战士接连扑在马脖子上大口喝着马血，只有小四川还在低声哽咽。

“喝！不喝，会渴死你！战争失败了，我们牺牲了，家中的兄弟将会继续来到这个血肉战场。”班长刘由呵斥道。

小四川停止了哭泣，他知道轻重：因为身后就是祖国，我们的家园，我们的父老乡亲。这马也做了该做的牺牲，没人管的藏马在炮声中肯定会四处奔逃、嘶鸣。那军事目标要是暴露，将会有无数的战友倒下，这场突击战容不得一丁点疏忽。何况，此时饥肠辘辘的他们不吃，拿什么体力跟敌人拼杀？

大个子在老家就是屠夫，在他灵巧的匕首下，马肉被分成上百块，血淋淋的生马肉被分了下去。战士们用匕首把生马肉切割成小块，叽咕叽咕的咀嚼声此起彼伏。谁愿意吃这生马肉？但特殊的高原山区，后勤没有保障，一切为了消灭侵略者，一切为了祖国，这点困难算得了什么！

“好了，同志们，当年岳飞将军壮志饥餐胡虏肉，笑谈渴饮匈奴血。我们今天在祖国西南边陲喝马血，吃生肉，为的是什么？还不是为了我们的祖国，为了我们堂堂中华不再任人凌辱，为了我们家乡父老安居乐业。不把这些帝国主义和他们的走狗打疼打醒，他们不会放弃对我们新中国侵略的狼子野心。"黄秋贵郑重地说道。

战士们听着，满眼都是浓浓的战意，年轻的脸庞上都透着坚毅的神情。他们很想呼喊，很想咆哮，但不能！只有把这满腔愤怒压在心里，片刻后用通红的子弹射向对面的侵略者。

"听着，对面的是5号高地，斜坡有300多米，我们所在的地方与对面的高地有400多米。我们必须在2分钟左右冲过这中间的山谷地，最多用4分钟往5号高地攀山100多米才能处在敌军炮火攻击不到的反斜面。记住，我们此次战役提前了，没有预备队，你们每个人的命都用在消灭这些狗日的敌人上。"

"副连长，敌人的炮火减弱了。"前面观察的杨排长急促地说道。

"听我命令，现在我们前行50米到山脚下，准备穿越敌人的炮火封锁线。身上除了武器，其他都放下，谁受伤了走不动，即使死也不准暴露目标。"

片刻间，印军的炮火停歇，一刹那万籁俱寂，山谷间还未消散的硝烟令这片空间愈发沉重。

黄秋贵刚要下令冲过封锁线，突然山谷间敌方打出了三颗照明弹，刹那间山谷亮如白昼。

怎么办？团指命令在一个小时后，要求他们突击排率先发起攻击。一举切断5号高地对面瓦弄公路上敌乌克营与库马益营之间的联系，割裂敌人的防御体系。

黄秋贵一时心急如焚，时机稍纵即逝。即使敌人没紧急弹药发射，可接下来战士贸然冲过山谷也会暴露。

"大个子，把那马皮披上，你和我两人一起披上马皮在前冲锋。其他的两人一组，披上行军毯子五秒钟后紧随我们一起冲锋。"黄秋贵大声喝道。

"五、四、三、二、一！"

近20组经过伪装的战士们在这空旷的山谷里狂奔，远远看去，似乎是受到惊吓狂奔的野马。敌方暗堡的观察员觉察到了动静，立即下令把剩下的几发炮弹往这边打来。一时乱石飞溅，突击排命悬一线。一块弹片打中了大个子左侧大腿，大个子一个趔趄倒下了，黄秋贵跟着倒下。

“队伍别停，继续跑！别管我们，一切为了胜利！”黄秋贵低声喝道。

砰的一声，黄秋贵被大个子推出了野马皮，推入了队伍之中。身后传来大个子决然的喊声：“连长，你走，队伍缺不了你，同志们给我报仇！”

一切为了胜利，黄秋贵没有停下，战士们也奔跑得更急。他们眼睛都红红的，满腔的怒火在燃烧。

一匹“野马”在空旷的山谷中摇摆着。时而东时而西，趔趄着前行。敌方观察员正在嘲笑这蠢笨的“野马”，转身不管了。

“大个子，快啊！快啊！”

快不了，黄秋贵知道，战士袁全在用最后的生命对敌人进行战术欺骗。

“轰隆——轰隆——”无数发炮弹朝着山谷发射，山谷瞬间硝烟四起，硝烟吞没了一切，包括那匹“野马”。

黄秋贵转过身来，战士们都停下了脚步转过身来，所有的人眼中都是泪水。

黄秋贵抹去泪水，决绝地命令道：“前进，占领山头，迅速进入攻击阵地！”战士们如猎豹般向5号高地山顶攀缘而去。

87 徒手刨土救战友的柏光明

姜力强

1980年1月，越南军队侵占法卡山后，袭扰我边境前沿哨所阵地，残杀我无辜百姓。我方忍无可忍，于1981年5月5日早上6点，打响了收复法卡山的战役。

战役激烈地进行了近十天，主峰阵地植被被炮火炸了个精光，寸草难见，已成一片焦土。随手捧一抔土，都能找到几块弹片。

夜晚，战斗间隙，四周伸手不见五指，死一般的静，静得山林里的夜枭都没有了凄鸣，静得连一丝风声也听不见，让人感到异常的憋闷，感到莫名的恐惧……

这时，一阵低沉的呼唤声轻轻响起——“班长……小刘……你们在哪里？在哪里？一定要坚持住……坚持住……我来救你们了……”

一道黑影正跪在地上，身体往前倾，两手用力地挥舞，不要命地刨，不停地挖。

这位徒手刨土的战士就是来自湖南省宁远县的柏光明。当年，柏光明所在的部队参加法卡山战役，他因军事素养好、综合能力强，24岁便担任了副班长、机枪手。

这天夜里，柏光明负责警戒。他趴在战壕里，端着机枪，凝视着前方敌军的阵地，警惕地观察四周的动静。

突然，“哗啦”一声，柏光明被惊了一大跳——“不好，防空洞塌了！班长和新兵小刘还在里面呢。”

防空洞距离柏光明约十米，他迅速匍匐过去，用手一探，果然，防空洞全塌陷了，班长和新兵小刘被埋在里面，命悬一线。

柏光明此刻非常清楚，这种情况下救人没有技巧可言，必须与死神赛跑。可四下里一片漆黑，到哪里寻找铁锹、铲子这样的挖掘工具呢？找战友们一起来救援，还来得及吗？万分焦急中，他决定徒手刨土。

塌陷处有泥土，也有大大小小的碎石，还有锋利的弹片弹壳，再加上势孤力单，而且不能照明，挖救工作面临极大挑战，可柏光明心中只有一个信念——非救出战友们不可！

一下，两下，三下……手套磨破了，手掌划出一道道口子，柏光明还在不停地刨；一分钟，两分钟，三分钟……指甲掀翻了，鲜血一滴滴淌下，沾湿了泥土，一阵钻心的疼，柏光明仍然拼命地挖。

柏光明一边默默祈祷，一边使劲刨土，就这样，一直刨了近半个小时。突然，他感觉好像触碰到了什么——“啊！是脚！”柏光明内心激动不已，刨得更起劲了，终于把战友刨出了大半个身子。

柏光明用尽全身力气把他们慢慢地拉了出来，用手指探探战友的呼吸，伸过头把耳朵伏在胸口，“太好了！还有呼吸！还有心跳！他们还活着！”柏光明差点忍不住大声欢呼。

“你们终于出来了！”柏光明全然不顾自己近乎虚脱的身体，把战友们转移到通风处，扫去战友身上的泥土，查看他们受压部位及伤情，并紧急施救。班长和新兵小刘慢慢苏醒过来。此时的柏光明，已是汗流浃背，躺在地上不能动弹，只是大口大口地喘气。

柏光明经历了战争的洗礼，承受了血与火的考验。中国人民解放军广州军区为柏光明颁发了“自卫还击，保卫边疆”国防纪念章，授予其个人三等功奖章。

88 侦察英雄罗振明

李国燕

出生于宁远县中和镇的罗振明，1976 年 2 月入伍当兵。

1984 年冬，对越自卫反击战中的一场破袭攻坚战正蓄势待发。

当时，越方在双方边境某高地的战略要塞设置了一个公安据点，对我虎视眈眈、时有侵扰。我边防五师司令部决定清除这一重大隐患，拔掉这颗“毒牙”的破袭重任落到了罗振明肩上。

经我侦察连多方缜密侦察，得悉敌方的这一据点，有 2 个满装军火与油料补给的大型储备武库和 3 栋构建坚固的营房，据点的正前方与左右两侧，有一条长 300 余米的峡谷，一片方圆 600 多米的雷区，方圆 1000 余米的开阔地带，加上纵横沟壕、掩体、暗堡和密布的铁丝网络，可谓易守难攻，是一块难啃的“硬骨头”。

“再难啃也得把它咬碎！”接到任务的罗振明发出了狠话。为此，他带领全连，用了近两个月时间，刻意选择了令人难以想象的复杂环境，实施强化训练。晴天一身臭汗，雨天满身污泥，个个伤痕累累。高强度、针对性、模拟式的战前演练后，战士们的请战激情越发高涨。

罗振明通过组织轮番侦察，对敌方岗哨的设置，换岗流动规律，兵力武器配备，火力点的分布以及进军线路等了如指掌。他报请司令部批准以一个多功能合成兵种的加强侦察连，实施总体推进的战术。获批后，罗振明从侦察连中精选 27 人组建了特种突击队，他亲任队长。

腊月二十三的夜幕中，寒星闪烁，万籁俱寂，罗振明带领的破袭队伍悄然行动了。他们根据不同地形地段，时而短步快进，时而潜伏静观，时而人梯巧攀，时而排雷除险，滚爬于荆棘与乱石之中。每推进一段，都要全方位观察，快速判断，锁定方向，迅速前进。最后，直至摸索到距敌哨位 25 米左右，敌方的哨兵与军犬方隐约有所察觉。说时迟，那时快，镇定自若的罗连长，一个敏捷的腾跃，抢占了足以直击对方命门的有利地形。在示意助手用特制的诱饵将敌警犬快速制服的同时，他闪电般地扣动冲锋枪扳机，将双岗哨兵击毙，随着虎啸般的一声“打”，霎时间，火箭筒、燃烧弹、冲锋枪、机枪、手榴弹等高密度火力强势齐发，准确无误地命中目标。顷刻间，敌阵地的两座军火、油料大型仓库和3栋营房没于一片火海之中。敌方的全部设防工事被一举摧毁，负隅顽抗的58名守敌全部被歼，而我侦察连的27名突击队员不仅毫发无损，而且缴获大量枪支弹药，大获全胜。

整个破袭战，我方仅用了6分钟时间就摧毁敌据点，全歼守敌，而我方无一伤亡。这样的战例，在现代战争史上堪称罕见。为此，《人民日报》《解放军报》《战士报》等报纸以及各电视台、广播电台竞相报道。中央军委授予罗振明所带领的侦察连为“英雄侦察连”，为罗振明记个人一等功。

89 血洒疆场的李汉兴

李国燕

1963 年，李汉兴出生在宁远县仁和镇社旺村一个普通农家，兄弟姊妹四个，他排行老二。

1981 年 10 月的一天下午，李汉兴挖红薯回家路过村公祠门口，见贴着一张大红纸，人们都围着大红纸指指点点。李汉兴不知又有什么新鲜事发生了，就凑过去看看，原来是村里贴的征兵通知。这年，李汉兴已满 18 周岁，正符合当兵的年龄，他觉得机会到了，决心报名参军。

他回到家里，母亲和兄妹们正在等他吃晚饭。他端起饭碗，本想把自己报名参军的想法告诉母亲和哥哥，但想到农村实行联产承包责任制后，家里正缺劳力，如果自己去参军，家庭重担就全落在哥哥身上，想到这些，话到嘴边他又咽了下去。当天晚上，他在床上翻来覆去无法入睡，不时还叹口气。他哥哥见此，忙问究竟，他才把想报名参军的想法讲了出来。他哥哥当即表示支持他的想法，鼓励他报名参军。第二天一起床，他哥哥就把这件事告诉了母亲，开明的母亲也非常赞同。随后，通过报名、体检、政审，李汉兴顺利入伍。

1981 年 12 月，李汉兴告别家乡的父老乡亲，穿着绿色军装进了部队。刚到部队，这个在家里非常要强的小伙子，反而变得多愁善感了。他想到年迈的母亲，想到尚未娶亲的哥哥和未成年的弟妹，想到家里的生产，这一切的一切，都让他牵肠挂肚，茶饭不思。一次施令员喊向右转时，他站那儿一动不动，引起大家哄堂大笑。新兵连指导员知道后，找到他谈心，了解他的情况后，对他进行耐心开导和教育，给他讲道理："年轻人应志在四方，时刻听从党和国家的召唤，舍小家为大家，把国家利益与小家的利益紧紧结合在一块，才是有出息的年轻人。"通过部队政治课的教育和指导员的谈心，他懂得了部队是个革命的大熔炉，是锻炼意志的好地方。他暗下决心，一定要好好干，干出成绩，报答和安慰在家的亲人。此后，他改变很快，新兵训练每个项目都很认真。稍有空闲，不是进行训练，就是打扫卫生，帮助战友们做这做那。新兵训练比较辛苦，一些新兵一回到营房倒在床上就不想动弹，李汉兴经常为他们擦药膏、端水送饭。很快，他得到了战友们的好评。新兵训练结束后，他因获得射击、投弹、翻越障和长跑全营四个第一而得到嘉奖。由于各项成绩优异，他被调到师部侦察连。到侦察连后，他的各项特殊强化训练成绩仍然非常出色，很快被提升为副班长、班长。

1984 年，当时中越边境的战火尚未停息，越兵经常到广西、云南边境进行骚扰和武装挑衅。为了打击敌人的嚣张气焰，126 师奉命派出部分部队增援广西边防部队作战。李汉兴得知部队要派人到广西参战，第一个报名，递交请战书的同时再次递交了入党申请书，这是他第三次递交入党申请书。其实，组织上已正式讨论批准吸收他为预备党员，正准备通知他。

李汉兴作为部队侦察兵随部队于 3 月来到了广西。为了摸清敌人的火力配制和兵力情况，李汉兴所在班经常奉命执行侦察任务。1984 年 8 月 11 日凌晨 2 点多钟，李汉兴带领全班 11 名战士摸黑沿着山沟、攀越悬崖，花了 3 个多小时才到达预定地点隐蔽下来，等待敌人出现。8 月的中越边境地区，蚊虫、蚂蟥和毒蛇很多，战士们强忍着蚊虫、蚂蟥叮咬，一动不动，连喘气都不敢发出粗声。上午 9 点钟左右，3 个越南士兵从山洞里出来，直向他们埋伏的地点走来。越兵离埋伏点还有 5 米来远，一个战士捕俘心切，一个箭步跃上去按住了最前面的那个，后面 2 个越兵发现后举枪就要向这个战士射击。说时迟那时快，李汉兴一跃而起，还未待脚着地一梭子弹将后面 2 个越兵击毙。这时俘虏抓住了，但山洞里的越军听到枪声钻出山洞，一齐向他们埋伏的地点射击。李汉兴命令其他战友拖着俘虏赶快撤离，自己却冲上一个小山坡，向敌人猛烈还击，把敌人的火力吸引过去。经过十来分钟激战，战友们脱离了危险，而李汉兴在打完最后一梭子弹时身上连中三弹，倒在血泊之中。这个年仅 22 岁的青年，为了战友，为了祖国，将热血洒在了异国疆场！

李汉兴牺牲后被批准为革命烈士，同年被追认为中国共产党正式党员，并追记二等功一次。

90 乐天宇创办中国第一所民办大学

吕九林　骆友星

乐天宇

党的十一届三中全会后，乐天宇得到平反昭雪，恢复了原工资级别，补发了5万元工资。这5万元钱怎么花，乐老作难了。子女们劝他：你一生辛劳，历尽磨难，现在该享享福了。亲友们为他出主意："文革"中孩子们跟你吃了不少苦，这些钱应给他们一点。但乐天宇自己有主意，他告诉孩子们说："君子爱人以德，包括爱子女在内，岂能爱子女以利呢？人各有志，为社会做些贡献是我的愿望。我决定用这笔钱为家乡人民做件好事。"子女们知道老人的秉性，表示赞同。

到底为家乡办件什么好事？他与萧克将军、张仲葛教授等在京同乡商量，决定回宁远九嶷山办学。

1980年10月，耄耋之年的乐天宇从北京回到宁远。一踏上家乡的土地，想起自己即将实现的心愿，他无比激动，顾不上旅途的疲劳，次日就驱车前往离县城70里的九嶷山考察。起伏的群山、迷人的风景，勾起了乐老无限情思。考察结束后，他向县政府提出了建设九嶷山自然保护区和旅游区的建议，并愿将补发的5万元工资用来创办九嶷山学院，为山区培养人才。经过他几番赴省进京，往返奔波，苦心筹划，九嶷山学院终于在1981年春正式开学，分设农林、医学、文史三系，学生200余人。他遵循党的教育为无产阶级政治服务、教育与生产劳动相结合的方针，提出九嶷山学院要发扬延安精神，理论联系实际，教学、科研、生产相结合。

当时，乐天宇看到那么多学生愿意到这里求学，心里既高兴，又犯愁。学院就这么一栋小木屋，吃的、住的怎么解决？北京有一批支持他的朋友愿意来义务讲学，可这里条件差，怎样安排食宿？教室、课桌、板凳都没有，农林各科的专业教材虽委托朋友在办，但还没有发来。

乐天宇心里急，分管教务、总务的李续葵、廖升比乐老更急。这些学生离学院大都在15公里以上，走读非常困难。学院的教室借用了舜帝庙正殿和九疑山村大队礼堂。课桌、板凳的材料是九疑山邻近的老百姓无偿捐献给学院的，是三分石彭师傅以及公社派来的木匠做成的。住宿的安排是：男同学分开住在群众家里，女同学集中住。

学院初创，条件非常艰苦。乐老体弱多病，但仍以身作则，同全体师生住破庙茅屋，吃粗菜淡饭，一人一张小凳在露天草坪或敞棚里上课。乐老每月从原单位领得的350多元工资，除留50元作自己生活费用外，其余300多元交给学院作为教师生活补贴和办公费用。他一如既往艰苦朴素，穿着补丁衣裳，严冬时仍穿着旧棉衣和旧胶鞋。老师都劝他买双新棉鞋，他执意不肯。后来他的侄女悄悄地帮他买了一双棉鞋。他事必躬亲，经常工作到深夜，还亲自给学生讲课。讲生物学、讲政治、讲“修身”，对学生进行爱国主义和革命传统教育。他常以“贵自学、敦品德、勤琢磨、爱劳动”十二字勉励学生，希望学生能成为德、智、体全面发展的人才。

1981年12月13日，时任全国政协副主席的萧克将军从北京来九嶷山看望乐天宇，见他住的是简陋矮小的木板房，睡的是几块木板搭起来的“摇摆床”，赞扬他“老骥伏枥，壮心不已”。

为改善教学、住宿条件，乐天宇就号召学生继承艰苦奋斗的革命传统，建成一栋3层教学楼，从绘图、烧砖、运料到大楼竣工，不请木工、砌匠，全由师生动手。

经过乐天宇铢积寸累的努力，九嶷山学院越办越兴旺，学生发展到500余人，来自全国19个省、市、自治区。《人民日报》《北京日报》《羊城晚报》《湖南日报》等先后多次报道了他自费创办九嶷山学院的消息，在国内外引起了强烈反响。在日本东京的中国留学生从东京寄来日文书籍《土壤诊断学》《家畜诊断学》等以示支持，国内许多专家教授闻讯也纷纷前来学院义务讲课。北京大学、北京农大、中央民族学院、湖南农学院等院校相继赠送大量图书、仪器。

1983年冬，长期艰苦的生活和超负荷的劳动，终于使乐老积劳成疾，住进了县人民医院，随即又从县人民医院转到省医院。经过三个多月治疗，乐老病情减轻，医生要他回北京疗养，他牵挂着学院的工作，不肯离开，于1984年3月又回到九嶷山学院。他不顾身体虚弱，宵衣旰食地工作，终因年老体衰，心力交瘁，突患脑出血，晕倒在学院陋室。待师生发现后将他护送到县人民医院，终因年事已高，多方医治无效，于7月15日逝世，享年84岁。

乐天宇病危时，中共中央总书记胡耀邦致电宁远县委全力组织抢救。他逝世后，乌兰夫、王震、胡子昂、萧克、王首道、钱学森等人送来花圈，发来唁电，称他“终生效力于人民的教育事业，提倡艰苦创业，自费办学，精神可嘉，高节可风”，表示要“学习他的革命精神，努力完成他的遗愿”。

91 不坐专车坐班车

欧利生

1984 年夏天的一个下午，一阵疾速的大雨倾盆而降，正在县文化局办公室值班的周九宜，突然听到一阵急促的电话铃声，他匆忙拿起电话听筒。

“你好！请问你是谁？”

耳边传来一个既熟悉又陌生的声音：“文化局吗？我是乐天宇，刚从长沙坐班车到了车站，哎呀，雨下得太大，走不了，你要其先弄个车来接我一下吧。”

乐天宇是中国首届农学会主任委员，北京农业大学第一任校务主任（校长），林业科学院一级研究员，第四届全国政协委员，中国林学会第三届副理事长，是宁远人民最熟悉的老革命家、科学家、教育家。1980 年，一级教授乐天宇，不顾八十高龄离北京回宁远，用补发的 5 万元工资款，在九嶷山开办大学。九嶷山学院于 1981 年春正式开学，分设农林、医学、文史三系，学生 200 余人。教师多为兼职，来自省内外大中专院校在职或离退休人员，自愿讲学，不要报酬，完全受乐老无私精神的感召而来。不少一流专家前来给师生开讲座，拓展他们的视野。校舍借占残败不堪的舜庙，教室为九疑公社农业中学破旧木房，学生自备小板凳，膝盖当桌面，晚自习点煤油灯照明，条件异常艰苦，被称为“八十年代新抗大”。

放下听筒，周九宜去汪其先局长处告诉他：“乐老到车站了，雨下得大，走不了，要你想办法弄个车去把他接过来。”

汪其先局长似嗔似赞地说：“这个乐老，省里派小车送他，他不坐，非要坐班车回宁远。我们又没有车，到哪儿去弄车接他。”周九宜在一旁提醒说：“找找卫生局黄局长，看他们的救护车在家不在家吧。”

乐老来九嶷办学，与汪、黄两位局长交情深，还一度聘请汪其先局长担任学院副院长，主管毕业生分配就业工作，所以有事都找他们帮忙，在县城办事就住在文庙汪局长处。

屋外的雨势起起伏伏，雨点一会儿大，一会儿小。

汪局长电话摇了又摇，话音时高时低，眉头越皱越紧。电话打了二十多分钟，还是找不到车。

正当汪局长一筹莫展时，门外出现了乐老的身影，让汪局长喜出望外。原来，乐老见雨点时大时小，走走停停就来到了文庙。

萧克(左一)、乐天宇(右二)在宁远文庙

乐老进了文庙，向局长办公室走来，边走边说："哎呀，雨太大了，雨太大了！趁没雨我就走过来了。"

汪其先局长说："您老人家也是，省委派车送您，您偏不坐，非得自己买票坐班车回，万一路上出点事，叫人怎么办?"乐老说："一车老百姓都不怕出事，我能出什么事啊。公车是办公事用的，我怎么能为我个人去用省委的公车？我这不是很好嘛，大班车空气好，一车的乡音，听着亲切。"

汪局长咧嘴笑笑，无奈地摇摇头，他知道自己无法说服这位老一辈的革命家。其实，来九嶷山办学也是为百姓办事，算是公事。但是，乐老却不这样认为，民办就是民办，不能用省里的公车。不揩公家一滴油，这就是乐老的精神！"一车的乡音，听着亲切"，这话语，让人听了多舒服啊，这就是发扬革命传统，"同群众打成一片"。

92 乐天宇的裤腰带

欧利生

1983年，学校派我去九嶷山学院中文系讲授世界文学史。那时，到九嶷山学院讲课都是尽义务的，没有报酬。我每个星期天上午，讲课三小时。在九嶷山学院，常常听人谈论八十多岁的乐天宇事必躬亲、勤俭节约的事迹。乐天宇教授尽管已经年老多病，仍坚持与师生同住破茅屋，同吃粗茶淡饭，同在一人一张小凳子的露天草坪或敞棚中上课。国家每月给他的350多元工资，除拿出50元作生活费外，剩下的全部充作办学经费。他还亲自带着学生踩泥、打砖、建校舍。有一次，别人送给他四个橘子，他不舍得吃，放在那儿时间久了，有些坏了，他不舍得丢掉，将好的部分挑出来，自己吃了，最后弄的拉肚子。这些传闻给人留下了老革命家保持革命传统作风的深刻印象。

一次，课间休息时，我与乐天宇教授不期而遇。他敞开外衣，让微风吹拂，满脸微笑和我打招呼。他那根捆扎在腰上的裤腰带格外显眼。腰带的颜色已经分不出是红色、蓝色还是黄色，还有一个突出的疙瘩结。总之，一看就知道，布腰带不仅用过许久了，还断过一次。

俗话说："男人看腰，女人看包。"此时的看腰主要是看男人的皮带。社会上还流行一句话："男人有三宝，皮鞋、腰带和手表。"不管你愿不愿意承认，男人腰间最重要的配饰，非皮带莫属。

看见乐老的裤腰带，我忍不住问他："怎么不扎根皮带？"

他回答："习惯了。"

我知道，以前男人普遍扎的是布腰带，很少有扎皮带的。奇怪的是，乐老任过大学校长，又是党的高级干部，却能坚持使用布腰带。

一句"习惯了"，包含着多少值得深思的革命内容啊。

乐天宇在延安抗大工作过，习惯了延安抗大的办学方法，强调发扬延安

精神，继承延安抗大精神，办起了九嶷山学院；在革命工作中，习惯了想人民之所想，急人民之所急，他理解年轻人求知的渴望，宁愿付出自己大部分工资，也要支持高考落榜青年来九嶷继续求学，并常以“贵自学、敦品德、勤琢磨、爱劳动”十二字校训勉励学生，希望学生能成为德、智、体全面发展的合格人才；在日常生活中，他经常工作至深夜，习惯了艰苦朴素，不随波逐流，保持勤俭节约的优良作风。总之，在他的感召下，北京市好些退休的老教授纷纷前来，义务授课。因而，学子成才快、质量高，学校越办越兴旺，学生发展到500多人，来自19个省、市、自治区。为此，《人民日报》《北京日报》《羊城晚报》《湖南日报》等媒体先后多次报道他的自费办九嶷山学院的创举与可歌可泣的先进事迹。从九嶷山学院毕业出来的学子已遍布神州大地，为振兴中华发挥作用。

1984年7月15日，84岁的乐天宇教授逝世。整理衣冠的工作人员，为他解下了打了三个结头的旧布腰带。

93 学生就是他的命

——记舍己救人的蒋双成老师

李国燕

说起天堂镇狮子头村舍己救人的蒋双成老师，只要是知道他的人，无不对他“爱生如子”的模范事迹交口称赞。

蒋双成老师于1973年3月开始在本村小学任民办教师，从此，学生就成了他的心头肉。

蒋双成对学生不偏爱、不歧视，对差生总是从正面鼓励、启发、开导他们，想办法给他们补上缺欠的知识。每学期开学时，一些学生不能按时到校，他就三番五次登门劝学，直到请来为止。个别家境特别困难的学生无钱交学费，他就从微薄的工资中垫付。学生突然生病，他比学生父母还急，常常跑几里路给学生拿药或背送学生回家，有时学生呕吐在他身上，他从不厌烦。学生犯了错，他不是向家长“告状”，而是与家长商量“共教齐管”。他非常注意言传身教，凡布置学生参加的校务劳动，他带头示范指导，就连学生扫教室，每次他都要先帮助洒水。要求学生遵守的制度，他首先遵守。他在任教的13年里，没有因私事缺过学生一堂课。

1986年6月6日下午6时半左右，大阳洞中学有3个学生放学回家，路过潇江130米长的老鸭坝。因刚下过十多个小时的大雨，洪水正在猛涨，3个学生走到第一个坝口时，先后被洪水冲入坝下漩涡。这时在坝南岸的两个学生见有人落水，立即跑到离大坝约300米远的大阳洞完小告急。刚准备吃晚饭的蒋双成等8位同志闻讯，立即奔往出事地点。蒋双成跑在最前面，来不及脱下身上的衣服，第一个跳进激流中，后面的同志分两路相继跳入江中。由于水势过猛，蒋双成同志跳下水后，即被卷入漩涡，另一个同志突进落水学生的漩涡后，立即又被冲了出来。这时，蒋双成见无人再接近学生，心里很着急，但被巨大的漩浪卷击着，不管怎样拼力扑腾，钻水鱼跃，都被漩浪卷了回来。时间就是生命，他鼓起勇气，沉住气，钻入水底，用脚一

蹬，随水势冲出了漩涡，他迅速浮游上了北岸。这时，江岸一名准备下水的村民，发现蒋双成的右脚小腿部碰出了一个很大的伤口，而且见他脸色乌青，劝他不要下水了。他指指水中挣扎的学生：“他们危险，别管我。”说着脱掉背心，从学生落水时的坝口处跳进了学生落水的漩涡。他首先提醒学生不要紧张，要冷静，然后用手尽力托起学生出漩涡。可是漩浪太大，接连三次都被卷了回来。当他接到岸上同志丢下的竹篙后，一手紧握竹篙顶坝基，一手推学生出漩涡，可是竹篙不够长，一连几次都没有成功。在水中经过半个多小时的搏击，因饥饿伤痛交加，精力耗尽，蒋双成被恶浪卷走了。在其他同志的协助下，3 个学生得救了，蒋双成却献出了宝贵的生命，牺牲时年仅 38 岁。

1986 年 6 月 27 日，中共宁远县委、宁远县人民政府下发了《关于开展向蒋双成同志学习活动的决定》，召开千人大会。同时上报行署批准，给予蒋双成同志追记大功一次，宁远县教育局也授予蒋双成优秀教师的光荣称号。

蒋双成同志牺牲后，当地群众为了纪念他，把他安葬在教书多年的学校旁边。

94 见义勇为的解放军战士

邓成仲

和平年代，远离了战争的硝烟，远去了鼓角争鸣，但在人民群众性命攸关之时，他挺身而出，毫不犹豫用一人之力挽救七人的生命，直至牺牲，这是何等的英雄气概！中国人民解放军总参某部一级士官宁远籍战士蒋国政用22岁的青春年华书写了一曲荡气回肠的华美乐章，诠释了人生的无悔追求。

那是2002年4月18日，阳光明媚，春意盎然。蒋国政从首都北京一路辗转回到了阔别已久的宁远县城。县城到老家大阳洞蒋家还有一段距离，蒋国政想到家里慈祥的父亲、可爱的妹妹，归心似箭的他便搭乘一辆货运车往家里赶。故乡的泥土是那么的芬芳，故乡的空气是那么的清新，故乡的人们是那么的亲切。这让离家多年的蒋国政忘记了旅程的疲惫，像游子扑入了母亲的怀抱，陶醉其间。

“不好，车子着火了！”车里有人惊叫，接着就响起噼里啪啦的花炮爆炸声，浓烟聚起，乘客们惊恐万分。这突如其来的事故使司机惊慌失措，由于刹车装置失灵，车在山高路险的下坡路上像脱缰野马向前冲。“大家别害怕，冷静一点，听我指挥。”面对随时可能车毁人亡的危急时刻，乘客们看到一名解放军战士站了出来，指挥若定，恐惧的心渐渐恢复了平静。蒋国政先是告诉司机沉着冷静，把握好方向盘，接着迅速组织乘客有序地跳车。

“把拳头放在下巴下面，双肘并拢，收紧下巴保护头部，着地时顺势滚动！”蒋国政反复叮嘱即将跳车的乘客。因为蒋国政知道，只要保护好头部，姿势正确，就会安全着地。在蒋国政的帮助下，一个年轻人果断跳车，安全着地后站了起来。见年轻人跳车后没事，车上乘客信心大增。第二个、第三个……第六个乘客先后跳车脱离危险。

“危险，还有不到100米车子就要冲到河里了。”“张大叔，快跳啊！”先跳车的六人不约而同地惊叫。张大叔是个50多岁的伤残人，因腿伤行动

不便，试着跳了几次都未能成功，显得十分焦急，用惊恐的眼睛盯着蒋国政。在千钧一发之际，蒋国政毫不犹豫抱起张大叔一同跳车。

张大叔获救了，而蒋国政却因头部撞击到路面的一块石头上当场昏迷不醒。大家迅速围过来，呼喊着这位救他们生命的素不相识的解放军战士。后来，蒋国政虽被及时送进医院，终因伤势过重，抢救无效，光荣牺牲。

蒋国政舍己救人、英勇牺牲后，宁远县委、县政府为他举行了隆重的追悼会，开展了向蒋国政学习活动。总参兵种部党委追认蒋国政为中共党员，并批准他为烈士，追记一等功。2002 年 8 月 14 日，北京朝阳区人民政府追授蒋国政“朝阳区见义勇为积极分子”荣誉称号。2003 年 3 月，北京市人民政府追授蒋国政“首都见义勇为荣誉市民”荣誉称号。

95 警魂千秋

——追忆全国公安系统"一级英雄模范"蒋学远

黎成钢

1964 年 12 月 7 日，蒋学远出生在湖南省宁远县水市镇杉树园村一个十分贫穷的家庭。他的大哥、二姐、母亲先后患病，无钱医治，在蒋学远幼年时期就先后离开了人世。

俗话说："穷人的孩子早当家。"蒋学远 5 岁时就能操持家务，将家里收拾得干干净净。7 岁时虽然到了该上学的年龄，却因家境特别困难，无法上学。村小学的乐会和老师见已到学龄的蒋学远没有到学校读书，就将教科书赊给他，蒋学远才进了学校读书。

蒋学远十分珍惜这来之不易的学习机会，刻苦学习。放学后积极主动打理家务。由于身子不够碗架高，便站在小板凳上洗碗，将碗架、饭桌擦洗得透亮。外人走进蒋学远家，怎么也看不出这个家是由一个年仅 7 岁的男孩打理出来的。

1980 年 7 月，蒋学远高考落榜后，本来想去复读，来年再战。但当他看着贫穷得不能再贫穷的家时，决定在家里协助父亲，把这个家搞好，努力活出个人样来。

村支部书记蒋登合得知蒋学远不再去复读后，认为他年轻，有文化，推荐他担任村团支部书记。

蒋学远担任村团支部书记后，很快将原来几乎瘫痪的村团支部工作搞得有声有色。村团支部先后被乡镇、县评为优秀团支部，他本人被评为宁远县、零陵地区（现永州市）优秀团支部书记。

由于工作成绩突出，1984 年 6 月，蒋学远被当地政府推荐参加全县合同干部招考，以全县第二名的好成绩被录取为乡镇合同干部，安排到了梅岗乡担任乡团委书记。

1986 年 7 月 27 日，蒋学远趁星期天回家协助父亲干农活。蒋学远正在稻田里打农药时，突然听见马蹄古水塘边传来了急促的呼救声，于是，立即丢下身上的喷雾器，不顾一切跳入水塘中，抓住落水的孩子，将孩子救上了岸。

原来，落水的孩子名叫蒋水平，那天去塘边钓青蛙，不幸掉进了塘中。好在蒋学远在不远处打农药，不然后果不堪设想。

1995 年 3 月 22 日，蒋学远到天堂镇天堂村处理民事纠纷时，发现马晓庭家门口有一个衣衫褴褛的小女孩在玩耍，觉得非常奇怪，心想，今天不是星期三吗？小女孩怎么不去学校读书？

原来，小女孩名叫谢春花，家住蓝山县南屏村，是马晓庭岳母娘家嫁在南屏村的同堂妹妹的女儿。因父亲去世后，母亲改嫁不知去向，谢春花不得不跟随同堂姨父马晓庭生活。

得知谢春花的情况后，征得马晓庭同意，蒋学远将谢春花带回了家，像对待亲闺女一样，把她送到天堂完小读书。直到 1996 年 8 月，帮谢春花找到了妈妈，谢春花才离开蒋学远家。

1995 年 3 月的一天下午，蒋学远开着警车回天堂派出所，看见路上有一个怀里抱着一个孩子、手里牵着一个孩子的中年妇女十分焦急地东张西望。

原来，中年妇女名叫杜国秀，走亲戚时，怀里的孩子突然发高烧，哭闹不休，孤立无助的杜国秀只好站在马路边干着急。

得知杜国秀的情况后，蒋学远立即将她和孩子送到了县人民医院，帮孩子挂号、缴费。

等到杜国秀的小儿子吊完吊瓶后，天已经完全黑了下来。得知杜国秀家在离县城 30 多公里外的中和镇白田村后，蒋学远二话不说，将她和孩子送回家。

来到杜国秀家，望着桌上还没有吃完的小半碗酸菜，蒋学远觉得杜国秀家的生活实在是太苦了，将身上仅有的 26 元钱塞给她后匆匆离开了。

第二天上午，蒋学远刚刚出警回来，听说有人找他。到办公室后才知道，原来杜国秀为感谢他，特意拿来两块腊肉和一篮子鸡蛋送给他，蒋学远坚决不接受。

杜国秀见蒋学远不接受她的心意，将腊肉和鸡蛋放在旁边的椅子上，抬腿就走。蒋学远无奈，只好假意收下，跟杜国秀说正好顺路去中和镇办事，要送她回去。

来到杜国秀家，得知杜国秀所在的白田村自然条件相当差，家庭生活极其困难，蒋学远建议杜国秀夫妇进城去做生意，并主动借 2000 元给他们做本钱。

在蒋学远的帮助下，杜国秀夫妇在客运中心开起了饭店。周围的人看见蒋学远经常帮杜国秀夫妇忙上忙下，还以为他们是亲戚，根本没有想到，杜国秀夫妇只是得到蒋学远的一次偶然帮助结下来的“穷亲戚”而已。

1997 年 10 月 12 日，中饭时间早已过了，夜来香酒店的老板刘晓辉正准备打烊休息，只见一个身着警服的中年男子急匆匆地进来吃饭。中年男子点了一个青椒炒肉后，刘晓辉叫他找个位置先坐下来喝杯水，饭菜马上就可以弄好。

然而，还没有等刘晓辉弄好饭菜，中年男子就急匆匆找到她，说在大厅的凳子上发现一个包，里面整整 18000 美元。刘晓辉大吃一惊，心想：吃饭的客人早就走了，有谁会那么大意，竟然将装有那么多现金的包遗忘在餐厅里？

然而，直到中年男子吃完饭，依然没有失主返回来寻找。刘晓辉叫中年男子将包带走，中年男子告诉刘晓辉，他名叫蒋学远，在水市派出所工作。因水市离县城太远了，失主找过来不方便，执意将包交给刘晓辉，等失主返回来寻找。

果然，天将黑下来的时候，失主急匆匆地到酒店寻包来了。原来，那天从台湾回清水桥探亲的老板欧阳美胜在酒店吃完中饭后，将包遗忘在了酒店里。

欧阳美胜得知是蒋学远捡到包之后，立即驱车 30 余里，来到水市派出所，给蒋学远 1000 美元以示感谢。蒋学远婉言谢绝了。

1999 年 9 月 16 日下午 5 时 20 分，鲤溪派出所的电话骤然响起，一条重要线索摆到了所长蒋学远的案头：1998 年在宁远犯案的两名逃犯在广东东莞出现了。

蒋学远放下电话后，立即召集民警研究追逃方案，决定当天就出发广东。晚上 11 时 20 分，蒋学远一行人所乘坐的车辆行至嘉禾县车头桥镇 1803 线毛家桥路段时，由于当地连日暴雨，河水陡涨，几乎淹没了道路桥梁。车辆猝不及防，俯冲水中，重重地砸到了离桥栏 3 米左右的渡槽上，挡风玻璃

及后窗玻璃被震碎，车门根本无法打开。蒋学远发现只有从前面破碎的挡风玻璃处才能出去，立即一只手抓住司机，一只手把住挡风玻璃的框缘，将司机推出了驾驶室，接着帮助其他人往外爬。等所有人爬出去后，他才从挡风玻璃处爬出车外。可是，他刚刚爬出车外，还没来得及喘上一口气，一个浪头打来，将他卷入了漩涡，不知去向。

蒋学远，一个走上所长岗位不到9个月的民警，没来得及跟妻子、女儿交代一句话，就这样在全国追逃专项斗争中匆匆离开了人世。

蒋学远从警虽然只有短短的11年，然而，指挥和参与侦破的各类刑事案件达292起，抓获犯罪嫌疑人334人，为人民群众挽回经济损失120余万元；他安于清贫、恪尽职守，一心扑在工作上，加班加点1226天；他心地善良，乐于助人，先后帮助12名失学儿童重新走进校园，照顾6位孤寡老人的生活，16次被评为“优秀共产党员”“先进工作者”“优秀人民警察”。1999年11月24日，公安部追授他“全国公安系统一级英雄模范”称号。蒋学远用短暂而辉煌的一生谱写了一曲人民警察浩然正气之歌，用生命实现了“人民公安为人民”的誓言，用忠诚与担当铸就了千秋警魂，使自己的生命之花开得无比灿烂。

96 舍身为民耀警徽

——追记“二级英雄模范”李国勤同志

李国燕

1965 年 7 月 8 日，李国勤出生在宁远县柏家坪镇礼仕湾责任区彭家村一个农民家庭。1985 年 7 月，李国勤从警校毕业后被分配到宁远县公安局鲤溪派出所当民警；1986 年公安机关在乡镇建立派出所时，他被任命为荒塘瑶族乡派出所所长；1989 年 6 月，他被调入宁远县公安局刑侦大队任正股级侦查员；1996 年 11 月，李国勤到治安情况复杂的中和派出所任所长。

1996 年 12 月 28 日上午，李国勤与中和镇主管政法工作的副镇长聂佳树带领本所民警王迎春到该镇慕投责任区新村调处一起伤害案件，并调查被上海市金山县公安局通缉的特大批捕在逃嫌疑犯欧阳普杰是否潜逃回家。当天中午，民警王迎春通过秘密调查，得知欧阳普杰潜回了中和的老家。便于下午 4 时将此事向所长李国勤作了汇报。案情就是命令，李国勤即刻带领王迎春去抓捕欧阳普杰。途经慕投农贸市场时，发现欧阳普杰正在看他人打麻将，两人迅速将欧阳普杰扭住，欧阳普杰拼命挣扎。王迎春将欧阳普杰摁倒在地，当李国勤掏出手铐时，欧阳普杰自知罪孽深重，凭着高大身体拼命拒捕，并抢过手铐猛击李国勤和王迎春的头部。欧阳普杰父亲闻讯赶来对抗抓捕，欧阳普杰趁机挣脱逃跑。

民警王迎春按照枪支使用规定，立即鸣枪警告，欧阳普杰不但不听警告，反而继续加速逃跑，王迎春依法采取果断措施将欧阳普杰当场击毙。其父欧阳中秋的右腿也被贯穿的流弹击伤。这时，欧阳普杰的父母唆使一些歹徒和曾被公安机关处罚过的人制造混乱：“公安民警抓赌打死人了，要杀人偿命。”并将李、王两民警团团围住。欧阳普杰的母亲和姑妈欧阳道凤等用石头、红砖、酒瓶等不断朝两民警头上乱砸，李国勤在头部被酒瓶击破、身体多处受伤的情况下，为了使欧阳中秋的伤得到及时治疗，他便抱着欧阳中秋，对闻讯前来制止歹徒行凶闹事的村干部欧阳冬良说：“快去找一辆车来拉欧阳中秋去医院治疗。”

同时，他意识到这伙歹徒手持凶器，来势汹汹，有可能会对王迎春下毒手，其后果将不堪设想。为了王迎春的生命安全，他果断命令王迎春快速脱离危险区向局里报告情况，自己则留下来处理善后工作。嫌疑犯亲属和一些歹徒见王迎春离开，便拼命追赶寻找王迎春，未果。其他歹徒便集中用棍棒、石块对李国勤猛击，情况十分危急。见此情景，村干部欧阳冬良和在场群众欧阳守志、欧阳志平将李国勤护送到慕投责任区干部谢运清家。谢运清夫妇当即对李国勤采取了保护措施。但等欧阳冬良去寻找副镇长聂佳树、谢运清上楼打电话报案的时候，嫌疑犯的亲属带领一伙歹徒闯进慕投责任区，踢烂谢运清家的门，将李国勤拖出屋外，丧心病狂地用砖块、石头、棍棒等凶器对李国勤的头部等多处进行毒打。李国勤在生命垂危的情况下仍对毒打他的嫌疑犯的亲属们说：“你们不要打我了，快把欧阳中秋送到医院治疗。”随后，李国勤终因伤势过重，于当日下午 5 时壮烈牺牲，年仅 31 岁。

李国勤一生是短暂的，但又是辉煌的。他用短暂而又辉煌的一生谱写了一曲人民警察的正气之歌，他用生命和鲜血实现了他为民伸张正义、扬善除恶的誓言。

1996 年 10 月 31 日，中共宁远县委、宁远县人民政府在县体育馆为他举行了隆重的追悼会，数万群众为其送葬。湖南省人民政府追认他为革命烈士，公安部授予他“二级英模”称号。

97 献身强军目标的好兵——李影超

黎成钢

1992 年 1 月 12 日，李影超出生在保安镇大山背村。

2012 年 10 月的一天，正在广东打工的李影超得知征兵消息后，立即回乡报名，最终如愿以偿，实现了军人梦。

2012 年 12 月，李影超入伍仅半个月，所属的“尖刀连”就接到了去西藏执行驻训维稳的任务，新兵们对此议论纷纷。

李影超跟其他新战士一样，心里十分矛盾。心想，我是来当武警的，现在不能去西藏驻训维稳，一定得写个留守申请。李影超头脑一热，立即写好留守申请书交了上去。

留守申请书交上去不久，李影超就后悔了。他得知连长王贺宽与未婚妻相恋多年，本来决定 12 月 1 日举行婚礼，可是，接到去西藏执行驻训维稳命令后，王贺宽毅然选择接受军令，推迟了婚礼。接下来又听说部队共有 20 多名官兵因为去西藏执行驻训维稳任务推迟了婚礼，有 40 多名官兵的妻子分娩、6 名官兵的家人病故，可在“家”与“国”之间，战友们全部选择了“国”，义无反顾地赴藏维稳，诠释了“有国才有家”的真正内涵。

连长王贺宽和战友们的行为给李影超上了一堂生动的政治课。经过激烈的思想斗争，李影超要回了留守申请，随新兵连踏上列车，赶赴边疆驻训维稳。

火车快到格尔木时，战友们开始出现不同程度的高原反应。个子不高、身体瘦弱的李影超紧皱着眉头，脸色发白，嘴唇渐渐变成青紫色。

班长王侃看见李影超的面部表情，立即命令他到卧铺车厢去吸氧。然而，吸氧还不到 5 分钟，李影超得知一位内地中年妇女因高原反应晕倒了，正在寻找氧气，立即将氧气瓶让给了她。中年妇女的丈夫有感于李影超的举动，拿出 1000 元钱塞到李影超手里答谢他，李影超婉言谢绝了。

2014年3月的一天晚上，战友林宝龙发高烧，躺在床上不能动弹，身材矮小的李影超咬紧牙关，背着身材高大的林宝龙踉踉跄跄来到了卫生室，彻夜守候在林宝龙病床前，为林宝龙喂水、喂药、喂食。看到林宝龙怕冷，他又脱下外套，给林宝龙套上。

2014年5月的一天，驻训点后面小河上的木桥被山洪冲塌，过桥群众随时都面临危险。维修木桥时，因为架设木桥的木头实在太重，难以固定，战友刘洋脱了衣服打算下水，李影超一把将他拦住："我会游泳，让我来！"说完抢先跳下了河。薛勇的擒敌术掉了队，李影超主动给他当陪练。

李影超平常生活十分节俭，可每当战友家中有困难时，却总是慷慨解囊。三班战士李宇恒的父亲意外受伤住院，李宇恒只是饭后跟李影超提了一下，李影超便将积攒了一年的4300元钱全部拿出来塞到李宇恒手里，让他寄回家给父亲疗伤，从不提还钱的事。李影超牺牲后，有4位战友眼含泪水把李影超借给他们的钱如数送到他父母手中。

2014年3月，李影超所在的部队接到了奔赴新疆驻训维稳的任务。在炊事班干得风生水起的李影超得知消息后，向连长王贺宽递交了请求调回战斗班排的申请。

李影超调回战斗班后，与战友们一起奔赴新疆和田，主动请求到反恐斗争的前哨——315国道民丰县尼雅河大桥卡点执勤。

2014年7月25日凌晨1时左右，一辆中巴车闪亮的灯光划破夜空，向尼雅河大桥方向射来。在执勤民警的示意下，中巴车停车接受例行检查。李影超和战友刘洋登上中巴车后，一名男乘客的眼神引起了李影超的警觉，李影超立即对刘洋做了暗示。刘洋不动声色地向男乘客走过去，与李影超一道对其形成前后夹击之势。男乘客感觉到了危险，突然站起来，一只手快速向后背摸去。

说时迟，那时快，李影超一个箭步冲上前，挥起手中的警棍用力一击，男子瞬间向侧后方倒下去，刘洋顺势将其按住，铐上手铐，干净利落地将其制服，车内其他乘客都被眼前的一幕吓懵了。经查实，此人竟是一名通缉犯。

2014年9月7日，就是农历八月十五中秋节前一天，在早餐时，连队给每位官兵发了四个月饼，李影超一口没吃，想等中秋节晚上给爸爸妈妈打个电话，问候完他们再吃，分享合家团圆的感觉。可是，万万没有想到，李影超的这份孝心还没尽到就永远离开了父母，离开了战友。

9 月 7 日晚上，李影超给新战士蒋晓光介绍完连队的情况后，主动承担了营区自卫哨执勤。凌晨 1 时，原本轮到蒋晓光执勤，李影超休息。但是，蒋晓光突患感冒，李影超主动申请替蒋晓光多站了一班岗。紧接着，9 月 8 日中秋节上午 9 时，李影超又站在了属于自己的那班岗位上。这时，连续站了一个晚上岗的李影超突发心脏病，全副武装地倒在了执勤哨位上，再也没有起来。

李影超在短短的不足两年的军旅生涯里，参加一线执勤 1500 多个小时，参与处置治安事件 50 多次，制止械斗 26 起，抓获犯罪嫌疑人 13 名，救助各族群众 20 多人，被连队评为“执勤能手”。先后替 10 多位生病战友站过岗，手把手教过 7 名新兵叠被子、整理内务，帮助 15 名战友提高军事训练技能，资助 4 名家庭困难的战友……

中央军委副主席范长龙、许其亮得知李影超的先进事迹后做出重要批示，中宣部下发了《关于做好李影超先进事迹宣传报道的通知》，中央电视台、《人民日报》、《光明日报》、《解放军报》、《经济日报》、《中国青年报》等各大媒体纷纷报道李影超的事迹，号召向李影超学习。学习李影超胸怀理想、敢于担当，懂事孝顺、乐于助人，疾恶如仇、不怕牺牲，恪尽职守、乐于奉献的精神；学习他在平凡的岗位上始终保持强烈的事业心和责任感，谱写出了出彩青春的壮丽旋律；学习他生动诠释的新一代革命军人的价值追求和时代担当精神。

98 扶贫“战士”朱国敏

荆道滨

2020年6月5日早晨5时许，宁远县保安镇扶贫干部朱国敏起床去巡查烤房时突发心脏病，倒在了离家门不到20米的地方，身上穿着的还是他头天穿着的带泥土的衣裤。他的生命永远定格在46岁，永远定格在脱贫攻坚的征途中。

朱国敏1993年参加工作，1997年1月入党，一直在保安镇工作。27年的坚守，让他对保安人民有了特殊深厚的感情，他把自己所有的心思、智慧和力量都用在了全心全意为人民服务上。

保安镇是经济比较落后的乡镇，烤烟是扶贫的支柱产业。前两年，农民种烟的积极性不高，烤烟种植面积还不到2300亩。为了发展壮大烤烟产业，2020年2月，镇党委征求朱国敏的意见，调他到综合组，主抓全镇烤烟生产。朱国敏患有心脏病，做过两次心脏搭桥手术，妻子担心他的身体，坚决不同意，但朱国敏毫不犹豫地答应了。

朱国敏说干就干。他带着烤烟组的同志，进村入户没日没夜做工作，把烤烟种植落实到田到户。保安镇鲤塘村有一户烤烟大户，开始准备种40亩烤烟，因妻子生病放弃了。眼看错过了种植季节，镇里也打算放弃，但朱国敏凭着一股子韧劲，通过多方寻找，到禾亭镇新天村引进一名烤烟种植大户种好了这40亩烤烟。经过朱国敏等同志的艰苦努力，2020年保安镇种植烤烟3024亩，比2019年增加700多亩。

烟叶一天天长大，朱国敏的干劲一天比一天足，工作也一天比一天累。他每天早晨4点多起床，打着手电筒，对中心铺片区6处的烤房群和种植区巡查一遍后，6点半左右赶到镇机关食堂吃早餐，吃完早餐又到保安片区巡查一遍，8点回到镇机关汇报和安排工作，随后再到田间地头督促指导生产，每天忙到晚上11点多钟才回家。

2020 年五一假期前夕，很长一段时间没有下雨，保安镇的烤烟面临大面积旱死的危险。五一假期期间，他没有休息，而是一头扎进烤烟田里，指导烟农浇水抗旱。一个星期下来，太阳把他全身晒得漆黑，回家后连妻子都不敢相认。在他的指导下，保安镇 3000 多亩烤烟度过了危险期。

6 月 3 日晚上，受暴风雨影响，整个保安镇停电，汉下片区的烤房正在烘烤烤烟，如果停电时间太长，烤房里的烤烟就会全部成为废品，烟农一年的辛苦就会白费，朱国敏急得像热锅上的蚂蚁，四处打电话求救，终于在一个项目工地借了一台 30 千瓦的发电机，保证了烟房的用电，这天晚上他一直忙到凌晨 2 点多。镇党委书记毛昌麒要求朱国敏调休，朱国敏硬是不从，说自己没有那么娇气。

6 月 4 日，也就是朱国敏去世的前一天，朱国敏依然像往常一样，早晨 4 点多起床，巡查烤房，上午陪 S345 线工程指挥部查看施工情况，下午帮省里测量队协调工作，晚上收集整理资料，回到家已经是 11 点 45 分。妻子像往常一样为他准备好了热水。工作 20 多年，从来没有说过一声苦累的朱国敏破天荒地对妻子说："我累了，想先睡会儿。"说完便睡着了。

6 月 5 日早晨 5 点左右，心系群众、实干担当的朱国敏，带着对扶贫工作的满腔热忱，带着对妻儿老小的无限眷念倒在了扶贫路上。面对整天忙到没有时间在家吃上一口热饭的丈夫，看着他身上那件还来不及换下的脏衣服，他的妻子伤心地说："你啊，终于肯停下来休息了……"

不问花开几许，只问初心依旧。在脱贫攻坚的决战中，朱国敏用生命践行了共产党员的初心，如同划破夜空的流星，迅忽而耀亮。

99 一位红军后裔的家国情怀

黎成钢

提起中和镇河西村的林祥胜，无人不知。不仅仅因为他曾经担任过新田县的县委书记、永州市人民政府副巡视员和全国第五届人大代表，更重要的是因为他作为红军的后裔，传承红色基因，从厅级干部位置退休后，自愿放弃大城市的安逸生活，回家乡担任村党总支第一书记，带动村民成立养鸡专业合作社、生姜种植合作社、特种养殖合作社，干了许多令组织满意、村民叹服的好事、实事，让偏远贫穷的小山村朝着拥有现代生活水准、产业振兴的新农村方向发展。

林祥胜于1942年1月出生在中和镇牛漯村一个贫苦农民家庭。解放前的牛漯村只有五户人家，不足30人。林祥胜的父亲林智修于1931年在江西广昌县参加红军，在1934年第五次反“围剿”时，为掩护红军战略转移，身受六处重伤，在阵地昏死过去。三天后被当地地下党组织发现，并实施抢救治疗。林智修痊愈后回到牛漯村隐居，从不谈自己在部队的光荣历史和英雄事迹，过着平淡而艰苦的生活，直到1961年去世。

从小受父亲影响的林祥胜勤学好问，处处严格要求自己，一步一步将自己磨砺成了为人民服务的好公仆、好领导。

林祥胜退休后自愿回乡担任村党总支第一书记，不仅没有拿过村里一分钱工资，而且还把自己的退休工资和多年积蓄全部用于村里的各项基础设施建设。同时，积极争取项目资金，三年累计投资500余万元，扩宽村道4.5公里，新修、硬化村道1公里；修缮排灌渠3公里，整修山塘、水库5口，新增蓄水量2万立方米，彻底解决了800亩稻田的排灌问题；新修综合服务平台300平方米、娱乐场所5处1000余平方米，促进了农村精神文明建设。

在努力抓好村里的各项基础设施建设的同时，林祥胜积极引导村民走合作共富、产品专业、农商一体的发展之路，打造和培育了烤烟、超级稻、香土鸡、槟榔芋、百香果、牛蛙、蔬菜等基地。村里的烤烟种植面积和产量占全镇的50%，年增产值500余万元。

河西村虽然不是贫困村，但有100户贫困户。为了让他们早日摆脱贫困，年近八十的林祥胜亲自创建种养殖基地，免费为贫困户提供住房、鸡舍和养殖技术，为贫困户提供就业岗位，先后带动200多名剩余劳动力在家门口就业。为让所有的贫困户脱贫，林祥胜经常一户一户了解情况，采取一户一策、一人带一户的帮扶措施，三年内让100户贫困户全部脱了贫，其中牛漯红军村的贫困户平均增收20余万元，真正做到了贫困户脱贫一户都不少。

牛漯自然村虽然是一个名不见经传的小山村，但在解放前这个小山村竟然有一人参加红军上了井冈山，一人参加株洲赤卫队，一人参加抗日自卫队，两人参加国民革命军抗日，一人参加抗美援朝战争，是典型的红色之地。为歌颂这些红色军人的功德，传承他们的革命精神，林祥胜举全家之力，自掏腰包200多万元，走访了5省17县98个村，查阅相关资料，访问了60多位80岁以上的老人，采集资料十多万字，复建5栋古宅，新建1个文史馆、1个植物园、1个河道健身场，将牛漯自然村打造成了红色基地，并更名为红军村。红军村建成后，各地游客纷纷前往参观、游览，每年前往参观、学习的各级领导干部近千人。截至2020年年底，到红军村开展主题党日活动的党员和观光人数达8800多人次。宁远县委组织部将红军村定为宁远县委党员干部教育现场教学点，以激励党员干部弘扬地方红色文化精神。

有人问林祥胜，为什么八十高龄了，不在城里好好享受天伦之乐，还要回家乡来吃苦？林祥胜笑着说："因为我是一名光荣的中国共产党党员，红军后裔，身上双重责任时常提醒我，为官不在位高权重，而在于为民造福；为民不在位卑言轻，而在于为国为民奉献。做人一定要做到不忘初心，牢记使命，竭尽所能为社会奉献光和热。"谈到今后的打算，林祥胜充满期待："竭尽已能，进一步弘扬红军村的红色文化，争取将红军村打造成为全县乃至全市的红色教育基地；帮助养殖户做大做强养殖业，为社会提供无污染的绿色食品，继续开展社会扶贫和教育扶贫，让村民过上更好的生活。"

100 “逆行”天使

——宁远县驰援湖北黄冈抗疫故事

成石华

宁远需要派四名医护人员支援湖北抗击新冠肺炎的通知一出，宁远县人民医院呼吸内科医生屈桂月、呼吸内科护士长李芳、神经外科护士刘琴、急救中心90后护士李佳慧等数十名医护人员主动请缨，要求出征参加湖北疫情防控和医疗救治工作。经过筛选，最终选派屈桂月、李芳、刘琴和李佳慧驰援黄冈。

由于时间紧，她们没来得及和家人道别，便剪发轻妆，奔向湖北黄冈。出征时，院领导叮嘱：“你们四位代表宁远参战，使命光荣，责任重大，既要英勇善战，又要做好防护。”面对领导的叮嘱，呼吸内科主治医师屈桂月说：“请大家放心，我们将全力以赴投入抗击疫情和救治患者的战斗中去，不负全县人民重托，不辱使命，用心用情救治病人。”

屈桂月是一位有两个小孩的妈妈，疫情开始时，她就一直奋战在抗疫第一线。出发前，她怕自己在宝宝面前掉眼泪，只能把对孩子的挂念压在心底，对父母只是说去学习。

李芳只将驰援湖北的事告诉了她老公，却瞒着爸妈，瞒着孩子，不敢与他们告别，怕自己控制不了情绪。她说，她没有什么能给家人的，唯一能给的，就是不辱使命战胜疫情，保护好自己，等平安归来以后，再好好地陪他们。

刘琴出征前只将驰援黄冈的事告诉了她爸爸，却不敢跟妈妈说，因为她妈妈身体不好，怕她担心。临行前也只与男朋友通了一个电话，男朋友的一句“你去吧，我在家等你”让她觉得暖心不已。

李佳慧报名时就以强烈的使命感和责任感，坚定地说：“我去，我要救助更多的人。”当院里批准她的请求后，她只跟家人作了简短的告别，便踏上了赴鄂的征程。

2020年2月11日至3月22日，是她们在黄冈共同抗疫的日子，她们先后在英山县人民医院和大别山区域医疗中心救治患者。在一个多月的抗疫日子里，她们与患者生死相依，日夜奋战，在救治过程中，个个斗志昂扬，热情满怀。

入鄂之初，她们只在黄冈经过了两天紧张而有序的专业培训和严格考核，便于2月14日前往英山县人民医院感染科，全面接管新冠肺炎患者的医疗救治任务。

在抗疫过程中，她们克服各种困难，冒着自己也会被感染的危险，精心救治病人，留下了许多感人的故事。

进入隔离病房前，为了穿好防护服，她们每天都要提前半小时上班。防护服是里三层、外三层，手套、口罩各两层，用她们自己的话说就是穿着防护服活像一只胖胖的企鹅。每当她们从隔离病房出来时，脸上深浅不一的勒痕让人心疼，但她们却认为这是在抗疫中得到的最美的“勋章”。

在黄冈的一个多月抗疫救治中，既有让她们感到不安的地方，更有让她们感动的故事。

不安的是，她们在救治患者时，也担心自己被感染。刘琴在发回来的一封家书中说：“其实，我们也害怕，我们也是‘血肉之躯’，哪有不怕的？”李芳到英山的第二天，怀着几分悲壮地对刘琴说：“如果我不幸被感染而离世了，我愿意捐献我的遗体，帮助研究攻克病毒。”

在英山县人民医院感染科接管的新冠肺炎患者中，有一个9岁的小男孩。他与他的伯母在病房中互相照顾，互相鼓励，非常可爱。为了密切关注这个小男孩的病情，了解小男孩的需要，扫清小男孩抵抗病毒道路上的障碍，四名医疗队员除了对这个小男孩仔细诊断，精心治疗外，还从生活上关心照顾他，从心理上疏导爱护他。为了给小男孩补充营养，李芳和其他三名队员买了水果和牛奶给他。为了能让小男孩安心治疗，还鼓励他多运动，增强抵抗力，并督促他复习功课。隔离病房的电视机坏了，小男孩不能看动画片闹着要回家，李芳立即找来维修员把电视机修好，小男孩高兴地说：“我又可以看到最喜欢的动画片啦！”小男孩还让邻床的姐姐发微信感谢李芳。四名队员看到小男孩由最初的不肯配合治疗到后来的积极配合治疗，再到慢慢康复，感到自己所做的一切都是值得的。小男孩出院时可爱的笑脸，让她们至今难以忘怀。

有一对老夫妻，身体本来都不好，又不幸感染了新冠肺炎。入院治疗时，老爷爷病情相对重一点，上了心电监护，吸了氧气，老奶奶的病情较轻，但年龄大了，也需要照顾。四名医护人员把心灵安慰作为最主要的治疗手段。为此，她们除了日常的精心治疗外，每天都轮流看望两位老人，陪他们俩聊天，还买些营养品和水果安慰他们俩。在她们的关心爱护和精心治疗下，两位老人开开心心，爱意融融。面对四名医护人员的悉心照顾，这对老夫妻经常叮嘱他们："你们要保护好自己，不要因为我们而感染。"

一位70多岁的曹老爷子，因为四名医护人员的全力救治，病情渐渐好转，出院前，为表谢意，他用颤抖的双手拿出身上仅剩的几百块钱，执意要送给四名医护人员，被她们婉言谢绝了。有一个肿瘤晚期的高校老师，出院前特意托人给四名医护人员做了一面锦旗，以示感谢。

在大别山区域医疗中心，有一位50多岁的吴阿姨患了肝癌，又不幸感染了新冠肺炎，她渴望自己能多活些日子，渴望没有疼痛。四名医护人员为了提高她的生活质量，主动关心她，抽空陪她聊天、唱歌，帮阿姨梳理头发、修剪指甲，陪她快乐地度过每一天，让她对生活充满希望。

决战黄冈，不辱使命。经过连续几十个昼夜的奋斗，她们与病毒抗争，为生命护航。2月27日英山县人民医院确诊病例清零，3月17日大别山区域医疗中心确诊病例清零。黄冈"战疫"大功告成，宁远援鄂医疗队屈桂月、李芳、刘琴、李佳慧四名同志受到了英山县人民政府的高度赞扬。中共英山县委、英山县人民政府授予宁远县人民医院"千里驰援携手战疫，无私奉献大爱无疆"的锦旗。屈桂月、李芳、刘琴、李佳慧四名同志获得了英山县的感谢状和黄冈的"荣誉市民"称号。

参考书目：

1. 屈桂月、李芳驰援湖北黄冈抗疫日记。
2. "健康宁远"新闻报道。

编后语

“洞庭波涌连天雪，长岛人歌动地诗”。革命胜利来之不易，筚路蓝缕，换来“芙蓉国里尽朝晖”。奋斗百年路，启航新征程。在中国共产党成立一百周年之际，根据《关于贯彻落实习近平总书记考察湖南重要讲话精神，深入开展“红色教育在宁远”学习活动的实施方案》的要求，为深入挖掘宁远红色资源，讲好红色故事，办好红色教育，让红色基因代代相传，宁远县委组织部高瞻远瞩，决定编辑出版《九嶷红霞——宁远红色故事百年百篇》，为党史学习教育及时提供精神食粮。

纪念建党一百周年之日，《九嶷红霞——宁远红色故事百年百篇》能与读者见面，及时出版发行，关键之举全在于高位运行、高效编辑、高质出版。

高位运行，指的是各级各有关部门的领导从策划到实施的各个阶段，不仅提出指导思想和原则，还亲自联系引荐有关部门。县委书记肖质彬亲自给予指导，并与县长唐何一道为本书写序。县委组织部部长陈李勇亲自出面联系有关单位领导督促工作进展。副部长郑敏娟积极参与具体的编辑工作，带头改编红色故事。组织部的负责同志对编辑工作紧抓不放，及时上下联络，从大处着眼，细微处着手，部署工作，服务周到，为编辑工作提供了良好的环境。湘潭大学出版社从选题最初的策划开始，就参与了所有工作。第一次编辑部会议，出版社领导亲自到会并作重要发言，阐明了指导思想和编写要求，让编辑部成员受益匪浅。在编写过程中，出版社一直在跟进，及时提出建议，使本书编辑少走弯路。永州市委党史研究室收到稿件后，李祥红主任与高爱国、郑经纬副主任及时组织研究室全体党史研究员阅读稿件，就稿件的导向性、真实性、涉密性组织评审会议，与会专家提出了许多中肯的改进意见。宁远中共党史联络组全力投入编撰工作，提供了所有资料，全员参与了撰写编辑红色故事。宁远县委党史研究室及时核实故事史实并积极与上级机构联系，上报本书稿件。

高效编辑，指的是本书编写团队集中精力集中时间高效工作。我们组织了对宁远革命历史素有研究的创作人员，挖掘宁远的红色资源，搜集宁远的有关资料，撰写红色故事。同时，组织部发布《征稿启事》，发动群众，征集稿件。自2月25日发布《征稿启事》，到截止日期3月20日，不到一个月时间内我们共收到各类稿件140篇。在广泛征集红色故事的基础上，组建编辑部，精选稿件、认真编辑。对稿件的要求，坚持把好思想关、史实关、语言关，每个故事做到可读可讲。

在写作编辑过程中，我们把握了五个方面的原则：

一是要有鲜明的政治性。故事主要讲述共产党领导下的人和事，具有鲜明的政治立场。我们选择的故事内容紧扣共产党领导下的各项大的政治运动，展现艰苦卓绝的斗争过程，述说惊天地、泣鬼神的故事。

二是以史为据，突出重点。选择的每一个故事，主要内容不离史实。每个故事都经过市、县党史研究室评审通过才能选用。

三是以主要内容反映的时间为序。本书内容划分为五个部分，即“星火燎原”“长征组歌”“抗日烽火”“和平解放”“英雄辈出”。“星火燎原”反映的内容以大革命时期工农运动为主；“长征组歌”反映的内容以红军长征过宁远出现的人和事为主；“抗日烽火”反映的内容以抗日斗争为主；“和平解放”反映的内容以1949年11月16日达成和平起义协议的前后两年发生的事件为主；“英雄辈出”主要反映的是社会主义建设时期的重大事件、英雄人物和劳动模范故事，这些故事主要展现英雄人物和劳动模范崇高的奉献精神。各阶段的具体划分时间有意模糊，以便历史延伸和评价。

四是要求故事性强，趣味耐读。我们力求将“史”的严谨性与“事”的通俗性结合起来，依据史，但又不拘泥于史，尽量减少与主题主线无关的史料，方便中小学群体的阅读。

五是相互独立，各自成篇。故事要求短小精悍，便于记忆；独立成篇，便于讲述。每个故事篇幅不长，重在以小见大，力求还原历史现场，希望这些故事在用于演讲时，能讲出革命精神，体现红色故事的时代价值；用于阅读时，让大家读有所感、读有所获、读有所悟。为了生动再现这些可歌可泣的故事，我们邀请了三位专业画家，为部分故事创作了与史实、场景相对应的插图。

高质出版，要求做到稿件精雕细磨，编校严格规范，排版美观，印制精良，自始至终把本书的出版作为一项党史教育的政治任务来完成。

为了提高本书编写质量，我们明确了本书各部分的主要负责人，“星火燎原”部分的主要负责人为唐太培、“长征组歌”“抗日烽火”部分的主要负责人为李治军、“和平解放”部分的主要负责人为朱洪、“英雄辈出”部分的主要负责人为李国燕。编辑部还加设了一道关口，由成石华、黄国庆、胡吉雄组成审稿组，对各部分主要负责人看过的稿件，再审查一次，然后统稿。在出正稿清样之前，我们选出了25个故事，由宣传部推荐到各个乡镇、县直单位和学校试学试讲，收到了较好的效果。

本书取名《九嶷红霞》，“九嶷”点明了地域范围，即为宁远县域。“红霞”是内容的定位，出自毛主席诗句“红霞万朵百重衣”。红色是一种信仰，象征着红色基因的传承。

在搜集资料、编写《九嶷红霞——宁远红色故事百年百篇》的过程中，编写人员不仅进一步了解了宁远的革命斗争史，加强了红色基因的素质培养，提高了不忘初心的自觉性，还解决了宁远党史悬而未决的两个问题。

一是红军长征时毛泽东是否经过宁远。陈贵斌在《惊天动地的长征》一书中叙述遵义会议，有这样一段话：“毛泽东接着说：‘从江西出来，我不掌兵，没有发言权，但也提过与德怀同志类似的建议。我记得红军到达宁远地区后，我就对红军的进军方向提出过建议：红军不要过潇水，应沿潇水东岸经保和圩、雷家坪等地，攻占零陵的栗山铺，再向东北攻祁阳，过湘江，在两市镇或宝庆一带与敌决战，然后再返回中央革命根据地去。但是这一建议也被我们的决策者们束之高阁了。’”由此可见，红军长征时，毛泽东经过了宁远，在宁远还提出了新的行军方案，可惜未被采纳，红军损失重大。

二是红军在长征中是否攻打过宁远县城。宁远相邻各县，在红军长征经过时，都被红军攻占过。过去党史资料只说经过县城旁，这次新的研究资料表明，1934 年 11 月 18 日，在朱德发布的命令中，有“迅速攻占宁远城”的内容。萧锋将军在日记中写道：“十一月二十三日阴 雨 经过一天半准备，晚 10 时向宁远城发起进攻。我一营进抵南关（南门桥），突击队多次组织登城，战斗越打越激烈，至午夜撤出战斗。据一俘虏供：昨晚何键两个团和薛岳一个团已入城，敌人还有 8 个师正向宁远集结，要堵击我军行进。决心撤出是正确的，要准备完成粉碎薛、吴纵队追堵的任务。”资料证明，红军攻打过县城两个小时，因敌人 8 个师的援兵向宁远集结，只好撤出战斗。

我们编写本书，力求突出纪念意义、红色基因、传承价值，因此选取内容限于在建党百年中发生的动人故事，紧扣在共产党领导下，各个革命时期有代表性的人和事。解放以后的故事，不仅有战火中的烈士，也有舍己救人的英雄；不仅有青壮年，也有少年儿童，尽力体现红色基因传承的意义。这本书具有党史教育的时代感和宣传讲用的现实意义。由于编写本书还有着中国共产党成立一百周年的纪念意义，因此我们选择了红色故事一百篇，这些红色故事构成了一幅丰富多彩、起伏跌宕的革命历史人物长卷，展现出老一辈革命家、革命先烈及革命志士的崇高精神和优秀品质。

许多先辈和英雄烈士已经离我们而去，但是他们留给宁远的革命精神光耀千秋，是我们共产党人的重要精神源泉。我们希望本书能够发挥教科书的作用，激励广大党员群众厚植爱国情怀、坚定奋斗意志，把红色火种播进一代代年轻人的心中。我们期待本书的出版，能为深化宁远革命历史研究、挖掘宁远红色资源、传承宁远红色基因提供有益参考。我们盼望此书给读者特别是广大青少年以知识的汲取、心灵的震撼、精神的鼓舞和思想的启迪，为大力弘扬中华民族优秀的革命传统文化，积极培育和践行社会主义核心价值观贡献一份力量。

组稿编辑出版工作经历了一个艰难而又复杂的过程。付出汗水，终有回报，我们为这本书的翔实和新颖感到欣慰，为这本书的通俗和实用感到满意。

今天，《九嶷红霞——宁远红色故事百年百篇》终于与读者见面了，借此机会，首先感谢出版社全体同志，感谢他们为我们的辛勤付出。

还要感谢省、市、县党史研究单位，为本书历史史实核实把关。

感谢组织部的同志精心安排，具体指导，周到服务。

感谢档案馆，为本书写作提供档案资料。

感谢县属各单位及各乡镇组织有关人员撰写稿件，支持编辑。

这次《九嶷红霞——宁远红色故事百年百篇》的编写工作，由于时间紧，资料搜集面相对狭窄，特别是我们的学识水平不高，遗漏和差错之处在所难免，敬请读者批评指正。

最后需要特别说明的是，本书出版后，我们已向大部分作者支付了稿酬，但因部分作者联系方式不详，暂时无法完成稿酬支付。希望相关作者见此信息及时与宁远县委组织部（电话：0746－7237113）联系，我们将按规定支付稿酬。

《九嶷红霞》编纂委员会主编　欧利生

2021 年 6 月

图书在版编目（CIP）数据

九嶷红霞 ： 宁远红色故事百年百篇 / 《九嶷红霞》编纂委员会编著． -- 湘潭 ： 湘潭大学出版社， 2021.6
ISBN 978-7-5687-0573-8

Ⅰ．①九… Ⅱ．①九… Ⅲ．①革命故事—作品集—中国—当代 Ⅳ．①I247.87

中国版本图书馆 CIP 数据核字（2021）第 102565 号

九嶷红霞 ：宁远红色故事百年百篇

JIUYI HONGXIA：NINGYUAN HONGSE GUSHI BAI NIAN BAI PIAN

《九嶷红霞》编纂委员会　编著

策划编辑： 蒋海文
责任编辑： 李志红　王正杰
封面设计： 李　平
出版发行： 湘潭大学出版社
社　　址： 湖南省湘潭大学工程训练大楼
电　　话： 0731-58298960 0731-58298966（传真）
邮　　编： 411105
网　　址： http://press.xtu.edu.cn/
印　　刷： 长沙鸿发印务实业有限公司
经　　销： 湖南省新华书店
开　　本： 710 mm×1000 mm 1/16
印　　张： 18
字　　数： 324 千字
版　　次： 2021 年 6 月第 1 版
印　　次： 2021 年 6 月第 1 次印刷
书　　号： ISBN 978-7-5687-0573-8
定　　价： 50.00 元